Роберт Таунсенд

ЛЕДОХОД

Перевёл с английского: Сергей Котляр

Ledokhod
[Ледоход]
by Robert E. Townsend
First Edition Copyright © 2013

Published by Liar's Path Publishing
Cover Design copyright © 2012 Liar's Path Publishing
Cover by Kim Nickle

For More Information about the Author, Robert E. Townsend, we
invite you to visit: http://roberttownsendonline.com

Townsend, Robert E. (2013-06-01). Ledokhod
Liar's Path Publishing

Посвящается американскому солдату - *Р. Таунсенд*

Посвяшается моим детям - *С. Котляр*

Предисловие

Когда я предаюсь воспоминаниям, то осознаю, что именно в то мгновение я переменился. То, что произошло во время того весеннего ледохода, произвело на меня неизгладимое впечатление. Я - родом из людей, закалённых войной и Великой Депрессией, живущих на суровой земле. Мне шёл шестнадцатый год, но это не было каким-то причастием к возмужанию; никаких церемоний не было. И Бог не явился мне на том одиноком пути, как Савлу на дороге в Дамаск. И ангел не стоял рядом в проёме дверей хлева накануне той, самой длинной и холодной, ночи года. Образ, который приходит в сознание - это кино - и то, что тогда произошло, было и комедией, и ужасной трагедией, казавшейся, как в кино, предначертанной прямой лентой киноплёнки - и несмотря на все безумные завихрения повествования, конец всё же приходит - на удивление тебе, но не Богу. Когда явилась Она, то с этого всё и началось...

Пролог

Плейстоценские ледники, местами до двух миль толщиной, врезались в глубинные породы; испещрили, стёрли, стоптали землю - а когда отступили, оставили ландшафт водянисто-великолепным. Окружённое с севера, запада и востока холмами из песка, намытого ледниковыми водами, Большое Поддельное Болото - пять тысяч лет назад бывшее озером в сорок квадратных километров – образовалось под гранитным выступом Лаврентийского Плоскогорья. Со временем речка Спирит нашла себе русло в расщелине глубинных пород. Первозданные наводнения углубили и расширили ущелье, затем озеро утекло - и оставило за собой торфянистую почву, именуемую индейцами "маскеком". На маскеке росли клюква и шалфей, болотные травы и дикий рис. Были островки из гравия и маленькие пруды, а в северо-восточной части оставалось Поддельное Озеро, размером гектаров в шесть.

Временами весенний ледоход то древнее озеро восстанавливал. Плывущие льдины, бурелом или клюквенные кочки преграждали дорогу воде, окружая островки из гравия, выталкивая лёд на поверхность, отвоёвывая низко лежащие поля, некогда отобранные у озёрного дна.

Зимой М-Ж и я ставили капканы, охотились и ходили на лыжах или снегоступах. Когда лёд уходил, мы пользовались металлической лодкой - двумя сваренными вместе капотами от "Паккардов" 1937-го года - чтобы добраться до Поддельного озера, перетаскивая её через кочки, держась крепко за борта. Потому что, если провалишься сквозь те плавучие корни, то тело твоё и за тысячу лет не найдут. Война, депрессия, разбитые семьи и государственные программы - силы более близкие, чем ледники, хотя и не такие безжалостные - выплеснули моих родителей на эту землю, как гальку поток. Мне здесь, однако, тесно не было. Я чувствовал себя здесь счастливым, порою даже на грани упоения. Выходя из чащи на покос, едва волоча ноги, тащу первого моего оленя сквозь заросли ольхи и сугробы, останавливаюсь, чтобы перевести дух, жадно вдыхая морозный воздух. Тонкие струйки пара поднимаются от меня в холодное вечернее небо, голубовато-оранжевые в лучах заходящего солнца. Я вижу, как вечерняя звезда восходит рядом с полной луной - крепкая красавица в объятьях богатого толстяка. Один на всей земле, я чувствовал себя всемогущим. Или вот, знойный августовский полдень. Мы весь день складываем сено, и вот уже оно достаёт почти до самой крыши. Я сижу у дверей сеновала, гляжу на северо-запад. М-Ж, вспотевшая, с запылённым лицом, раскинулась на копне, положив раскалённые ноги мне на плечо, бросив сапоги и грязные носки на сено. Мы следим за приближением грозы - и вот она, пересекши болото, всё ближе и ближе; удары молнии то здесь, то там вдруг учащаются, пройдя над естественными молниеотводами - залежами руды близ поверхности, выплеснутыми на тёплые берега какого-нибудь докембрийского моря - и бьют, уходя глубоко в землю.

Я страстно желал уйти.

Рудовозы, загружавшиеся в Эшлендской гавани, пробуждали мало интереса. Милуоки, Чикаго и Буффало были недостаточно далёкими. Эти земли не были чужими. Я знал эти города и видел в них лишь тёмные бары, грязные мостовые и крикливых славян. Я жаждал новых ощущений, желал пройтись по иноземным городам, по которым маршем прошли наши отцы - Лондон, Касабланка, Париж, Манила, Шанхай... Рассказы о них оживляли пожелтевшие странички "Нэшнл Джиографик", скучноватые статьи энциклопедий и рассказы Хемингуэя, которые читал вместе с М-Ж в лениво тянувшиеся деньки в младших классах школы "Спирит-Ривер"... Но желания мои были расплывчаты.

Я глянул не термометр, приколоченный к дверям амбара. Было лишь полшестого вечера - и уже тридцать градусов мороза! Влажный, тёплый воздух взвивался в черноту ночи, испарялся, поднимался аж до карниза сенника - и исчезал в звёздном небе. Корова отряхивалась от сена, бряцая цепью стойла. Довольно мычала тёлка (а раньше была беспокойной - ей почти пришла пора телиться - не сегодня, так завтра; я уже очистил стойло для телёнка, и выстелил толстым слоем свежего сена). Не хотелось поутру находить новорожденного телёнка в канавке, мать мычащую истерически - потому как пришлось бы оттуда доставать его, покрытого дерьмом, и вытирать мешковиной, прежде чем выпускать корову - иначе она могла бы с испугу на него наступить. Но в любом случае она телёнка дочиста вылижет - неважно, извалялся ли он в моче, дерьме или грязи. А если не вылижет, тогда сразу ясно - что-то с материнством у неё не ладно, да и молоко, наверное, плохо давать станет...

От холода коровье дыхание замерзало у меня на лице, делало влажные джинсы затвердевшими и кололо прямо в лёгкие кристалликами льда. Я схватился за крючок от двери хлева рукой, мокрой от мойки вёдер и молочных банок, и рука сразу примёрзла к металлу. Я ругнулся, сжал руку ещё крепче. Крючок был маленьким, а рука моя заскорузлой, мозолистой, уже рукой рабочего.

Я сжимал ледяной крюк, пока железо не нагрелось, потом отодрал руку, невзирая на боль, и напялил на уши шапку.

Я прошёл мимо дойки во двор, и там, рядом с рваными снежными утёсами, которые городской снегоуборщик уже метров на пять навалил, холод ударил мне в грудь, как кувалда, и я немножко задохнулся. Но я был молод и силён, и вскоре это прошло. Единственной мыслью было: "Ё моё, что за чёрт!" Мне хотелось бы быть твёрдым. Нужна была практика и решимость сделать выбор и продолжать дело.

Вдруг с лиственного болота напротив находящегося в низине поля послышался винтовочный выстрел. Я сперва подумал, что это Зоран оленя подбил, браконьер эдакий. Но потом сообразил, что навряд ли бы он это сделал на таком холоде, когда слышен малейший шорох. Понял, что это от замёрзшего сока лопнула ветка ели. Ночью будет, наверное, минус сорок пять. А весной дядя Зоран покажет мне раненую ветвь, истекающую соком.

Я посмотрел в небо. Там, к северо-востоку от Большой Медведицы, с изумрудным оттенком белело северное сияние, как ледяной занавес в замке Славенки. Но со временем знакомый мне мир начал меняться на глазах. На востоке, расползаясь на запад, сияние стало набирать цвет: зелёный отблеск, как изумруд, но также и как летний лист; и голубизну, как лазурь Верхнего озера, но и цвет закатного неба; и цвет зарева, красного, как кирпич - или кровь.

Та зима, между декабрём и майским ледоходом, была зверской - это мне теперь понятно. Но ко Дню Матери овёс был засеян. Жизнь вернулась в обычное русло так же бессознательно, как свернула набекрень. Казалось, что моя сознательная жизнь началась в то мгновение, когда сияние сменило цвет, как начало цветного кинофильма, который в баре-дискотеке "У Будро" показывают. Жизнь, предшествовавшая тому вечеру, была чёрно-белой, как обратный отсчёт на экране... 9-8-7-6; день за ночью, ночь за днём, в ритме рождения и смерти, посева и урожая... и вдруг, со вспышкой цвета, начинается фильм. Но фильм был наоборот - или, по крайней мере, беспорядочным - сперва околевшее тело, затем адский удар, звук выстрела, небеса в цветном взрыве... К северу, где дорога выходит из моренных холмов, появился огонёк. Это были Бен и Дороти Станкевич и их сын Алек, едущие к маме и ко мне, чтобы подвезти нас на Рождественское представление в школе Спирит-Фоллс 21 декабря 1959-го. Именно тогда и началась вся эта комедия, а также и трагедия.

Глава первая

Школа из красного гранита, с зелёными наличниками, крышей из кедровой дранки, и колокольней стояла на склоне друмлина, на заброшенном поле, где поздним августом старик Билл Трэйси косил траву своей древней косилкой, которую еле волокла старая кляча - так он пытался остановить наступление леса. Длинная дорога из битого гранита (по которой нам категорически воспрещалось наезжать санные пути) пересекала поле с востока. Стоянка, автомобилей на двадцать, ограниченная с севера двумя сортирами, с запада - качелями, а с юга - школой, также играла роль игровой площадки. Дальше к западу гряда - на которой густые кленовые макушки бросали на подлесок глубокую тень - спускалась к заводи Поддельного болота. Там на переменках мы инсценировали стычки Корейской войны - а в обеденные перерывы, баталии Второй Мировой.

"Принеси воду", - скомандовала мне мать.

"Думаешь, папа сумеет попасть на спектакль?" - спросил я.

"Когда приедет, тогда и узнаем", - ответила она. Отец повёз рождественские ёлки в Чикаго на продажу. Вернётся, когда все продаст.

"А ты помнишь рождественские постановки, в

которых Фрэнк участвовал?" Иногда я открывал рот, когда следовало держать язык за зубами. Мать на меня посмотрела с выражением, как бы говорящим: "Зачем вспоминать? Трагедии случаются. Ты или умираешь, или нет". И я подумал, а что, если и я вот так же вдруг исчезну, неужели она обо мне забудет? Я отвёл взгляд в сторону. Мать положила мне руку на плечо, покачала головой и пошла по лестнице вверх.

Я стоял в раздевалке, где висели пальто и стояли валенки. Об учительнице судили по состоянию раздевалки - если беспорядок там, значит, беспорядок и в классе. В этом году валенки были довольно часто навалены; нужно было истратить порядочно времени на поиски обуви на левую ногу - иногда даже два дня, если малыш Даниель Клод перепутывал свои галоши. По обеим сторонам главной лестницы были ступени, ведущие в подвал, где находилось отопление, дрова и большая служебная комната, где мы играли в ненастные дни. И в ту же комнату мы порой ретировались, когда пополудни небо принимало серовато-зелёный оттенок электричества, и череда туч, прямая, словно лезвие бульдозера, прорезала небеса , а к северо-западу от лезвия чёрные тучи вскипали над землёй, тихой, как чулан, над которой лишь осины с листьями, дрожащими не по божьей воле, нервно нашёптывали о грядущей напасти.

М-Ж и мне дважды удавалось ускользнуть из школы, чтоб быть поближе к смерчу. В первый раз учительница поймала нас, изливая на наши головы угрозы, как потоки дождя, обрушившиеся на школьный двор. В другой раз, будучи постарше и похитрее, мы сбежали и, сидя в открытом поле, скрытые высокой травой (М-Ж, положив подбородок на руки, скрещенные у меня над головой), наблюдали за приближающимся светопреставлением.

В школе Спирит-Фоллс было десять классов. В этом году выпускниками были Мари-Жанна Шарбонно, Рут

Скаллен, Лайл Мутц, Роджер Олбрайт и я. На будущий год М-Ж должна была поехать учиться в католическую школу-интернат для девочек в Су-Сент-Мари, на канадской стороне. Роджер должен был оставаться жить с дядей в городке, а Рут и Лайл - бросать школу. Лайл был тупой, как валенок, и в дальнейшей учёбе не было смысла. Рут была баптисткой и не нуждалась в дальнейшем образовании.

Рут бы уже и раньше бросила школу, если б не здешний закон, запрещающий это делать до шестнадцати. Её семья переехала из Индианы. Пол Пру, наш шериф, пошёл разбираться с Джейкобом Скалленом, и старик Скаллен, похоже, был готов уже к перестрелке - но мой папа, будучи городским председателем и южанином - а когда надо, и баптистом - их рассудил. Договорились, что Рут школьный год окончит. Старик Скаллен, более склонный к поиску руководства в библии, дал отцу себя уговорить, но, кажется, ему это мало понравилось.

Ну, а я? Машину бы мне... Очень нужна была машина, чтобы ездить на ней в среднюю школу. Мне она была нужна, чтоб играть в бейсбол. Кидать мяч со скоростью я уже умел; мне надо было ещё и с закруткой. Ещё год или два, и я был бы готов к профессиональной лиге. Мистер Шарбонно говорил мне, что это могло бы произойти. Я потянулся рукой вверх, воображая, что ловлю мячик, чувствуя его шероховатую, избитую поверхность, швы, гладкость нового мяча. Это могло бы произойти. Точно могло бы.

Я поднялся по лестнице, таща сорокакилограммовый бидон воды в коридорную кухню, которая сегодня также служила гримёрной. Там были шкафы с чашками и тарелками, газовая плитка, и глиняный фонтанчик для воды. Сегодня комнату разделял занавес, чтобы направлять публику в классную, на сегодня превратившуюся в театр - на другой стороне была гримёрная.

Рождественская постановка отмечала конец сельского года. Начиная с первой недели декабря, занятий было мало. М-Ж и я убедили мисс Айзекс, для которой этот год был её первым годом работы учительницей, что мы сможем поставить светскую пьесу. Ей было лишь двадцать, и она нам поверила. Таким образом, будет две одноактных пьесы - "Рождество Христово" Святого Матвея и адаптация "Даров волхвов" О. Генри.

Религиозное пение обрамляло программу, а мирские песни были рассыпаны по ходу действия. В концовке был Санта Клаус, прибывший, чтобы раздавать кульки с орехами и фруктами.

Рождественская постановка была непростым делом. Она должна быть яркой и динамичной, длиться не больше часа и быть приемлемой для двух разных групп зрителей. Одна группа критиков - дошкольники от четырёх до шести, с усидчивостью октябрьских снежинок - сидела перед сценой. Если программа будет на пять минут дольше, чем нужно, то не избежать шалостей. А это раздражало матерей. С другой стороны, родители ожидали хорошо исполненное шоу в час длиной. Если оно не будет таким, как следует, то могут и не возобновить контракт мисс Айзекс - скажут, что она, мол, не смогла с нами справиться.

М-Ж была режиссёром. Я был управляющим сценой. Мы знали, что делаем. Мы годами проходили подготовку. С первого класса мы наблюдали за старшими детьми - на сцене, у доски, во время игр. Те, кто среди нас были полюбопытней - М-Ж и я - научились большему, чем нас учили. В пятом классе мы выкрикивали ответы через парты Фрэнку Локемуну, стоявшему ошеломлённо-онемевшим перед доской, на которой была задачка на деление. М-Ж и я за всеми следили и со всеми соперничали - включая друг друга.

Отец М-Ж, Роберт, был инженером горного дела, и

офицером канадской армии во второй мировой. Её мать, Адель, страдала от депрессии. Она часто ездила в Канаду, в Монреаль, навещать мать, которая повергала её в депрессию - а потом возвращалась в Спирит-Фоллс, от чего эта депрессия усугублялась.

В таких случаях М-Ж оставалась жить с нами. Однажды утром она завоевала расположение моего папы - прибежав в сарай босиком, едва очухавшись от сна - чтоб помочь с подённой работой. По мере того как росла, она брала на себя обязанности девочки с фермы - в доме, в амбаре и в поле; начиная с кормления кур, а потом, когда смогла ногами дотянуться до педали сцепления, и трактор водила, подготавливала поля к засеву, тащила повозки, полные сена, в амбар. Мать моя уж давно её как бы "удочерила"; заменяла ей мать - так, по-простецки - когда Адель совсем уж когти рвала... Мать ко многим девочкам была такой вот внимательной, как курица к цыплятам. Может, оттого, что сестёр у меня не было. Может потому, что в мире нашем так много было мужчин. А может и потому, что бабка была такой властной.

Мой отец служил полковым старшиной в иллинойском подразделении национальной гвардии. Часть располагалась в Чикаго; в основном, это были парни чёрствые, сталелитейщики с Блю-Айленд-Авеню - хорваты, сербы, ирландцы, итальянцы и белые южане. Все они любили играть в футбол и бейсбол на песчаных площадках, и самогон пить тоже. А папа мой боролся за право из всех них быть самым жёстким. Все они были призваны на службу в феврале 42-го. Я помню, отрывками, что происходило в домах в Форт-Беннинг в Джорджии, в Форт-Шеридан в Иллинойсе и в Форт-Брейди в Мичигане, в те выходные полные солдат. Блондин в очках с проволочной оправой, лежавший на полу у радио, слушая передачу оперы; фокусник, находивший монеты у меня в ухе, затем клавший их мне в ладонь, откуда они потом исчезали. Везде были вокзалы, везде шинели, ящики винтовок, навалы вещевых мешков, орущие старшины (кроме отца, который командовал лишь взглядом или жестом). А я с матерью и братом приезжали потом, когда отец уже находил жильё, неся пожитки в сумках. И, наконец, однажды, все поезда нагрузились и отошли, и больше мы их не видели.

Я помню, как послеполуденное солнце цвета кукурузной шелухи освещало западную спальню. По радио слышен был маниакальный смех "Шедоу". У кухонного стола сидела ошарашенная молодая девица. Пахло сигаретным дымом и кофе. Она была одной из жён. Фокусник исчез, как монетка от щелчка пальцем. Мать сидела рядом с ней, поглаживая по руке.

В другой раз был телефонный звонок. Мать взяла трубку. "Да? Сонни? Ну, как у тебя дела, чёрт побери? Лотт? В Италии? Нет, не он это был. Он сейчас на Тихом океане. Его не убить - слишком скверный характер! А ты как - вернулся уже? Как там Алиса?" И тут мама долго слушала ответ. "Да-да... ага... Ну, Сонни, мы же все знали, что она того не стоит..."

Прошли два-три лета. Отцы, мужья и сыновья стали постепенно возвращаться - не поездом, а так, по одному, в кафе, пивнушки, аптеки. Папа вернулся, был как волк в клетке, и мы переехали в северные леса. Я прямо был ослепшим от счастья. Я знаю, мне не следовало бы помнить об этих вещах. Я родился в 41-м, в начале декабря, и был слишком молод. Может, всё это было рассказами, которые я потом приукрасил. Вижу их как кино - но как картинки без движения, хотя и озвученные. Слышны голоса.

Я проломил тонкий слой льда в молочном бидоне и наполнил чёрные эмалированные кофейники; лёд издавал слабый звон, царапая металл. Затем взвалил бидон на плечи, морозя металлом разгорячённую шею, чтобы наполнить пятигаллонный глиняный питьевой фонтанчик.

М-Ж вошла в кухню из-за занавеса.

"Сделай кофе", - сказал я.

"Поцелуй мне задницу!" - прошептала она беззвучно, и чёрные очи её быстро осмотрели комнату, проверяя, не засекла ли Maman сей непростительный грех. Но Адель была в Канаде, а мистер Шарбонно, казалось, проступков М-Ж не замечал.

"Кофе", - повторил я, указав твёрдой рукой на банку с кофе, а затем на кофейник. У наших людей - крестьян славянских и германских - мужчин в кухне обслуживали, а не заставляли трудиться. Она, сделав раздражённую мину, перестала раскладывать одеяния волхвов (армейские одеяла из излишков) и стала отвинчивать крышку банки с кофе. М-Ж мне нравилась. Она была – ну, почти что мужик - даже, по правде говоря, лучше некоторых. Она, однако, могла быть довольно вспыльчивой. Когда я впервые её голову в сугроб засунул, чтоб охладить пыл, это было всё равно, что пытаться росомаху усмирить - и та, и другая весили где-то под шестьдесят фунтов. Да так бы её башку в снегу и держал, не приди тогда учительница, чтоб нас разнять. М-Ж также, не дрогнув, могла стоять на пути отбитого мяча. Я её принимал за девчонку не совсем обычную - хотя и была она родом из Кануков [пренебрежительное прозвище канадцев - *прим. перев.*] - народца, как я ей не забывал напомнить, лишь отчасти цивилизованного.

Я прошёл из кухни в классную комнату-театр для последней проверки. Северная стена школы состояла из окон до потолка. Рождественские сцены - Санта Клаус с оленями, снежинки, волхвы, идущие вслед за Вифлеемской звездой, ясли в хлеву - кричащей краской были расписаны на стёклах. Как средневековые фрески, эти оконные росписи отмечали вехи нашего сельского календаря, продиктованного самой природой. Рут Скаллен вырезала рисунки, приклеивала их с обратной стороны стекла, потом обводила контур мылом "Айвори" и следила за тем, как Лайл Мутц так аккуратно их раскрашивал, будто красил отделку дома. Таким образом, когда менялись времена года, меняющийся свет солнца проникал в нашу школу сквозь ведьм и колдунов, индюков и индейцев, пилигримов, лилии, птиц и зверей, крася наши тетрадки и лица, как красит верующих витраж собора. Рут Скаллен нужно было отдать должное - она умела рисовать. И была большегрудой - за это тоже ей надо было должное отдать.

Я глядел сквозь стекло на северо-запад, где северное сияние простыло мягким белым следом. И взглянул вновь. Там, где недавно был лишь мыльный контур, кривился красномордый бес. Пасть его была разинута в немом крике; златокудрый ангел колол его вилами сзади, куда следует. Сперва я всполошился, а потом успокоился - Рут не нарисовала беса в моём обличии. Она была на вид такой благочестивой, что не говорила бы "дерьмо", даже если у неё его полон рот был бы, но на самом деле не была такой невинной, какой её все считали. Однажды я застал её задумавшейся, с суровым выражением лица, но как только она почувствовала на себе мой взгляд, её лицо вмиг стало чистым, как тихий пруд после легчайшего ветерка. Зашаталась ёлка, и я повернул к сцене.

Зелёный занавес, обрамляя сцену, висел на проводах, натянутых между большими крюками, вделанными в штукатурку и косяки. Зажглись ёлочные огни. Малолетки показывали пальцами и хотели потрогать. Родители сменили восхищение оконными рисунками на восторг от ёлки, поднимая малышей за воротники. Для мисс Айзекс дело выглядело хорошо. Рут появилась из-за занавеса. Тощая, бледная, с очками в роговой оправе, сидящими на тонком носу, она выглядела странной птицей. Она всегда делала домашние задания, ходила за мисс Айзекс, как тень, учила Лайла непроницаемым таинствам грамматики и пунктуации; ту малость, какую должна была выразить, она выражала рисунками на окнах. Кроме как с мисс Айзекс, которую боготворила, у неё не было охоты с кем-то говорить. Её отец, Джейкоб Скаллен, сердито следил за каждым её движением.

"Чем же Рут на этот раз провинилась?" - подумал я; но мысль сразу же вылетела из головы. Что ж, родители часто вели себя бестолково, но мне было, о чём сейчас думать. Зрители заполнили зал - дети на передних скамейках, замужние женщины на складных деревянных стульях, взрослые мужчины стояли, подпирая стены и косяки, неженатые в северо-западном углу пялились на девиц в юго-восточном. Мисс Айзекс показала мне на гардеробную. У меня всё нутро запрыгало.

Подступила тошнота; я судорожно вдохнул воздух - было как в парилке уже, несмотря на жестокий мороз на улице.

"Эх, пошло оно всё к чер... - я остановился вовремя, - к бесам собачьим!"

"Успокойся, Майкл Ричард, - сказала она мне, крутя пальцами липкую ленту.- Возьми себя в руки".

В "Дарах волхвов" Рут Скаллен должна была поцеловать меня в щёку. Генеральная репетиция прошла нехорошо, больше это было похоже на осеннюю петушиную бойню – собаки, с лаем несущиеся за безголовыми курами, везде кружащиеся перья. Рут играла Деллу, а я - Джима. Она хоть и была до боли застенчива, но сошла бы в преисподнюю с безмятежностью Девы Марии, прежде чем отказать мисс Айзекс. А играть свою роль рядом со мной практически превращалось-таки для неё в адское испытание. "Что ты сказала?"- говорил я ей на репетиции. "Чёрт возьми, Рут, говори громче! Мисс Айзекс, если она не сумеет погромче говорить, то она весь спектакль испортит!" Постановка должна была идти, как хорошо отлаженные часы - всё должно было проходить гладко.

"Майкл Ричард, ты слова своей роли выучи, а Рут

свои выучит", - сказала мисс Айзекс, быть может, с чуточкой сомнения. "Снова, Рут", - сказала тогда М-Ж, глядя Рут в потупленные глаза. М-Ж была жёсткой, как строевой старшина – хоть и весила она от силы сорок килограммов, умела властью своей пользоваться утончённо. Мой отец использовал для учёбы кулак, приклад и боевые патроны. Но у М-Ж не было возможности убивать медлительных. Нам исполнительского состава не хватало.

"А ну, смотри на меня, а то башку снесу", - проговорил я, чтоб Рут приободрить. "Ты всё нам испортишь к чёрту. Господи Иисусе, так, мисс Айзекс, Вы и работу потеряете!"

Со временем Рут подняла глаза, но тихий голос её был по-прежнему еле слышен из-за бури, дребезжащих окон, мёрзлого снега, стучащего по стеклу, как автоматная очередь; нагретого воздуха, дующего сквозь отдушины. Надежды не оставалось. Последняя репетиция была провалом, который вскоре предстанет вновь перед всем моим миром. "На сцену", - скомандовала мисс Айзекс.

Роджер Олбрайт и М-Ж открыли занавес; железные кольца со скрипом двигались вдоль тяжёлого провода. Мисс Айзекс играла вступительные аккорды "Радости миру". Начальная школа Спирит-Фоллс выстраивалась на сцене, продолжая петь в такт ногам, топающим по деревянным ступенькам. Ко второму куплету и наши голоса присоединились к тону и ритму фортепиано. К концу третьего куплета первоклассник Глен Типлс должен был повести первый ряд хора со сцены. А он забыл. Я потянулся, чтоб сжать его тощую шею в кулак, полагая, что боль и потеря сознания ему напомнят, но М-Ж коснулась его плеча, и он двинулся, а за ним пошли перво- и второклассники.

Сцена опустела под замирающие голоса - бас Лайла , альт Роджера и сопрано Рут, вызывавшие чувства

Роберт Таунсенд

надежды и обновления в этот студёный вечер. Один из близнецов Шпритценхагенов - Генри или Гейнц, я их никогда не мог различить - потянулся, чтоб накрутить ухо малышу Прейсеру, но миссис Шпритценхаген схватила его за руку прежде, чем он успел вызвать негодование малявки, а не то весь первый ряд завизжал бы, как стая енотов при виде гончих псов. Воздух под потолком стал весь насыщен жарким дыханием, вонючими подмышками, коровьими запахами, дезинфицирующими средствами, смазкой, маслом (кухонным и машинным) и сиреневыми духами; но, тем не менее, рождественское представление продолжало проходить споро, как молотьба в середине октября. Певцы пели в лад, актёры появлялись по сигналу, бутафория появлялась там, где следует. А весь состав подчинялся командам либо поднятого пальчика М-Ж, либо моего поднятого кулака.

Настало время для "Даров волхвов". Я и Рут стояли вместе за закрытым занавесом. На мне был пиджак в чёрно-белую клеточку. На Рут был парик, длиною до талии, раздобытый в одном очень глубоком сундуке, и белое платье из тафты до пола. Бог знает, где его нашли, и кому оно принадлежало. Меня опять забила дрожь. "Смотри, чтоб я тебя слышал!" - прошипел я. М-Ж, бросив на меня суровый взгляд, улыбнулась Рут подбадривающе и кивнула Роджеру. Занавес поднялся.

Рут произнесла первую реплику: "Ах, Джим, у нас так мало денег", но так тихо, что только я смог её услышать. Из-за сцены мисс Айзекс улыбнулась ей, подняла руку (что означало "громче") и покрутила ею в воздухе (а это значило "повтори"). Рут, хрипя, подчинилась указанию, а я, кипя внутри от такой несправедливости (ну, почему ей надо было давать повторный шанс?), сказал: "Мы есть друг у друга, Делла".

Рут посмотрела на меня взглядом, полным нежности и сдержанной любви, как будто она и впрямь была молодой женой, не уверенной в чувствах мужа. "Ты прав, Джим, мы же так друг друга любим". Она повернула взор к школьным окнам, и мысли пронеслись у неё по лицу, словно летние тучи над тихой заводью; вопросительный взгляд, потом улыбка, говорящая о новом свете, полном перспектив, а потом о боязни того, что её самые лучшие и невнятные чувства останутся непонятыми. Под моим взглядом она перевоплотилась, как будто иная женщина вошла в её тело. Она вскинула плечи и глянула мне прямо в глаза с любовью и состраданием. Положив мне руку на плечо, проводила меня со сцены. "Мы как-нибудь сумеем прожить, правда, Джим?" Северное сияние плясало по небу, и красно-зелёные отблески на снегу окрасили её лицо. А в зале ёлочные огоньки отражались от стёкол очков и сияющих глаз.

Рут продала свои волосы шестикласснику, играющему алчного лавочника. У Лайла Мутца, который ей и задаром бы его отдал, она купила платиновый брелок для часов. "Чёрт возьми, Рути, это ж всего-навсего цепочка от подпорки, обёрнутая в фольгу", - казалось, молвил он.

Среди публики все девицы, кроме крупной Вилмы, протирали глаза. Молодцы щерились, нагнув шеи; мужики переминались с ноги на ногу. А фермерские жёны, наклонив головы, мечтательно улыбались, как будто пребывали на свадьбе.

"Не правда ли, он превосходен, Джим? Я по всему городу искала". Рут посмотрела мне в глаза, и я вынул из кармана серебряные расчёску и щётку для волос, принадлежавшие Адель Шарбонно. "Я часы продал, чтобы их купить", - произнёс я.

У Рут на глазах выступили слёзы - она всё поняла. Её возлюбленный пожертвовал своим самым драгоценным. Она встала на цыпочки, положила мне руку на плечо и поцеловала... прямо в губы.

Этого в сценарии не было.

Роберт Таунсенд

Тишина наступила гробовая. Я не знаю, собиралась ли Рут меня в губы целовать, или просто "влилась в течение" пьесы, или, может, я голову повернул, когда она целилась в щеку? Не знаю - знаю только, что наши губы слились на пять секунд, или пять минут...

Толпа загудела, как Большое Поддельное Болото летним вечером. Взрослые заахали. Дошкольники заохали. Один молодец загоготал. Девочка-подросток втянула воздух, словно голодающая бурёнка, выпущенная на луг, полный свежего клевера. Поток воздуха, ей-богу, поколебал занавес. Но я со сцены не двинулся. Ну, знаете, надо же уметь приспосабливаться: трактор сломается - чисти свечу зажигания; корова не телится - вытягивай телёнка; незадачливая актриса забудет, куда тебя целовать – ну, и стой, как сосна в безветренный летний день.

Мисс Айзекс заиграла громоподобные аккорды "В город едет Санта-Клаус". Дошкольники захихикали - "Целуются!". Лет тридцать спустя я, помню, смотрел школьный спектакль в городке милях в двадцати к югу от нас; так вот: игравшие главные роли - причём старшеклассники - поцеловались, и публику как током ударило. Вообще-то, здесь у нас на севере столько "залётных свадеб", что для ружей рассерженных папаш патроны хоть вагонетками из Чикаго волоки... Но в этот вечер, 21 декабря 1959 года, в средней школе Спирит-Фоллс, публика ахнула.

Лайл и М-Ж закрыли занавес. Моё лицо пылало. Рут украдкой отошла, съёживаясь с каждым шагом всё больше. Лайл глянул на меня, пытаясь понять - неужто я его девушку увёл? - но его маховик обороты набирал медленно. Мисс Айзекс потёрла лоб. М-Ж кивнула мне; отчасти это означало "молодец", а отчасти - "ого-го!". Грудь Рут… ощущение её грудей осталось, как впечатанное, на моей.

Я подумал о будущем. Назревала крупная потасовка.

Пат Фланаган будет меня дразнить в баре Будро. Его братцы, Джонни и Майк, будут глумиться. Если я Патрику врежу первым, а потом стану спиной к углу, то есть надежда, что Карл Будро вскочит на стойку бара с топорищем в руке, чтобы прогнать Фланаганов. Всем было известно, что они всегда начинали драки первыми. Я однажды Патрика в драке победил; быть может, смогу сделать заявку до того, как буду избит до потери сознания.

Но это - позже. Сперва - сегодняшнее. "Рикки, - прошипела М-Ж, - пора для сцены в яслях!" Ученики загремели обратно на сцену, распевая "Городок Вифлеем". Я облачился в одеяние Святого Иосифа. М-Ж проверяла фонарик, который сегодня будет исполнять роль младенца Иисуса. Если я Пата Фланагана с первого удара не свалю с ног, придётся целый месяц драться. Надо будет его бить левой - я не мог рисковать сломать руку, которой предстояло бросать мяч.

"Радость Миру" означало, что Иисус пережил свои первые два года. Как только мы с М-Ж вошли в землю Египетскую, мы бросили наши армейские одеяла на пол и положили Иисуса поверх пианино. Я включил фонарь на школьном дворе, давая сигнал Уолли Шредеру - то бишь Санта-Клаусу - прикрутить фляжку и поспешить в помещение, дабы начать подарки раздавать.

Северное сияние пульсировало лучами, будто прожекторами, мерцая странным отблеском на полях, покрытых снегом, за которыми зубчатые верхушки сосен отделяли небо от земли. Снаружи была такая красота, какой я ни в одну зимнюю ночь не видывал, но дверь грузовичка Уолли оставалась закрытой, окна были покрыты инеем изнутри, а облака выхлопов покрывали вечернее небо. Он был точно или мёртвым, или мертвецки пьяным. В тот момент, когда я подавал сигнал Лайлу притащить Уолли, Хильда Кляйншмидт взошла на сцену, прогибая половицы, которые только недавно поддерживали весь хор учеников. Она полувела, полутащила девчонку, выглядевшую готовой к побегу, если бы Хильда не держала её крепко за руку.

"Леди... леди и джентльмены - ты, Генк, сядь на минутку", - произнесла Хильда. Генри Уорнер, который вот уже час, как замер в одной и той же позе, поднял голову. "Элеонора, кофе ещё варится. Здравствуйте, здравствуйте!" Хотя Хильде и не удалось заставить мужиков сесть, а школьную повариху, Элеонору Гросс, перестать вертеться, ей всё же, казалось, удалось остальных заставить замереть, будто остановив ролик подачи киноплёнки. "Я хочу вам всем представить Марину из Югославии. Милостивый Господь и лютеранская служба помощи ниспослали нам эту бедняжку ди-пи..."

Роберт Шарбонно, высокий, с каменным лицом и сложенными за спиной руками, наблюдал за моей неловкостью с едва уловимой усмешкой на своём замкнутом канадском лице.

Лайл глянул на меня. "Ух, набью тебе морду", - передавал он сквозь полуприкрытые глаза. "Ты сам или у тебя там армия целая?" - ответил я приподнятой бровью. "Зачем было лютеранской службе помощи сюда эту сиротку завозить?" - подумал я. Они ведь не были службой усыновления, а были лишь попечителями взрослых, или же целых семейств. Дверца пикапа оставалась закрытой. Дошкольники глазели на девочку, стоявшую на сцене, дёргающуюся, как телёнок-однодневка, привязанный к стене сарая. Но ни сарай, ни Хильду с места было не сдвинуть. Раздалось звяканье - это Уолли наконец нашёл входную дверь.

"Останови Санта Клауса", - сделал я сигнал Лайлу.

"Я тебе всю жопу исколочу", - ответил наш великий гений вздёрнутой ноздрёй. Глаза дошкольников метнулись от Марины к двери; все были на нервах, как вот-вот готовые взорваться динамитные шашки. Марина обвела малышей взглядом, как будто они могли бы удержать её от разрыва на кусочки.

"Пожалуйста, Элеонора, ещё две минутки..." - сказала Хильда. Миссис Гросс, которая всё намеревалась публику накормить, зашаталась, как хлюпающее корыто. М-Ж проскочила мимо двери зала, чтобы остановить Санта Клауса. Дитя-беженка застыла, повернувшись ко мне спиной, в сапожках, армейской шинели и косынке на чёрных курчавых волосах. «Она же всего лишь ребёнок, - подумал я, - таких просто костыляют». В незыблемом распорядке вещей мужчины правили женщинами, большие - малыми, умные - дурными, а у ветеранов было особое на то разрешение. Кто-то приоткрыл окно, и холодный воздух ниспадал каскадом по книжным полкам, лужицей сливался вокруг ёлки и тёк под сцену. "Марина всё это время находилась в лагерях, бедняжка... так мало было еды у них". Хильда показала бумагу: "Без туберкулёза и все прививки ей сделаны". Теперь она занялась сбором пожертвований. "Так ведь нужно - всем добрым американским христианам, таким как мы, - спасти их как можно больше".

Я глянул вскользь на публику, пытаясь прикинуть, как долго они ещё останутся неподвижными. Алек Станкевич, всё ещё одетый в свою драгоценную дублёнку-бомбардирку в жарком помещении, глазел на сиротку, как будто та была северным сиянием. Луис Марсо оскалил зубы, показал пальцем и двинул Алека локтем в бок. Дуэйн Скаллен, с гладко зачёсанными русыми волосами, ручищами, как восьмидюймовые брёвна, и пальцами, как штыри тяговые, пялился со свешенной челюстью и почёсывал себе яйца. Долман Грюцмахер в своей военной форме, из которой торчали глаза, уши, нос, руки и ноги, стоял, как цапля, вот-вот готовая пронзить клювом лягушку. Только двое не глядели на детку, стоящую на сцене. Среди девушек-подростков Вилма Мелчер следила за Алеком, как сокол за полевой мышью. А старик папаша Рут, Джейкоб Скаллен, у которого с обеих сторон головы волосы стояли дыбом, как рога у чёрта, пощёлкивая пальцем по длинному зубу, таращился на меня пожелтевшими глазами из-за толстых очков, будто я был койотом, а у него в руках была винтовка.

Маленькая беженка начинала подавать признаки паники. Если сейчас заревёт, настоящий пожар случится. "Ты, спокойно!" - крикнул я ей по-сербохорватски. "Успокойся, не съедят тебя тут!"

Услышав родную речь, она быстро повернулась в мою сторону. Глаза у неё были совсем не как у двенадцатилетней девчонки, а скорее как у кого-то лет тридцати, а то и всех шестидесяти - глубокими, окаймлёнными чёрным, но внутри зелёными, как биение северного сияния. Она смотрела на меня, и её замешательство стало спадать - как будто моя резкая команда напомнила ей о брате, и тень улыбки прошла по её лицу, как перистые облака по убывающему месяцу. "Правда не съедят?"

У меня было такое чувство, что кто-то словно в меня наковальней метнул. Глаза у неё были раскосые, как у монголки, цыганские волосы кудрявились под красной косынкой, полные губы бледнели на белом лице. Но эти глаза - зелёные, мягкие и жёсткие, гордые и молящие, полные признательности, как сестры брату, но также, мне теперь кажется, с искрой хитрости женской, необходимой живших в стране, где следовала одна армия за другой в течение столетий. Она вовсе не была ребёнком. "Не, - сказал я ей, - Америка - страна цивилизованная".

Тут началось столпотворение. Санта-Уолли споткнулся и упал на лестнице, звеня бубенцами. Дошкольники встрепенулись, как стайка куропаток, почуявшая свежий снег. Складные стулья попадали с треском, как винтовочный выстрел. Луис ударил

Хильдегарду; та, взвизгнув, набросилась на него, повалила на пол и начала колотить. Миссис Шпритценхаген шлёпнула не то Генри, не то Гейнца, просто для разрядки напряжения, и он стал завывать. Курт Шпритценхаген рявкнул на обоих близнецов, и те в ответ дружно заревели. Моя мать двинулась на сцену, чтобы выручить оборвыша-сиротку, которая ей была если и не родственницей, то хотя бы землячкой. Санта зашёл в зал, хохоча невнятно. Бабы подались на кухню заниматься стряпнёй, а мужики - на улицу, заводить моторы. Один пацан запустил руку в мешок Санты, вырвал оттуда кулёчек - и по всему полу рассыпались конфеты, фундуки, апельсины... М-Ж стояла посреди этого беспорядочного водоворота. "Ну, что уставился?" - беззвучно изрекли её губы.

За ней северное сияние озарило небо кирпично-красным заревом. Большое Поддельное Болото светилось неземным светом.

Сияние как бы придало жизни чёртику, сделанному Рут, который, как бы став голограммой, зависшей в воздухе, искоса глядел поверх голов публики. Дуэйн смотрел на отца, будто ожидая знамения. А Джейкоб Скаллен стоял, прислонившись к окну, с хохолками по обеим сторонам лысого черепа, таращась на меня пожелтевшими глазами, полными ненависти.

Глава вторая

"Ну что, олух, понравилось тебе целоваться?" М-Ж стояла снизу, перекидывая из одной руки в другую бейсбольный мячик. Её карие глаза были ясны, а усмешка - озорна. "Ну что за дурацкий вопрос?" Я, крепко держась за кромочную балку на высоте шестидесяти футов над ветреным, усыпанным булыжниками скотным двором, отвязал толстый "манильский" канат и, зажав деревянный ролик кожаными рукавицами, как тормозными колодками, отпустил его. Дверь распахнулась настежь, и свет солнца, усиленный снегом, залил сеновал. Я стоял, балансируя на дверной раме, и разглядывал северный горизонт - концевые морены, спадающие каскадами, в перекрест с участками полей и вырубленных лесов. Поперёк нашего северного пастбища вьюжные вихри нанесли снежные сугробы, которые, словно огромные заледеневшие волны, мчались к берегу - то есть, к ряду ёлок, росших у обочины нашей дороги. Пыхтя чёрным дымом, городской грейдер с широким щитом в форме буквы "V" бесшумно наваливал зубчатые снежные горы у фермы Скалленов. Я отклонился назад, упал, и, извернувшись в воздухе, ударился о рыхлое сено и скатился к сапогам М-Ж. "Ей следовало меня поцеловать, дурочка. Алек скоро повезёт брёвна на заготовку. Мы с ним поедем, сдадим наши меха парню из компании Хадсон-Бей."

"Но ты ж на мой вопрос так и не ответил. Понравилось?" "Тебе что, башку снести? - ответил я. - Старик Скаллен и так, похоже, был готов меня пристрелить". М-Ж пожала плечами. "Навряд ли. Он же такой религиозный, мама по сравнению с ним всё равно, что язычница".

"Они - баптисты. Он верит, что все католики будут гореть в преисподней".

М-Ж пренебрежительно махнула рукой, по-галльски надув губы. Мы с ней вместе пошли в третий класс. На ней было в первый - и последний - раз платье; у неё были коротко стриженые волосы и живые карие глаза. Мои волосы были гладко зачёсаны. У нас обоих была обувь. Остальные ребята, босые и в фермерских комбинезончиках, пялились на нас, словно у нас посреди лба лишний глаз был.

"Мэри Джейн, - сказала тогда крупная миссис Ван Дер Санден, которая в тот год была учительницей, - пожалуйста, встань и скажи детям, как тебя зовут и откуда ты".

Крошка М-Ж сидела молча. Я на неё глянул, увидел, что в глазах было смущение; а так как мне привычно было иметь дело с иммигрантами, жившими в Чикаго, на перекрёстке Блю-Айленд-Авеню и Полайна-Стрит, то перевёл вопрос учительницы на сербо-хорватский. Она на меня посмотрела, как на полного идиота; я тогда решил, что она из поляков - народности особенно невежественной. Я ей сделал знак - мол, встань - и рукой стал показывать, как утка крякает. Она скосила на меня глаза, а потом встала и сказала, как её зовут, на английском. Оказалось, что она просто не осознавала, кто такая Мэри Джейн, так как её звали Мари-Жанна. А последний третьеклассник - Роджер Олбрайт - долговязый и неразговорчивый, жил на восток от школы. Так что, до тех пор, пока Рут Скаллен не переехала сюда жить, М-Ж играть было не с кем, кроме как со мной. Всё это - дружба наших отцов, бейсбол, матери, чувствовавшие себя здесь в заточении, и северные леса, в которых мы играли, как у себя во дворе - нас связало.

-- Ну, а всё-таки - целовать тебе её нравилось?

-- Перестань меня допрашивать!

Она нагнулась, чтоб шлёпнуть меня по башке папиной бейсбольной перчаткой.

-- Мне кажется, тебе всё-таки это понравилось.

-- А мне кажется, что сейчас тебе тумаков надаю! Спускайся-ка оттуда!

Я подавал сено посередине сеновала и к декабрю создал целый овраг по всей длине амбара, шестьдесят футов. На южной стене висел деревянный щит, привязанный к тюкам сена - это была наша бейсбольная мишень. "Давай, разомнёмся малость".

"Я не буду тут твои мячи ловить в темноте этой", - сказала М-Ж, а потом задумалась. "Люди бывают очень странные. Мистер Гросс смотрит на тебя так, как будто у него глаза каменные. Миссис Гросс такая жирная, что, боюсь, поглотит меня, как амёбу. Мистер Скаллен таращится, ну, будто у него внутри ничего нету - а потом становится... ну, не знаю, в общем, как будто хочет тебе боль причинить. Понял? "

"Нет, - ответил я. - Скаллены - они вообще-то ничего, только дураки круглые". Я чувствовал, как холод проникает ко мне под свитер. "Ну, давай уже - мне нужно потренироваться на броски с закруткой. А то, как я ни кидаю, твой папаша всё отбивает. Некоторые из тех мячей, наверное, ещё и не приземлились".

-- Папа может всех за пояс заткнуть по отбивке.

-- Ну ладно, я пока покидаю на мишень, а ты ловить будешь, пока я не разогреюсь.

Мой отец держал все принадлежности команды у нас дома в сумке. Я оттуда вытащил бейсбольные мячики. Я уже парочку потерял в сене, но надеялся их найти - эдак к маю. М-Ж пробубнила проклятие по-французски - таким образом надеясь попасть прямиком в рай, не проведя полвечности в чистилище - так как Святой Пётр, очевидно, французского не понимал. Из сенного тоннеля выскочил котёнок и М-Ж с ухмылкой взяла его на руки. Котёнок забрался по руке ей на плечо, и стал мочку уха теребить. М-Ж натянула вязаную шерстяную красную шапочку на уши. Её мать, Адель, стремилась сделать из неё девчонку, во что бы то ни стало. М-Ж носила мужские джинсы - с молнией спереди, а не сбоку - но Адель нашла ей сбоку по шву цветную ленточку. Voyez, une fille! ("Видишь, девочка!" - фр.) Это М-Ж ещё могла стерпеть.

-- Ты сейчас ведь про Марину думаешь, правда?

Ну и вопросики же она задавала - ну прямо, как девчонка. Неужто её ничего не смущало? Я открыл спуск сена и тёплый, влажный воздух поднялся к сеновалу, обдав нас каскадом падающих льдинок. Я бросил мяч в перчатку несколько раз.

-- Да нет же, дура!

Я на неё замахнулся, но промазал. "Иди на ту сторону амбара!"

"Но она тебе нравится?" - спросила она, глядя исподлобья.

-- И нравится и не нравится сразу. Тебе что, хочется, чтоб я тебе шишек понабивал, а потом их посбивал?

-- Ты на неё так смотрел будто бы, ну, не знаю... ну, как бы ты чего-то от неё хотел.

-- Христа ради, дурёха, она ж была до смерти напугана. Зачем Хильда потащила эту девчонку тогда на сцену, ей-богу, не знаю. В святые захотелось, видать.

-- Хильда - лютеранка, а Марина - не девчонка.

-- Девчонка, детка, женщина... ты меня слышала, мозги из манной каши? Хотела бы ты, чтоб тебя на сцену тащили у всей той публики на глазах?

-- Если ты помнишь, мы уже и так на сцене были. Ты на неё глазел, будто на кинозвезду. Ты считаешь её красавицей?

Я потянулся к её шее, но она увернулась, скользнула мне за спину и коленкой подогнула мне ноги. Я упал, перекрутясь, навзничь, и она очутилась у меня на груди, врезаясь коленями, острыми, как клинья, мне в суставы плеч. Я изобразил на лице безразличие. "М-Ж, ты меня начинаешь раздражать".

Она снова ткнула меня. "Ну что, разве из-за её глаз? Они у неё зелёные, раскосые. У тебя тоже раскосые, прямо как у полукитайца какого-то".

-- Это от монголов. У нас это в генах. А ну, слезай-ка с меня!

-- Отвечай на мой вопрос, Ричард.

Она коснулась моего горла бейсбольной перчаткой, словно лезвием ножа. Я увернулся, пытаясь схватить её за голени, но так как у меня не было точки опоры - а также потому, что не хотел выказывать особого усилия - не зашвырнул её девяносто фунтов на тот конец амбара.

-- Ну, что ты ей тогда, стоя на сцене, говорил?

-- Сказал ей не кипятиться особенно. Сказал, что надо следить, как бы карлик-канук сзади не набросился...

-- Ох, врёшь! Ты ей всего четыре слова сказал!

-- Сербский точнее французского. Когда вы, лягушатники, базарите, так весь день уйдёт на то, чтоб в сортир отпроситься.

М-Ж вновь меня долбанула, потом откинулась и стала глазеть на стену амбара, потрескавшуюся и проеденную мошкарой; дырки сверкали, как звёздочки, в полумраке сеновала. В безмолвии я вдруг осознал, что смотрю на очертания её ягодиц - и их округлость застала меня врасплох. Мы ведь достаточно друг с другом борьбой занимались; всегда мне казалось, что она вся была из угловатых железяк и фанерных планок.

-- Ты на неё смотрел, как будто бы она - Одри Хепберн.

"Ничего подобного", - сказал я и вновь попытался её

сбросить, но она вдавила мне колени в грудь ещё сильнее; мне нравилось тепло, исходившее от того места, где она сидела у меня на груди. Марина не была похожа на Одри Хепберн; но с другой стороны, в ней всё-же что-то было, как будто она, беззащитная, просила защитить, обещая в ответ благодарность. Её глаза как будто молили о помощи.

-- Рикки, скажи мне, она женщина привлекательная?

-- Да какая она там женщина?

-- Ну, как же, ей ведь лет восемнадцать-двадцать.

М-Ж перестала со мной бороться, задумавшись; а в наших играх правила были такие: если один переставал сопротивляться, то и другой должен был перестать. Скинуть её было бы против наших правил, но я внезапно почувствовал её прикосновение, и почувствовал, что у меня встаёт... Я глянул на её лицо; лучик солнца озарил её нос и рот, оставив глаза в темноте; изгиб её носа выглядел таким привлекательным, а губы такими полными... мне захотелось вдруг её к себе притянуть, подружку мою - но не мог, так как у нас было перемирие, и это было бы против правил. Я вдруг представил себе Марину, эту зеленоглазую цыганку с раскосыми глазами, странницу из далёких земель, сидящей у меня на груди... Я перекатился и скинул М-Ж с себя в сено, нарушив наши правила.

Глава третья

-- Ну, что этому мальчишке Белайлу нужно от твоей сестры?

Джейкоб Скаллен завязал узелок на верёвке, крепившей голову бычка к шесту из лиственницы. Бычок тянул против узды; копыта ёрзали по соломе, но голова была привязана намертво. Он навалил кучу навоза, испускавшую пар. У головы его был деревянный брусок с наконечником, а другой брусок был натянут на канат, привязанный к балке, уходивший в темноту чердака сарая. На доске лежали два изогнутых свежевальных ножа, прямой нож для закалывания, мясная пилка, керамическая миска и оцинкованное корыто.

"А мне почём знать?" - сказал Дуэйн, подняв двенадцатифунтовую кувалду. Бычок наблюдал за ним, пытаясь оттянуть верёвку нерешительно; но голова его была привязана и не могла двигаться, а копыта скользили по грунту. И не хватало у сего Самсона на копытах мощи, чтобы обрушить храм на головы своих гонителей.

Рут пришла домой из школы с Риком и М-Ж. Джейкоб учинил ей допрос. Она доложила, что они ни о чём не говорили, только базарили, как сороки, а она ожесточалась против их слов. Рут была брехуньей - женщины были существами слабыми и всегда лгали - но

Дуэйн считал, что малышка М-Ж начала выглядеть неплохо и уже приобретала фигурку. "Да у него уже хватает заззоб – кажись, эта французская девчонка у него на уме".

"Бей его вот сюда, два дюйма повыше места прямо промеж глаз - и он тогда упадёт чисто, и я смогу кровь спустить без сотни ударов копытами", - сказал Джейкоб, заостряя нож для закалывания. Дуэйн заглянул животному в глаза. Что ж, им надо было есть, подумал он, глядя на место, куда должен был прийтись убийственный удар. "Они выполняют работу дьявола. Из-за той потаскухи христианин потерял своё спасение", - бормотал Джейкоб бычку, как будто тот был тем самым мерзким Золотым Тельцом. "Они антихристу молятся".

"А ту язычницу, которая на рождественском вечере была, можно было бы спасти?" - спросил Дуэйн. Что-то в ней было такое, подумал он; Рикки она не подойдёт - слишком худая. Может, она станет его подружкой.

"Может быть", - ответил Джейкоб, отложив точильный камень. – "Но нам от этого лучше не будет, если упустим душу Рут. Давай, бей его".

Дуэйн поднял кувалду, размахнулся и ударил с глухим стуком там, где сталь столкнулась с черепом. Бычок упал на колени, и Джейкоб вонзил ему нож в шею, ловя кровь в керамическую миску.

Огромные настенные росписи, изображающие картины охоты, пожелтевшие от десятилетий сигаретного и кухонного дыма, покрывали заднюю стену и отражались в зеркалах стойки. Свен Соренсон мыл пол шваброй. Мы сидели за стойкой, спиной к столикам. Я пил кофе, а М-Ж - какао. Был слышен приглушённый, дальний гудок шахты. Свен закончил мыть пол, оставив сухой полукруг вокруг наших табуретов и лужицы воды у ног. У меня в бумажнике было 110 долларов. Я никогда в жизни не имел такого количества денег. "Ну что, думаешь, твой папа будет работать допоздна?" - спросил я. М-Ж на эту удочку не поддалась. Её карие глаза буравили мою физиономию, как будто она изучала - причём без особого удовлетворения - каплю расплавленного металла, которую только что приварила мне к виску.

"Они тебе 130 должны были уплатить". Я глядел на неё в зеркало; её чёрная ушанка была натянута аж до глаз, из-под неё вылезали пряди волос. Вот как несправедливо, подумал я. Она становилась слишком взрослой, чтоб тумаков ей надавать - как будто бы от этого и раньше была какая-нибудь польза.

"Де Ла Фонтен тоже должен деньги делать", - сказал я, натянув ей шапку аж до носа.

"Ну, и пусть делает на ком-нибудь другом". У М-Ж, казалось, на всё был ответ. Небось, бабы готовили все эти словесные стычки загодя, потом гадали, как разговор пойдёт, и мастерили ответы на все случаи, чтоб тебя всё равно в ловушку заманивать. М-Ж стянула шапку и стала ею обвевать свои короткие волосы, стриженые, казалось, ржавой косилкой. "Рикки, что же ты себе думал?"

Я развязал свой шерстяной шарф. Свен дотронулся до гриля пальцем и, удостоверившись, что тот остыл, насыпал на него чашку соли и принялся тереть тряпкой, поглядывая на нас в зеркало с ухмылкой на лице. "Я щас твоей башкой пол вытру, как шваброй", - сказал я, сделав большой глоток кофе.

"Рикки, у него же имеется целый ряд цен, которые он может предложить. Нам их диапазон более-менее известен. Мы хотим высокую цену, а он хочет платить низкую. Ему нужно контракты выполнять - ему твои меха нужны, они высокого качества. Ты очень усердно ловлей занимаешься. Меня аж бесит, что он так тебя эксплуатирует". Я уставился в зеркало, сам немного приходя в бешенство. М-Ж развернулась на табуретке. Если я на неё смотреть не стану, она найдёт мой взгляд в отражении в зеркале... "У нас же ещё есть те тридцать ондатр и три бобра - вот мы их на будущей неделе и привезём".

"Мистер Де Ла Фонтен не ведёт переговоров", - заявил я. Я видел, как он отмахнулся, когда я показал ему мех бобра; видел в его глазах искорку коварства. "Он просто задаёт цену". Она пританцовывала на паркете, пряжки на сапогах бряцали то медленнее, то быстрее. "Мы это отрепетируем", - сказала М-Ж.

"Что мы там отрепетируем?" - сказал я. "Чёрт побери, М-Ж, ты иногда такая дура".

"Я буду играть человека из Хадсон-Бэй. Мы отработаем сценарий. Будет как бы маленький акт, в одну сцену". Моё подозрение оправдалось – бабы таки отрабатывали конфликтные ситуации заранее.

"Это самая дурацкая идея, которую я когда-либо слышал", - сказал я, надеясь замедлить её несущиеся мысли до моей собственной скорости, но она уже барабанила пальцами по стойке, улыбаясь идее какого-то нового заговора, которым со мной ещё не поделилась, а потом прошлась пальцами по моему рукаву, и долезла аж до моего уха, в которое залепила щелбан. Я оставался невозмутимым. Таковы были правила - я был старше, я был мужчиной.

"Ладно, ребята, - сказал Свен, - мне пора закрываться".

Мы стояли на хрупком декабрьском воздухе, опираясь на противоположные стороны фонарного столба; быстрые облачка пара поднимались в ясное небо, скользя над растущим месяцем. Солнце, уже сев, окрашивало край горизонта оттенками голубого и оранжевого там, где невероятно огромная белая сосна указывала, как ломаный перст, на вечернюю звезду. Шахтёры, в этом году малочисленнее, чем в прошлом, закутавшись от холода, неся ведёрца с обедом, виднелись между высоченными сугробами, как огромные пни с ногами, по пути в таверну на их вечернюю рюмку граппы.

"Тебе побольше опоры надо с этой стороны основной балки", - пошутил молодой шахтёр-итальянец, видя, как мы с М-Ж подпираем фонарный столб, как не подходящие друг другу диагональные подпорки какого-нибудь там шахтёрского подмостка.

"Я-то могу боковую держать, да ещё с лихвой", - ответила М-Ж. Она знала шахтёрскую лексику, наблюдала, как отец изучает чертежи, и слушала его размышления. Сколько должна компания потратить на укрепление ствола шахты? Потрать слишком много - не будет прибыли; потрать слишком мало - и боковая опора рушится, и двадцать шахтёров остаются навеки погребёнными в могиле тысячеметровой глубины, под шёпот осинового леса.

"Эй, *Contessa*, у тебя там есть глаза под твоим *capello*"? Молодец поднял пальцем край шапки М-Ж. "Ты кинозвезда?"

"Да, на месте съёмок, *ragazzo*", - ответила М-Ж, поднимая брови вместе с шапкой, и стала на все свои метр сорок роста.

"Чё она там говорит?" Мужики пошли в таверну на свою рюмочку; хлопнувшая дверь отрезала их фыркающий хохот. Я осмотрел стоянку подержанных машин на той стороне улицы, заваленных снегом. На одной из них я буду в будущем году в школу ездить. А если смогу стать питчером полупрофессиональной бейсбольной команды, так и 50 долларов за матч можно бы заколачивать. Я представил себя сидящим рядом с какой-нибудь острогрудой красоткой.

Через несколько минут М-Ж вновь заговорила: "Сегодня северное сияние какое-то другое".

"Тебе не стоило бы так заигрывать с шахтёрами", - укорил я.

"А что, ты хотел, чтоб я его долбанула?" - сказала она, всё ещё глядя на небо.

"Не делай этого больше".

М-Ж приготовила реплику, потом, нерешительно, попробовала другую. Но небеса всё ещё удерживали её внимание, её взор. "Они зовут нас, - сказала она. - Посмотри". Я крутанулся вокруг столба, чтобы лучше увидеть. Белая дымка болотного газа начала превращаться в спицы колеса телеги, потом в несколько колёс; они то появлялись, то исчезали, медленно двигаясь по небу.

"A Paris", - сказала она.

"Na Berlin", - ответил я, в то время как облако превратилось в митру епископа, а потом в корону.

"Babiole", - сказала она.

"Snegaroda." С самого раннего детства мы друг другу рассказывали сказки. А началось это с того, кажись, что мне хотелось её напугать до ужаса – ну, я ей и стал пересказывать страшные сказания тётушки Лидии: об украинских духах из припятских болот, где казаки гнались за домовыми в бескрайних степях и попадали в массу переплётов. Часто их спасали королевы привидений, но иногда я менял место действия на более знакомые нам места. М-Ж пересказывала французские сказки, или радиопьесы, или печальные славянские повести моей мамы, где солдаты умирали, грёзы барышень заканчивались проституцией, а продажные попы отбирали у людей их последние копейки. Наши учительницы быстро научились за М-Ж наблюдать, когда она читала первоклассникам буквари про Дика и Джейн. У нас был свой способ поддержания честности. "Правду говоришь?" - спрашивал один из нас. Если рассказ был сказкой, мы должны были это признать; а если былью, тогда неверующий терял очко. Со временем, мы выучили рассказы друг у друга. М- Ж распознавала, когда я перемещал славянскую Снегароду – столь похожую на "Девочку со спичками" Андерсена - на перекрёсток Блю-Айленд-Авеню и Полайна-Авеню в Чикаго, и вздёргивала недоверчиво брови. А сегодняшнее небо напоминало о Славенке, королеве фей с зелёными глазами - как у Марины - которая спасла витязя-богатыря от верной смерти, чуть не настигшей его; а всё потому, что не послушал её мудрого совета.

"Ты о чём думаешь, Рикки?" - спросила М-Ж. "Де-Сото" мистера Шарбонно тем временем появился в конце Мэйн-Стрит, он мигнул нам фарами и стал рядом.

"Bonjour, Papa", - сказала М-Ж, проскользнув на сиденье и натянув шляпу ему на глаза.

"Мари-Жанна, в Англии мы говорим по-английски", - сказал он сердито, и было ясно, что Роберт Шарбонно дочку обожал до умопомрачения. Насколько мне было видно, что бы она ни делала, он считал умным и смелым - а если и не кажущимся сию минуту столь же благоразумным, то, значит, считавшимся таинственным и как-нибудь постижимым в будущем. "Привет, *Cherie*", - сказал он ласково, признав моё присутствие кивком головы. "Ну что, Рик, получил хорошую цену за свои меха?"

"Да с него самого шкуру содрали", - заявила М-Ж. Мы сидели стиснутыми на переднем сиденье. У меня не было точки опоры, чтобы ей башку свернуть.

"Пять долларов за крысу, тридцать - за бобра. Думаете, к весне больше давать будут?" - спросил я.

"Ну, всё может быть", - сказал он. "Если уж дают пятёрку, то продавать можно. Если меньше четырёх - тогда бы я повременил". Он выдержал паузу. "Ты уж как-нибудь научишься торговаться - а, Рикки?"

"Так точно, сэр", - ответил я. "Может, М-Ж и я сможем это репетировать, как сцену из спектакля".

М-Ж, у которой точка опоры была, врезала мне локтем в рёбра. Мистер Шарбонно ехал медленно между снежными ущельями Мэйн-Стрит, опасаясь, как бы какой-нибудь пьяный шахтёр не вывалился из сугроба.

Летом эта улица была широкой, как бульвар - городок был распланирован, когда старатели ещё думали, что в речке Монреаль золото было. Городской снегоочиститель расчистил проезжую часть по обеим сторонам улицы - а в середине был двухэтажной высоты сугроб. С лицом, озарённым северным сиянием и последними лучами уходящего солнца, М-Ж повествовала о нашем дне, о поездке на грузовике, о финских охотниках с их ритмичным выговором, о грудах шкур и о бородатом торговце мехами из компании Хадсон-Бэй. Она умела быстро людей оценивать, сортировать и расставлять в свои гнёзда, как будто бы они были неустойчивыми элементами периодической таблицы. Её отец был более медленным. В его мире было меньше элементов. Если уж человека в гнездо занесли, то он там и оставался - как и полагалось элементу. Шахтёр или выполнял свою работу, или нет. Если ты играл в бейсбол - игру высшей стадии развития человека - то ты был либо "в развитии", либо "в пике формы" - или же уже на уклоне. Тех немногих гнёзд, казалось, ему было достаточно. Иногда я ловил его на том, как он вопрошающе глядел на М-Ж, будто бы она каким-то образом явилась из эфира, как дар божий. Её, казалось, это не задевало. А вот Адель это беспокоило. Иногда я видел, как её лицо становилось холодно-суровым, с таким взглядом, которым М-Ж... ну, не то что ненавидела, но как бы хотела ей причинить боль. Я только пару раз это видел - это так быстро проходило, и только в прошедший год или два. И не то, чтобы мать хотела дитя отколошматить за какую-нибудь дурость; нет, это было нечто иное. Мистер Шарбонно был высок и сухопар; часто ходил с руками за спиной. Он носил очки без оправы и был слегка отрешённым - часто приходил в изумление от самых обыкновенных вещей: от бабочки, от пойманной мною рыбы, от падающего листка. Наши отцы дружили. Я помню, была игра в бейсбол, где команды были составлены из вернувшихся с фронта солдат. Я помогал мячи доставать, и помню, как отец согнулся, чтобы отстегнуть ремешок щитка - и с ним заговорил мистер Шарбонно, игравший за другую команду.

"Ты с кем там был?" - спросил отец, складывая принадлежности в сумку.

"С дивизией Принц-Эдуард".

"В Италии?" - сказал отец.

"В восьмой, - сказал мистер Шарбонно. - А ты?"

"В пятой, - ответил отец, закурив сигарету, и протянул другую мистеру Шарбонно. - Много там было парней".

Мистер Шарбонно кивнул. Позже я читал историю о частях Хастингс и Принц-Эдуард, буквально распятых в итальянских Апеннинах. Но здесь он был лишь ещё одним ветераном - хоть и канадцем, но всё-таки ветераном. У этих людей номера и названия полков и армий служили достаточно подробным источником информации на данный момент, поэтому они оба отвернулись, выдыхая сигаретный дым. Я не помню, чтобы мистер Шарбонно когда-нибудь ещё рассказывал о войне. Но мой отец его уважал, и этого было достаточно. В моих глазах он был достоин чести.

"Папа, ты проехал дорогу мимо", - сказала М-Ж, как только мы проехали западное шоссе.

"Твоя мама прислала телеграмму - она прибывает в 5.35", - сказал мистер Шарбонно.

"Ага", - сказала М-Ж. И, выдержав паузу, прибавила: "Ты мне об этом говорить собирался?"

Он улыбнулся. Ну, конечно же, он собирался ей сказать. "Ричард, скажи своей маме, что будем обедать у нас дома, но, пожалуйста, поблагодари за приглашение", - сказал мистер Шарбонно. "Тебя Бен Станкевич сможет к мессе подвезти?"

У М-Ж промелькнула шальная мысль: "Что, небось, бабушка ей на нервы подействовала?"

Адель ездила в Монреаль - тот, который в Канаде, а не тот, что на границе с Мичиганом - чтобы навестить мать. Она снова их бросала. Каждый раз это её мужа ошарашивало, как если бы двое бейсболистов столкнулись, а потом, хотя и стояли на ногах, но говорили бы с натугой из-за замедления мозговых функций. Если бы Адель навсегда ушла, он бы потерял и М-Ж, даже если Адель была полным психом. Такие были порядки в Америке – да, наверное, и в Канаде тоже. Адель была заодно с церковью, материнством и пристойностью. А местный шериф выполнял бы приказ суда - даже если разговор шёл о канадцах.

"Ну что, маме надоела эта святыня?"

"Хватит, Мари-Жанна", - сказал он тихо. У Адель Шарбонно было не так много добрых слов о муже. Он работал слишком долго, зарабатывал недостаточно и притащил её в это богом забытое захолустье. Мне подумалось, что кому-то следует ей сказать, чтобы перестала жаловаться. В Канаде стоял сарай, где её отец когда-то повесился, а Адель его тогда там нашла. Она была тогда приблизительно такого возраста, как М-Ж.

"Мама увидит миссис Белайл вечером на мессе. Рикки будет министрантом", - сказала М-Ж. Когда мы подъезжали к станции, отец и дочь притихли; на ветровом стекле было отражение двух людей, готовящихся встретить Адель Шарбонно у поезда, какой бы она ни была в тот момент. Я посмотрел на профиль лица М-Ж. Она становилась всё более миловидной. Когда она у нас теперь оставалась ночевать, она спала наверху. "Ей нужно уединиться", - говорила мама. Но у меня не было других настоящих друзей, и не хотелось её терять - либо из-за переезда, либо из-за чокнутой мамаши. Да-а, чокнутая мамаша у неё... Казалось, что Адель уже была с нами в машине, настолько явная, что прямо заставляла верить в духов, которые оставались невидимыми, прежде чем решить, появиться или нет.

Роберт Таунсенд

Начальник станции, педантичный немец, уже смёл весь снег с платформы. Мы вошли в здание станции как раз, когда проезжал снегоочиститель Чикагско-Северозападной железной дороги, который насыпал кучу снега на веху в виде термометра, которая отмечала рекорды снегопада - сорок семь футов в 1934-м году; пятьдесят четыре в 1921-м. Как говаривали старые финны: "Да, в наше время глубоко-о бывало-о"... Мистер Шарбонно подкинул кленовую чурку в топку, дважды тряхнув решётку. Вошёл начальник станции, неся в руке чашку кофе. Они обменялись кивками; очевидно, железнодорожник не возражал, что горный инженер вторгся в его мирок. Отец М-Ж был человек известный; как официальное лицо компании, он обладал влиянием. На коммутаторе зазвонил телефон. Начальник станции вынул штекер из отверстия в столе и воткнул в другое на щите коммутатора, затем снял наушники и, не надевая их на голову, стал слушать. "Ладно-складно, - сказал он. - Так точно, поезд прибывает через пятнадцать минут". Вся эта сцена напоминала о картинках, написанных Норманом Рокуэллом для "Субботнего Вечернего Журнала".

На станцию зашла парочка. Молодой человек с русыми напомаженными волосами, зачёсанными прямо назад, был одет в костюм и пальто. Мне показалось, что он тоже работает в управлении шахт - так как носил костюм - но мистер Шарбонно его не признал. Его дама, худая блондинка с острыми чертами лица, возрастом лет в девятнадцать - или тридцать - была в одежде, как бы прямо сошедшей со страниц журнала моды. Её зашнурованные сапожки из мягкой замши были оторочены мехом. А её кавалер поднёс к лицу руку, и на запястье показались золотые часы.

М-Ж и я сидели перед доской с расписанием поездов. Я читал журнал. Седовласый начальник станции перечеркнул мелом время прибытия, 5.35, и написал новое - 5.50. Мистер Шарбонно раскуривал трубку и глядел в окно. Сидящие рядом кавалер и дама явно чувствовали себя неуютно на этой захолустной конечной станции, усеянной утварью фермеров, охотников и шахтёров. Но неудобство прошло через минутку, и молодая, стильно одетая девушка повернулась к своему парню, намереваясь что-то ему сказать. Он сдвинул шляпу набекрень, и стало видно шрам, протянувшийся от бровей аж до самых волос. Его лицо перекосилось в презрительной усмешке, и он замахнулся рукой. Она отпрянула, а когда удара не последовало, ретировалась к стойке с журналами. Он закурил сигарету "Camel", повисшую с губы, и дым вился у лица.

М-Ж, наблюдая эту сцену, забрала у меня из рук журнал, пошла к фонтанчику, напилась, потом поставила мой журнал на место и стала искать другой. Она что-то сказала девушке, чьё лицо приобрело более мягкое выражение. Её говор, похоже, был южно-деревенским, и теперь казалось, что ей больше лет пятнадцати и не дать. Молодой человек привстал, но его взор столкнулся со взором мистера Шарбонно, и он присел обратно - как будто бы тот его тронул промеж глаз свинцовым жезлом, в виде предупреждения. М-Ж и молодая девушка болтали, согнувшись над журналом. Поезд притащился на станцию и остановился, хрипло выпустив воздух. Отец М-Ж поднялся и сделал глубокий вздох.

"Счастливого Рождества, мистер Шарбонно", - сказал начальник станции. Девушка пожала М-Ж руку, и мы вышли из здания станции. Из третьего вагона на платформу ступила Адель.

Я открыл ладью с фимиамом, отмерил две чайные ложки в кадильную чашу, чиркнул спичкой о большой палец и зажёг порошок. Я отнёс кадило отцу Вукеличу, и дым за мной следом курился на безветренном воздухе. Пар, выдохнутый каждым прихожанином, был виден в отсвете свечи, которую каждый держал в руках; блики плясали на лицах, на стенах, исчезая в темноте купола. В церкви царила полная тишина, не считая лёгкого дребезжания кадильной цепи, перелистывания страниц и распевания нашего священника. Я передал кадило в его мягкую руку и вернулся на свою табуретку. *"Per intercessionem beati Michaelis Archangeli, stantis a dextris altaris incesi, et omnium*"*, - распевал священник, выкуривая дымом злых духов обратно в их тёмные густые леса и болота.

Адель Шарбонно, с чёрными кругами под глазами, пристально следила за священником — то глазами, влажными от благоговения, то кидая украдкой взгляды, полные страха, в темноту нашей долгой ночи. Внутри церкви она чувствовала себя заодно с людьми и защищённой. Вне окон церкви была бесконечная, холодная бездна, полная диких зверей и воющих ветров. Она знала, что если воплощение Бога на земле произносило вечные и неизменные слова мессы, и если я, молодой Ричард Белайл, смогу превратиться из дикаря в слугу божьего - если буду внимателен, не буду грезить наяву и передам священнику гостию вовремя и без промедления - то тогда она сможет спать спокойно. Сидя рядом с алтарём, я чувствовал свою ответственность. Я встал, чтобы принести отцу Вукеличу потирную чашу и миску для воды. *"Lavabo inter innocentes manus meas, et circumdabo altare tuum*"*. Он снял с моего запястья полотенце и вытер им руки. Я вернул на место прибор и сел обратно.

М-Ж кивала - похоже, сейчас задремлет. Помнилось, как она, шагая по снегу, размышляла о том, как бы поделикатнее с матерью иметь дело. "Я же хорошая дочка - чего ж она вечно на меня орёт?" Она встрепенулась, и лицо Адели приняло ожесточённое выражение; муж её остановил движением глаз.

Марина держала свечку в сложенных руках; слабый

свет блестел в её глазах, отражаясь от серебряной серьги, окружая ореолом золотистую косынку, из-под которой падали пряди чёрных волос. Талый воск накапливался на картонном предохранителе свечи. Её чёрные глаза то открывались, то закрывались, а губы двигались в немом разговоре с гипсовой статуей Девы Марии. Иногда она качала головой, как если бы напутствия Марии были несовершенными, и Марине требовалось пояснение. С Богом-отцом не очень-то поспоришь, а вот Мария-богоматерь поймёт, объяснит и заступится.

* «О заступничестве блаженного Михаила Архангела, стоящего по правую руку алтаря фимиама, и всех...» - лат.

* «Омою руки среди невинных, и обойду алтарь твой» - лат.

Дороти Станкевич, коренастая толстуха, крестьянка, пристально следила за этой молящейся иммигранткой, иностранкой, "ди-пи". Дороти была бабой ворчливой и подозрительной. Сидя на заднем сиденье своего "Плимута" 50-го года, она таращилась из маленького окошка, наблюдая, осуждая, сгорбленная так, что лишь глаза и нос-картошка были видны. "Эти, - казалось, размышляла она, - ворюги. За ними следить следует". Мне от этого так захотелось дождаться, пока старая карга пойдёт в сортир, а потом сортир этот опрокинуть, и пускай нюхает свою вонь, пока муж её, Бен, не выйдет на двор - а потом ему решать, справлять ли нужду на травке, или же поднять сортир и вызволить "стару бабу", которая, надышавшись собственной вони, ещё злее станет. Я быстро отбросил эти мысли от себя, дабы не нарушать святость мессы.

Алек склонил голову. Дороти сложила свои тяжёлые руки над скамьёй, закрыв ему вид на ноги Марины. Каким-то образом почувствовав недоброжелательность Дороти, мать подсела ближе к Марине, как бы охраняя её. Меня же раздражало то, что блуждающий взгляд Алека вроде как осквернял святость нашей лесной церквушки. Я встал на колени. Через оконце была видна убывающая луна, осветившая вязовую рощу, кладбище и дорогу, ведущую в лес. Поднятые ветви огромных вязов казались паствой, с мольбой воздевающей руки на жестоком морозе к ясному небу.

Отец Вукелич звякнул алтарным колокольчиком. Я поднялся, подошёл к ризнице и вынул кубок, ампулку и дароносицу. Я тряхнул ампулкой с водой, обломав лёд, чтобы не слишком быстро выливалась, когда священник будет воду с вином смешивать.

"Suscipe, sancta Trinitas, hanc oblationem, quam tibi offerimus ob memoriam passionis, ressurectionis, et ascensionis Jesu Christi*". Он вновь звякнул колокольчиком. Я встал перед ним и, глядя на прихожан, увидел мою скептически настроенную маму, подозрительную Дороти, напряжённую Адель, усталую М-Ж и смущённую, красивую цыганку, женщину-девочку по имени Марина. Я передал отцу Вукеличу гостию. На нём были очки в чёрной роговой оправе, на каждом пальце левой руки по кольцу, а волосы - коротко подстриженные и навощённые. Много лет назад,

* "Прими, святая Троица, сие пожертвование, которое приносим в память о страдании, воскресении, и вознесении Иисуса Христа."

когда пришёл мой черёд стать министрантом, он меня спросил: "Ты любишь Иисуса?"

- Да, отец.

- Любишь нашего Святого Отца Папу Пия, архиепископа и епископа?

- Да, отец.

- А отца своего любишь?

Он пристально смотрел на меня. Я был в недоумении.

- Папа меня будет учить играть в бейсбол.

- Это как же, сын мой?

Я потом маме говорил о том, что он мне тогда сказал

и что смотрел на меня странно. Она задумчиво закусила губу. В одно из последующих воскресений она сказала отцу Вукеличу, что её не покидали мысли о несчастном отце МакКинни из церкви Святой Елизаветы, который был убит грабителем. "И за что - за пять долларов из коробочки с пожертвованиями для нищих?" М-Ж и я проходили уроки на конфирмацию, и отец раз в месяц устраивал нам экзамен. Только лишь тогда, когда я смог без помощи загружать древесную пульпу в кузов грузовика, мне разрешили ходить самому на уроки.

Отец Вукелич поднял в руках гостию. "Ecce Agnus Dei, ecce qui tollit peccata mundi",* - произнёс он нараспев.

"Domine, non sum dignus, ut intres sub tectum meum",** - отвечали мы. Все прихожане встали - кроме моей мамы - и двинулись к поручню. Моя мать не причащалась - так как вышла замуж за человека не её веры. "Нужно всего лишь молиться о прощении", - советовала ей добрая монашка, но мать по-прежнему отказывалась. Марина приблизилась к поручню, как пугливая лань к саду - с глазами большими и испуганными, вот-вот готовая к побегу - и встала на колени.

* "Воззрите на Агнца Божьего, воззрите на того, кто отнимает грехи мирские".

** "Господи, я недостоин тебя принять".

Дороти разинула пасть, как аллигатор с гнилыми зубами, готовый проглотить всю руку священника вместе с телом Христовым. Из глубины церкви раздалось громкое "Аминь".

Марина озадаченно смотрела на свои сложенные пальцы. В то время как отец Вукелич брал гостию из дароносицы, я подставил ей блюдо под подбородок, чтобы ни одна крошка не упала на пол. Марина закрыла свои грустные глаза и приоткрыла алые губы; её зубы были снежно-белыми, шея гладко-розовой, а полные груди то поднимались, то опускались, прижатые к поручню. Она медленно моргнула, и стала смотреть мне в глаза с огромной благодарностью, как будто, поймав отбившиеся крохи Тела Христова, я спас бы её от вечных мук преисподней. "Аминь", - произнесла она и согнулась над сложенными руками, будто предлагая шею топору палача. Она встала и дотронулась до моей руки, словно девушка-крестьянка, дотрагивающаяся до гипсового изображения Христа, которое для неё было наполнено Святым Духом.

Она плавно отошла к статуе Девы Марии и там перекрестилась - не так, как католичка, а экспансивным жестом православной. Я выпятил грудь - мне всегда хотелось стать вот таким защитником слабых - как мистер Шарбонно - сильный, молчаливый солдат со шрамами в душе.

"Benedicat vos omnipotens Deus Pater, et Filius, et Spiritus Sanctus",* - пропел отец Вукелич.

Мы ехали домой. Несмотря на интенсивный обогрев ветрового стекла, по нему быстро расползался иней. Было сорок градусов мороза. Ещё с 15-го декабря термометр не поднимался выше минус тридцати. Я сидел между Алеком, который был за рулём, и его отцом, Беном Станкевичем. Дороти и моя мама сидели сзади. "Алек, смотри, осторожно водишь! А то в канава, помёрзнем до смерти!", - крикнула Дороти.

*"Да благословит вас всемогущий Бог Отец, и Сын, и Святой Дух".

Бен и Дороти были низкого роста, коренасты. У неё был нрав вулканический – ну, прямо дракон огнедышащий... Он, наоборот, был немногословен – наверняка оттого, что и слово-то вставить некуда было - но была в нём какая-то крестьянская хитрость. Он знал, как выжать лишний цент из каждого доллара и как потом вкладывать эти сбережения в покупку скота, земли и оборудования. Ходили слухи, что он деньги прятал под пеньком - такой приём хорошо послужил ему в 29-м.

Будущий год обещал быть большим для фермы Станкевичей. Их старшая дочь, Джурка, только недавно родила первого внука - крестили в начале февраля. А Лена, вторая дочь, должна была в мае замуж выходить. В августе они должны будут вести ежегодную сельскохозяйственную выставку "Дни Прогресса на Ферме". На это событие народ аж из графства Марафон повалит - далеко на юге.

"Да, эта Рейчел Айзекс работница хорошая", - произнесла вдруг мать, совсем без повода.

Я навострил уши. "Работница" у нас было комплиментом. Маме нравилась наша новая учительница, и она уже начала борьбу за продление её контракта. Мисс Айзекс, скорее всего, взвалила на свои плечи непосильную ношу, когда согласилась пойти на эту работу. В прошлом году, несмотря на все правила благопристойности и добродетели, мисс Мюллер вдруг превратилась в миссис Кениг, и школе срочно понадобилась замена. Отец мисс Айзекс имел связи с горнопромышленной компанией, а мисс Айзекс с родителями поссорилась из-за чего-то там, когда они жили на даче на Верхнем Озере. Так что, когда страсти улеглись, мисс Айзекс уже учила нас, дикарей, а родители вернулись в цивилизованный Чикаго.

И это было неплохо. Мисс Айзекс играла на пианино - она давала М-Ж уроки, а также носила серьги, из-за которых её давно уже уволили бы, не будь она под защитой мамы и мистера Шарбонно.

"Она - орешек крепкий", - сказала мать - очередной комплимент. "Но молода ещё" - что означало, что жизнь ещё не треснула её по зубам.

"Ленивая шлуха, жидовка", - прошипела Дороти. "Нормал-Скул - все они шлухи!" Мы достигли перекрёстка и повернули на север.

"Жидовка?" Мне это польское слово было незнакомо,

но интерес мамы не задержался на этом слове так, как на том, другом.

"Сама ты "шлуха" чёртова, Дороти. Ты думаешь, что чуть красивее тебя - так сразу шлюха! Тебе б такой "шлухой" быть".

Дороти громко гоготнула, как корова рыгающая, сотрясая машину. Мы проехали по узкому мосту над водопадом речки Спирит и въехали в ёлочный "тоннель". Фары освещали иней и снег на стволах деревьев, словно в царстве снежной королевы.

"И помада на ей!"

В зеркале заднего обзора я увидел, как Дороти моргнула, и чуть не услышал, как шлёпали её веки. Несмотря на то, что мама говорила без обиняков, Дороти её считала союзницей. Она всё-таки не была всемогущей. Когда эта старая карга потребовала от дочки, чтоб та бросила школу, так у них такое было - они друг в друга сковородками швырялись! Но Лена, всё-таки дочка вся в маму, теперь работала в госпитале - ей платили за еду и жильё; и всё-таки она собиралась получить в мае свой аттестат зрелости. А Дороти пришлось нанимать девчонок, чтоб те помогали кормить работников во время урожая - мясников, молотильщиков, косарей...

"Алек, я ж гавару тебе - слишком быстро ехаешь!" Хоть Станкевичи и эмигрировали ещё до первой мировой, Дороти до сих пор была не в ладах с грамматикой и выговором здешним... "Вот та Вилма Мелкович – красавица, правда, Алек?"

Но её сын, держась одной рукой за руль, протёр стекло локтем другой, а потом уставился в темноту, простирающуюся за узкими лучиками фар. Алек, долговязый, интересный парень со светло-каштановыми волосами, бросил школу после восьмого класса, но об этом он не хотел сильно распространяться. Когда его в 51-ом призвали в армию, Дороти, будучи польской крестьянкой из Российской Империи, обрушилась на вербовщиков, как августовский смерч. "Один сын! Работать ферму!" Так они вместо него забрали среднего сына Зельмы Фриденталь, Уолли - по крайней мере, если верить рассказам Зельмы. Алек не попал в Корею - но Уолли тоже туда не попал, а был послан в Германию.

Поддержка Вилмы со стороны Дороти привела мать в замешательство. Мама о людях довольно часто скверно отзывалась; их лицемерие и законченный идиотизм добавляли ей красноречия. Она даже самым тупым могла промыть мозги или, по крайней мере, заставить их моргать. Мать говорила, что нет людей полностью бесполезных - могут хотя бы послужить дурным примером. Она считала россказни назидательными, а сплетни - орудием учёбы. Но на злонамеренные сплетни смотрела искоса - и М-Ж, и я с ранних лет научились различать их. Мать делала паузу, потом небольшой вдох и выглядела при этом виноватой. "Ага, - думали мы, - вот сейчас пойдут злые сплетни", и сразу уши навостряли, хотя М-Ж была проворнее меня в этом деле. Бог наделил Вилму образом извозной лошади. Ей было двадцать три, и она, будучи большой и сильной, могла вести трактор не хуже любого мужика, заниматься лесной работой и брёвна таскать целый день. Ростом метр восемьдесят, худая и широкоплечая, она была для Дороти идеалом женской красоты. Да и целомудрия тоже - уж эта точно не "шлуха".

Вилма не была такой уж скверной, знала, что она - находка не очень уж удачная, но была готова смириться со своей участью. Зато здоровая была как... лошадь; уж точно могла понарожать много сыновей. Алека готовили к тому, что на ней ему придётся жениться. Ходили слухи, что Вилма переезжает жить к Станкевичам. Дороти, наверное, смекнула, что если их обоих в одном курятнике жить заставить, то в скором времени попадут и на один сеновал...

"Дороти, тебе нужна будет помощь, когда печь

будешь для крестин Джуркиного сынка?" - спросила мать.

"Сама пеку", - ответила Дороти.

"Дороти, ты печь не умеешь ни хрена". Когда надо было, мать резала напрямик; иногда и матернуться могла не хуже любого матроса. Но с Дороти только такой разговор и нужен был - та была тупая, как чурка из лиственницы. "Если ты в гости собираешься ещё кого-то приглашать, кроме тебя с Джуркой, тогда тебе надо Марину нанять". Я постепенно начинал понимать, куда мать целилась со своей стратегией. Джурка была для Бена любимой дочкой - и мама на самом деле говорила это ему, как бы через голову Дороти, сидящей между ними. "Марина умеет потецу печь", - сказала она. Бен ожил - он был большим любителем этого лакомства - пышек с ореховой начинкой. Алек тоже повернул голову.

"Грязна иноземка", - брюзжала Дороти.

"А ты сама - нет? У тебя ж даже памятник на могиле будет с польской надписью!" Однажды находчивый коммивояжёр - поляк из Чикаго, кажись, - продал Бену и Дороти надгробную плиту с готовыми надписями - разумеется, на польском. Плита уже вкопана в землю на кладбище и готова к употреблению. Все даты уже были на ней высечены - вот только последних двух цифр года смерти не хватало. Но в таком случае Дороти и Бен должны будут помереть до 1999-го года - иначе она ни за что не раскошелится на исправление. Я в уме прикинул - значит, Алеку ещё в упряжке сорок один год придётся мыкаться. Как раз к пенсии разживётся...

"Вилма поможет", - бесстрастно заявила Дороти. Голова Алека ещё глубже втянулась в овчину его воротника. У Вилмы было ещё кое-что общее с Дороти - в её семье варили корнеплоды - картошку, репу и брюкву - на обед. Свиньи получали еду первыми.

"Посмотрим", - сказала мать.

Мне подумалось, что Алек мог бы добровольцем пойти в армию. Он бы скорее упрятал свой драгоценный кожаный тулуп на два года и пошёл бы с рогаткой на китайскую орду, нежели быть поставленным перед перспективой встречи с Вилмой в постели. Я рассеянно стал думать о том, что в субботу мне с М-Ж предстоит идти собирать капканы; главное, чтоб до этого снег не выпал, а то никогда их не найдём. Хотя М-Ж вроде всегда помнила, где мы их расставляли.

"Жаль, что тебе деда узнать не довелось." М-Ж слушала, как мать, на французском, предавалась воспоминаниям, подняв взор от клавиатуры на портрет усатого, седеющего мужчины в жилете с карманом для часов. Копия картины Эль Греко "Pieta, или Оплакивание Христа" висела над алебастровой статуэткой Девы Марии. Направо от мамы и дочки, сидящих за фортепиано, висела целая иконография франко-норманского семейства - небольшие чёрно-белые фото в рамочках, несколько ферротипов и пара грубовато написанных масляных холстов с портретами дам в чепчиках; а на самом почётном месте висел древний дагерротип старика с бородой по пояс. На стене тикали часы. Стукнула батарея отопления. Тяжёлые полузакрытые занавеси впитывали блеск утреннего солнца, усиленный снегом - равно как и мебель из тёмного дерева, обитая красно-оранжевой парчой; и натёртые половицы, пересечённые рыжеватым турецким ковром. "Он так любил Шуберта", - сказала она, играя партию для правой руки "Chansons", не глядя на ноты.

"Maman, сыграй-ка 'Serenade'..." М-Ж, ощущая, что эмоциональная почва заколебалась - как если бы она сбилась с оленьей тропинки, проходящей через поле дикого риса - поняла, что должна остановиться и вернуться на землю, хоть и не совсем, но достаточно, прочную. Этому уж Рикки её научил. Он, обвязавшись подмышками верёвкой, шёл впереди, а она - за ним, твёрдо сжимая шершавую пеньку. Он ей канючить не позволял. Она была обязана делать то, что приказано - держать его жизнь в своих руках. "Не поступай, как девчонка!" - наставлял он. "Падай на задницу. Ниже!" Ей казалось, что от неё ожидалось, что и верёвку матери она держать должна. "Ты же вправду меня любишь?" Адель ненавидела ложь - об этом она часто упоминала; а М-Ж давно уже узнала, что правда приносит только муки. Отец её выслушивал, но был невнимателен и часто проговаривался матери, а когда правда до неё доходила, следовали одни страдания. М-Ж нравилось наблюдать, как длинные пальцы матери и её бриллиантовое кольцо порхали над клавишами в те мгновения, когда мать играла без воспоминаний, трепещущих как летние мотыльки в лучах фонаря на веранде. "... обеими руками, пожалуйста!" Меховая лачужка была для неё часовней - её личной часовней. Там Ричард выслушивал её - и хотя он не особо обращал внимание - но и о тайнах её тоже не распространялся. И всё-таки она жалела о том, что у неё не было подружки.

"У нас было венское фортепиано. Вот на таком Шуберта играть в самый раз - оно было не столь громкое, не такое немецкое, как вот это". Адель ускорила темп, как будто сам молодой Франц готов был переступить через порог с глазами, горящими сифилисной лихорадкой, чтобы упрекнуть её в недостатке мастерства. Адель нервно хихикнула. "Твой дедушка, когда пел, глаза его так сияли". М-Ж беззвучно трогала клавиши пальцами левой руки, как будто подыскивая мелодию, которая могла бы мать умиротворить. "Сестра Франсуаза играет красиво. Она ведь теперь мать-настоятельница". М-Ж глянула на лицо матери в зеркало над фортепиано, хотя глаза Адели были сосредоточены на чём-то ином. "Она уже не так много преподаёт, но тебя научить сможет. Приходское фортепиано было подарком от отца. Это было бы большой честью".

"Maman, я так подумала, что я, может быть, останусь

здесь, чтобы в школу идти". М-Ж почувствовала, как пальцы Адели замерли, как кошка, лежащая на солнце, от слабейшего шороха мышиных когтей по линолеуму. Всё замерло. Всё изменилось. "У Рикки не с кем в школу ехать - эдак ему и бросить придётся", - продолжала натиск М-Ж.

Выдержав паузу, Адель сказала: "Вы такие добрые друзья, да?"

"Ох, Рикки иногда такой придурок бывает". М-Ж знала, что не следует выказывать энтузиазм, но всё-ж таки каким-то образом это вкралось в её речь. "Он временами такой строгий, ну просто до нелепости", - сказала она, вспомнив про его идиотизм насчёт шахтёров - как будто она сама о себе позаботиться не сумела бы...

"Ну, ты что улыбаешься? Уж он тебя, часом, не трогал ли? Ведь так важно свою добродетель хранить, Мари-Жанна. Ричард - мужчина. Он найдёт, как это сделать... он - такой".

"Какой - такой? Что это значит?" - хотелось спросить М-Ж, и она себя почувствовала, как мышь под пристальным вниманием кошки. "Они тебя будут трогать", - сказала Адель.

"Кто будет трогать? Называй вещи своими именами!" - подумала М-Ж, но промолчала. Её пальцы заиграли мелодию вслух, и мать стала аккомпанировать, левая рука дочери вместе с правой рукой матери; на этой почве они могли быть вместе, и земля бы не сдвинулась. В нотах был напечатан также вокальный аккомпанемент - сверху на немецком, а ниже - на французском. Когда они закончили первое четверостишие, ни М-Ж, ни её мать не пожелали остановиться; они сыграли его вновь, а потом и в третий раз. М-Ж не то что бы услышала, а скорее почувствовала, как мать стала напевать, а потом её голос чистым сопрано пропел последнюю строчку: "Viens, rend-moi heureaux".*

И М-Ж прямо-таки хотелось плакать от невинности

Роберт Таунсенд

Шубертовой песни, спетой голосом матери. Они обе умолкли на три такта, отмерянных маятником настенных часов; потом М-Ж прервала паузу: "Неужто немецкая девушка такими словами может быть очарована?"

*"Приди, осчастливь меня" (фр.)

И она произнесла на гортанном немецком речь молодого человека, умоляющего любимую внять желаниям своего сердца.

"А ты слыхала, как твой отец по-французски говорит?" Смех Адели на сей раз не был хрупким; и М-Ж не услышала скрытого упрёка. "Любой язык, я полагаю, звучит красиво, когда ты внутри него", - сказала Адель, и они улыбнулись друг другу. Но взгляд Адели по возвращении к нотам упал на фотографию, и М-Ж подумала, что должна была эту фотографию сжечь; голос матери стал натянутым. "Послушай-ка, Мари-Жанна, - сказала она, - я ещё раз сыграю. Каждую ноту надо сыграть внимательно, а когда играешь внимательно, знаешь ли, всё произведение становится таким, каким Шуберт желал бы его слышать - и тогда слушателям приятно - но, что самое главное, приятно и тебе. Если уделять внимание каждой нотке - так же, как каждому мгновению - то тогда и произведение, и жизнь твоя станут источником красоты".

Её слова были резонными. Мать знала правила и всегда их повторяла - но их было так много, что М-Ж потеряла им счёт и не всегда их до конца понимала. Она задумалась рассеянно, и мысли побрели, как бы вслед за "Странником" Шуберта; и очутились на южном пастбище фермы Белайлов в один июньский день. Она шла к миссис Белайл, собираясь помочь ей с выпечкой хлеба, а тут как раз и коровы паслись рядом, выискивая стебельки реденькой травки. Корова по кличке "Брауни" была беспокойной, возбуждённой; она подняла хвост вверх - и М-Ж увидела, что торчит пара блестящих, белых копытец... Будучи доброй фермерской девчонкой, она решила сыграть роль коровьей акушерки, отгонять чёрных мух, мучавших бурёнку, и отнести телёнка в хлев - а не то Брауни его ещё, чего доброго, спрячет - так его аж до осени не найдут, и он вырастет диким, и придётся его на бойню отвозить. Пятнадцать минут спустя у Брауни закончились роды, и телёнок растянулся на траве. И М-Ж, застывшая в отвращении, смотрела, как корова все последствия родов стала языком чистить - неужели она и телёнка будет есть?! Нет, это ей только почудился такой кошмар. Фу ты! Брауни наконец закончила есть кровавое месиво и принялась вылизывать телёнка. В утреннем воздухе пахло кровью и амниотической жидкостью, и молодыми осинами... Неужто, подумалось ей, когда у меня родится ребёнок, придётся вот так же его вылизывать? Ещё раз фу!

Телёнок стоял и сосал вымя, и М-Ж дотронулась до собственных грудей - хотя они и были ещё размером лишь с недозрелые сливы... Она хотела начать передвигать телёнка в хлев, но Брауни её оттолкнула - не то, чтобы очень резко, но как бы говоря "не знаешь ты, как дитя держать".

"А вот и знаю!" - сказала М-Ж вслух.

"Мари-Жанна, - Адель смотрела на неё, - ты обращаешь внимание?"

"Oui, oui, Maman, bien sûr".*

М-Ж мысленно посчитала на пальцах. Рене, её старший брат, был мертворожденным. А М-Ж, будучи знакомой с нравами скотного двора, давно уже подсчитала, что мать была уже по крайней мере на третьем месяце беременности, когда родители поженились. Так что с Рикки она запросто могла бы забеременеть - случайно. Ну, и шум поднялся бы при этом! Им пришлось бы пожениться. Они бы часто переезжали - Рикки был бы солдатом, а она - пианисткой. Они бы пили вино в парижском кафе. М-Ж улыбнулась, воображая Рикки, сильного и молчаливого, сидящим за столиком. Ему пришлось бы быть молчаливым - по-французски он едва кумекал, хотя и читал её детские книжки. Ну, ей уж об этом тоже надо помалкивать - с её канукской речью... Парижане на неё смотрели бы свысока. Иногда ей очень хотелось быть парнем. Тогда бы мать была менее - ну, как сказать? - вплетённой в её жизнь, что ли; а самой М-Ж не пришлось бы испытывать такую дикую ревность, когда Рикки так смотрел на Марину. Он ведь сейчас таким дураком становился - заставлял её из хлева выйти, когда корову к быку приводил. Да она ведь с шести лет видела, как коровы идут к быкам в стойла - и что ей теперь забыть обо всём том, что видела, когда ей было четырнадцать? Неужели Рикки не мог на неё так же смотреть, как на Марину? Ну, и придурок же – ну, прямо неандерталец! Но она знала об одном - что случайно не забеременеет. Канукские девчонки знали, как вести счёт месяцам и дням и ритмам времён года - и тела. Сердце её заныло. Рикки точно влюбился в Марину.

"Там тебе лучше будет. У тебя будут подружки. Тебе нужны подружки".

*"Да, да, мама, конечно" - фр.

М-Ж глянула искоса на лицо матери, застывшее в холодной обиде. Настроение в комнате изменилось, как будто вместо тоскливой "Серенады" зазвучал мрачный "Эрлкониг" - зловещий король эльфов, который из леса детей хватает. Она вспомнила, что отец Рут смотрел на неё жадно горящими глазами, как тот самый злой король с кожей, покрытой бородавками - вот-вот готовый наброситься - если бы не сильный, способный Рикки, стоящий рядом и вроде как бы его не замечавший. Ей надо бы попросить Рикки научить её, как пользоваться ружьём "30-30", а то пистолетик "22-й" такой маленький... Она улыбнулась. Ну, что это ей вдруг такое приспичило - неужели забыла, что когда в последний раз из "тридцатки" стреляла, так целую неделю руки поднять не могла? В лесу, с Рикки, ей казалось тогда, что тот древний сосновый бор возле их пушной избушки был как бы похожим на монреальский собор "Cathedrale de Marie-Reine-du-Monde". Солнечный свет сочился сквозь хвою, словно через соборный витраж; ей было интересно, знали ли строители об огромных деревьях, о том, какой покой приходит с их созерцанием...

"Я играла епископу, когда мне было шестнадцать. Я могла бы давать концерты, но тогда в Канаде это негде было делать. Надо было в Нью-Йорк ездить, а отец меня не отпускал, - сказала Адель, и резко взглянула на М-Ж, - ты о чём задумалась?"

"Мама, он теперь едва меня терпит..."

"Они меняются".

М-Ж подумала, что понадеется на это - но навряд ли сбудется. "Oui, Maman".

М-Ж глядела на мать - это было так по-французски - бросать фразы на ветер, чтобы проверить, какую вызовут реакцию. Отец её был в своё время шальным малым - по крайней мере, по канадским меркам; и она подумала, а может, мать решила забеременеть, чтобы его заполучить? Но как же можно было стать беременной по выбору - и как же ей не стать? Ну, зато теперь он был таким кротким. Говорил немного, но хорошо слушал. Да, значит, мужчины могут взрослеть - иногда.

"Мари-Жанна, ты талантлива. Ты умеешь целый лист нот с первого взгляда запомнить. У тебя пальцы длинные, сильные. Ты чувствуешь то, что композитор хочет передать - Шуман, Моцарт, Бетховен, даже Равель. Тебе бы перестать играть в мальчишество; надо больше заниматься фортепиано. Я тебе даю заниматься лишь только по два часа в день - а ты и того не делаешь..."

"Мама, я ведь в школе тоже играю". Об этом она знала твёрдо. Она была верёвкой, обмотанной матерью вокруг шеи отца.

"Ну, это всё равно, что на барабане стучать - ты

просто лупишь по клавишам. Ну, а теперь у тебя ещё час есть на занятия музыкой".

"Мама, мне с Рикки надо пойти капканы расставить, пока снег не пошёл".

"Мари-Жанна, смотри - солнце светит". Ответ Адели был ответом любой матери - столь резонным, сколь неверным. "Когда-нибудь ты мне за это ещё спасибо скажешь".

Я прибыл в дом Шарбонно в середине утра. С карнизов свисали тяжёлые сосульки, рассеивающие утренний свет по крыльцу, как россыпи сапфиров. "Доброе утро, Мэм", - сказал я.

Миссис Шарбонно стояла в дверном проёме, скрестив руки так, что пальцы впивались ей в подмышки. Аромат её духов смешался с запахом дыма и навоза, исходившего от моего полушубка. Она была одета так, как одеваются в Чикаго - или, я полагаю, в Монреале: её каштановые кудри ниспадали на плечи; на ней была белая шёлковая блузка, жакет с юбкой до середины голени, и чёрные туфли на высоких каблуках. Она казалась каким-нибудь маяком с Великих Озёр: белой, красивой, суровой; хотя я и был редким корабликом, проплывающим мимо здешних мест, чтобы ею восхищаться. Я притопнул сапогами. Она глянула вниз, на мёрзлые коричневые крапинки коровьего навоза, оставшиеся вместе со снегом на коврике, и слегка повела носом. Я мысленно проверил, как прочно завинчена была крышка банки у меня в сумке, в которой содержалось рубленое мясо скунса для лисьих капканов. Из дома были слышны гаммы пианино - они то поднимались, то опускались - казалось, слышно было в них старание, но также злость и раздражение. Видать, М-Ж с мамой ссорились опять. Адель была из тех матерей, которые требовали, как минимум, совершенства - ведь мы все созданы по Его образу и подобию - n'est-ce pas? Роль матери состояла в том, чтобы показать нам, где мы от совершенства отставали.

"Как ты сегодня поживаешь, Майкл Ричард?" - она меня назвала по имени-отчеству, как заправская славянка, хотя меня и знала с пелёнок. Звучало это в её устах, однако, довольно странно; хотя, по правде говоря, моя мама сама частенько меня так звала (например, "Майкл Ричард, а ну-ка, отрывай задницу от дивана, а не то я тебя щас...!").

"Хорошо", - ответил я. Я наклонил голову, переступая через порог. "Дверь у вас маленькая". Когда-то, в начале века, богатый владелец лесопилок построил этот дом для своей любовницы из Чикаго - элегантной молодой женщины, которая, по моему представлению, наверное, носила длинные платья и замысловатые причёски. А сам он, видать, был козявкой - хотя дом Шарбонно был довольно большим, всё же размеры его были какими-то сжатыми - дверные проёмы были уже, кухонный потолок ниже, уборные теснее. "Ну, что, М-Ж готова там?"

Она наблюдала за моей лёгкой акробатикой с задумчивым выражением лица. "Ты уже так вырос", - сказала она. Я осторожно кивнул. Так говаривали сербские бабы, сожалея об ушедших годах, хватая тебя за обе щеки - да так, что башку чуть не откручивали... и выливали на тебя всякие нежности да поговорки, так что, удрав от них, чувствовал себя, как телёнок, коровой вылизанный. С миссис Шарбонно, однако, было по-другому. Сегодня она лишь глядела вдаль, на ширь болота. "Грустно так, правда?" - сказала она.

Я посмотрел туда, куда она глядела – вид, в самом деле, был удручающим. Девственные сосны, среди которых дом когда-то ютился, давно были вырублены. Стволы лиственниц, проросшие в засуху 20-х и затопленные ливнями 40-х, теперь были сломаны и раскиданы, как мачты затонувшей флотилии, запущенные и одинокие. "Ну, не так уж и скверно", - сказал я. М-Ж перестала играть гаммы. В наступившей тишине часы пробили четверть. Из гостиной раздался звук падающей крышки фортепианной скамьи - это М-Ж искала ноты. М-Ж много занималась музыкой - быть может, для того, чтобы смягчить резкость матери, чтобы угодить отцу, чтобы иметь хоть минуты покоя, приносимые игрой на фортепиано.

"Грустно", - повторила она инею на окне, как будто меня уже здесь и не было. «Грустно? - подумал я. - Нет, не грустно». Там, на дворе, среди снега и холода, был мир, полный жизни, звуков и неожиданностей - звуков снега, падающего на землю; рыжей белки, стремглав несущейся по ветке; воды, журчащей под льдиной; писка полевых мышек, снующих по снежным тоннелям; выдры, скользящей сломя голову по речному льду.

Моцарт в медленном темпе разливался по дому, как речная вода над камнями, как тихий ветерок, вертящий листья осин, или как летний зной над грядой холмов. Всё было прекрасно, очень даже прекрасно.

Миссис Шарбонно посмотрела на меня; на её лице как бы отразились оттенки бури, так что я невольно взглянул на небо, чтобы выяснить, не нанёс ли ветер тяжёлых туч. Я чувствовал, что мне следует вести себя тихо, а не то она ещё отпрянет, дико поводя глазами. Но нет, воздух оставался холодным, ясным и тихим - буря была лишь у неё внутри. Она отвернулась. "М-Ж надо ещё час заниматься", - сказала она. Я кивнул. Значит, Адель хочет, чтобы я уходил - это даже мне было ясно. М-Ж, видать, совершила какое-то преступление - их у Адели был целый длинный список, из которого она их произвольно выбирала. Ну, прямо как учительница, задающая вопросы - а каждый ответ неправилен... Я глянул мимо неё в гостиную; там обои были зелёного цвета - но такого зелёного, как осенняя ёлка, а не весенняя лиственница. Если я уйду ставить капканы, то

М-Ж на меня обозлится, а вот если останусь стоять здесь, как вкопанный, то, может быть, Адель отпустит её рано - как бы под моим давлением. "Неужели ты там себя одиноким не чувствуешь?" - вдруг спросила она.

- Где, мэм? - сказал я.

- Ну, вон там, - сказала она, указывая на вид с переднего крыльца.

- Ну, это отрастёт когда-нибудь.

- А что же вы там, в лесу, делаете? Мари-Жанна ведь очень много времени там проводит.

Мне хотелось ей сказать: "Она там столько времени проводит потому, что вы её с ума сводите". Я, конечно, не произнёс этого вслух, но она так на меня резко посмотрела, как будто услышала каждое слово.

- Ты теперь настоящий молодой человек, не так ли, Майкл Ричард? У тебя есть подружка? Тебе нравится новая девушка? Её зовут Марина?

Я вспыхнул.

- Нет, мэм. Она не говорит по-английски, я только помогаю ей, как могу.

- Ты ведь отцу в церкви помогаешь. От тебя мы теперь большего ожидаем - ты ведь уже мужчина.

- Да, мэм.

- Мари-Жанна о тебе очень хорошо отзывается, и мы от тебя ожидаем джентльменского поведения.

- Она, может быть, покрепче, чем вы думаете.

- Она теперь становится женщиной.

- Ну, мне пора идти - капканы смазывать надо.

- Но это же так жестоко - неужели ты такой человек, Майкл Ричард?

- Компания "Хадсон-Бэй" покупает - а я, значит, продаю.

Адель глянула на меня, наклонив голову, и слегка улыбнулась, как будто я сказал что-то остроумное.

- Скажите М-Ж, что я буду в хижине.

Я шёл на лыжах медленно. Едва пройдя за межу участка, я обернулся - и увидел крохотную чёрную точку - это была М-Ж, пересекающая северное пастбище. Я остановился, опершись на палки, пока она меня не догнала.

- Ну и короткий был у тебя час.

- А ну, пошёл!

Я и М-Ж молча шли на лыжах вдоль просеки; слева стояла кленовая роща, а справа - густые осиновые заросли, прорезанные заячьими тропинками. Там, где моренный холм спускался к заводи Поддельного Болота, М-Ж вышла вперёд и заскользила вниз по склону; ничуть не тяготясь рюкзаком на спине, она упрямо двигалась вперёд, ускоряя бег, чтобы взойти на противоположный склон. У меня на спине была довольно тяжёлая корзина, полная всякого охотничьего инструмента, и я потащился за ней наверх. Я сказал, что мы молча шли - но это я шёл молча. М-Ж вела беседу сама с собой.

Однажды, помню, мистер Шарбонно прервал рассказ о Бобе Феллере - знаменитом бейсболисте - и, подмигнув мне, по-отцовски твёрдо позвал М-Ж: "Пожалуйста, своди своих друзей сюда вниз и познакомь меня с ними." Последовала пауза, во время которой почти что можно было почувствовать удивление М-Ж, а потом её хихиканье послышалось с лестницы: "Папа, да тут я одна". И мистер Шарбонно покачал головой от изумления, что дочь нашла его шутку смешной. А я с нетерпением вернул его внимание к главной теме - к мечте (для него обыденной, а для меня - несбыточной) о том, что было бы, если бы "Бостон Брэйвс" не только переехали в Милуоки, но и выиграли бы чемпионат лиги, побив могущественных "Нью-Йорк Янки".

М-Ж ждала меня на гребне холма, опираясь на палки, глядя на северо-западный горизонт - непрерывную череду деревьев, насколько хватает глаз - белых от инея, блестящих под холодным солнцем. Стая синичек, среди которых затесалась и пара красноголовых корольков размером с серебряный доллар, порхнула в деревья, чтобы изучить М-Ж со всех сторон и точек зрения. А она что-то говорила - может мне, а может и птичкам.

- С маман, знаешь, как игра в "войну", но она карту не показывает, а... ну... обманывает, в общем.

"Войной" называлась одна из наших бесконечных детских карточных игр, в которой, если противник угадывал, какая у тебя в руке карта, ты обязан был её отдать - иначе не вышло бы. Я переводил дух, опершись на палки, и давал ей высказаться. Не было смысла встревать в её разговор... с самой собой.

- Она мне подарки дарит нежеланные - а потом злится, если я ей не навеки благодарна.

Она повернулась ко мне с озадаченным выражением лица.

- Она ведь хочет, чтоб я в монашки постриглась...

Стая птиц взлетела, хлопая крылышками по холодному воздуху - как будто пришли в ужас от такой мысли.

- Ну, это на тебя не похоже... То есть - ну, иногда она бывает приятной.

Её глаза блестели - не то от ветра, не то от слёз.

- Но так часто, я... мы... ну, папа тоже - мы вокруг неё как по яичным скорлупкам ходим.

М-Ж иногда всё-таки была такой девчонкой. Временами всплакнёт - а я в основном ей приказывал замолкнуть. Теперь мне подумалось, что самому заткнуться не помешало бы - но я этого не сделал.

- Ну, мама твоя, наверное, не такая уж скверная. У всех взрослых бывают бестолковые моменты... Моя мама иногда вспыльчивой бывает тоже...

Я вспомнил о неистовом гневе отца на брата.

- Надо просто из дома улизнуть, пока не утихомирятся.

- Рикки, ты не понимаешь. Когда ты рядом, она себя

ведёт хорошо.

Она смотрела на мои глаза - но не в них. "Она меня просто ненавидит", - сказала она, взвешивая каждое слово.

- Ну, зато папа тебя любит, ведь так?

М-Ж вздрогнула, глядя на меня, как будто я с неба свалился; казалось, её изумляло, что я могу вот так запросто и сердечные дела обсуждать. Она притихла на минутку, а потом отъехала. Мы прибыли к нашей пушной хибарке и, согнувшись, переводили дух; выдохнутый нами горячий пар повис в воздухе, как маленькое облако. М-Ж сняла свой брезентовый рюкзак и подтянула рубашку, чтобы охладиться. С её голого живота клубились струйки пара.

"А ну-ка, опусти обратно!" - скомандовал я. Она, не ответив, лишь закатила глаза, а потом, обмахнувшись ещё немного, стала доставать из рюкзака свежевальную доску. Я положил свою корзину на дощатый стол; в ней были все предметы, необходимые капканщику - капканы номер 3 и 4, да цепи для них. Тишина избушки была нарушена металлическим дребезжанием.

- Давай, двигайся - а то у нас дневного света осталось не так уж много - час, полтора от силы.

- Ничего, догоню.

М-Ж достала из щели в стенке "Мадам Бовари" Флобера и засунула её меж двух досок стола. Она накачала газовый фонарь, чиркнула спичкой о задницу, зажгла фитиль и наладила шипящее пламя. Адель ей запрещала читать Флобера, которого Квебекская епархия признала чересчур порнографическим. Так она забрала книгу в нашу хижину и там читала урывками. "Эмма такая дура", - говорила она.

"Да скучная она", - сказал я, но М-Ж меня проигнорировала. Я положил дрова и бересту в печку и чиркнул спичкой о чугунную дверцу. М-Ж уже глубоко зачиталась, да так сосредоточена была, что уж не оторвать никак от повествования. Огонь стал потрескивать, и я сложил поверх него расколотые дрова, поправил тягу и стал глядеть из окна у трубы. "Городок маленький слишком, ничего там не происходит", - сказал я. С другой стороны, сколько бы ни было у Дюма захватывающего действия, в результате было, как если бы наелся на ярмарке сахарной ваты - лёгкий голод и головокружение.

Она щёлкнула пальцами и протянула руку, не отрывая взгляда от книжки.

- Тебе бы стоило не только одну обложку читать.

- Да я прочёл первую сотню страниц!

Что было правдой - и я там не нашёл ничего похожего на порнографию. На антресолях валялась пара ящиков книжек - там были и детские, и запретные. Половина из них была на французском, на котором я научился читать - по крайней мере, рассказы попроще - с помощью М-Ж, книг, дублированных на английском, и затрёпанного словарика "LaRousse". В этих книжках ничего крамольного не было.

М-Ж вновь щёлкнула пальцами, и я принёс ей стопку ондатровых шкурок. Она вывернула одну из них наизнанку и растянула её над скоблильной доской, тем временем деликатно перевернув ножом страницу.

- Ну, ты как-нибудь себе палец отрежешь - и не заметишь, пока всю страницу кровью не зальёт!

Но она лишь отмахнулась от меня ножом и принялась соскабливать со шкуры жир и хрящ. В избушке становилось теплее.

Я поглядел из окна, загаженного мухами. Холодный полуденный свет струился сквозь нагие деревья. Дым спускался до русла реки и тёк вместе с водой вниз по течению. Рыжая белка сигала с одной ели на другую; охотники перевели множество куниц, что немного облегчило белкам жизнь. Но зато оставалось ещё множество лисиц, сов, ястребов и рысей - так что белкам ещё не совсем скучно было жить. Нам по пути попались на глаза ещё свежие следы рыси - и я невольно подумал о том, сколько бы дали за её шкуру, если поймать в капкан...

Я взял бобровую шкуру, прицепил её к канатику, поднял на балку и принялся свежевать.

- Она ревнует?

На лице М-Ж отразились смущение, неверие, а потом и отвращение. Она поддела кусок жира лезвием ножа и кинула его на печку - где он прилип, растаял и, дымясь, стал медленно сползать. Она посмотрела на печку, на струйки дыма, то и дело клубившиеся по хижине.

- Кто? И кого?

- Мама ревнует... меня?

- Ну, что за глупость! Это в тех дрянных семейках - как у индейцев или хорватов - матери дочерей ревнуют. А у порядочных людей - никогда.

М-Ж, держа нож между двумя пальцами, барабанила по столу остальными тремя - пианистка, всё-таки...

- Эй, ты со мной говоришь или со стенкой?

Она с кем-то спорила - не со мной, но с кем-то похожим, не знаю, с мужчиной или с женщиной - может, даже с самим Флобером; понятно было одно - этот кто-то, похоже, стал одерживать победу в споре.

"Ёлки-палки, - сказала она, стукнув по книжке пальцем, - а вот и она".

Глава четвёртая

Отец вернулся из города. Мы рубили дрова. "Ну, давай передохнём", - сказал он. Он вытянул сигарету "Pall Mall"; чиркнул старенькой зажигалкой. Я выключил трактор и оперся локтем о берёзовое бревно. Заходящее солнце окрасило снизу облака цветами малины, азалии и маминой кроваво-красной помады. Красноватые тона румянили чёрно-белый мир; далёкие ели превращались в чёрные острия стрел; более близкие осины становились серыми, а образ отца - базальтовым. Он стоял, словно каменное изваяние, неподвижно глядя на облака - лишь изредка выдыхая дым и пар, как вулканическая расщелина. Он кивнул в сторону неба; я глянул вверх и увидел две тонкие белые струйки, стремящиеся к полумесяцу.

- Реактивные...

Он кивнул.

- Наверное, там, в Корее, было так же холодно - или ещё похлеще?

- Наверное.

Мы молча стояли. С тех пор, как уехал Фрэнк, у него уже не было таких приступов гнева, как раньше. Он ни разу не потерял самообладания - по крайней мере, со мной. Может, мне следовало вновь его "запустить"? "Ну, как, ты думаешь, у него идут дела?" - выпалил я.

Базальтовая глыба кинула окурок в колею и повернулась в мою сторону. Румянец заката отражался от снега на его лице. "Он в артиллерии, - сказал отец. - Всё будет у него в порядке". Мы накануне получили открытку из Сан-Франциско. Единственная строчка сообщала о том, что Фрэнк вступил в армию и направляется в Японию.

Я в мыслях постепенно расстался с миром холода и льда; воздух стал теплее, насыщенным влагой. Мы с братом ложились спать - и вдруг вспышка молнии! Спустя секунду от удара грома задребезжало плохо замазанное окно. Повторная вспышка опалила воздух - так близко, что хоть дотронься... Громовой удар был столь немедленным, столь ощутимым, что я аж сел, как подкошенный. Я вновь поднялся и поглядел в сторону северо-запада - оттуда шёл ветер, сгибавший деревья и траву, и стена дождя, застилавшая вид вновь засеянного овсом поля. Ветер прошёл по рву и ударил в дом. Я запустил во Фрэнка подушкой - "Вставай!" Он осмотрелся, не сразу сообразив, что к чему. Посмотрел на подушку, подумал и швырнул обратно. Окна задребезжали. "Ну, надеюсь, хоть коровы к хлеву вернуться успели, чёрт возьми", - бросил он. Фрэнк был на пару лет старше меня, но казался старшим лет эдак на двадцать - носил обязанности на плечах, как валуны. Отец часто был в разъездах - сперва в Чикаго, потом в Дулуте; иногда ездил на стройки. Фрэнк в его отсутствие заправлял фермой.

Ещё один удар молнии пришёлся совсем близко - и я немножко понадеялся, что, может, шаровая молния залетит и зависнет над комодом, потрескивая искрами - вот о чём было бы М-Ж рассказать! Ну, может, я и так придумаю, даже если этого не произойдёт... Я спрыгнул с кровати и выглянул в окно - белые сосны на окраине двора гнулись и стонали, с трудом пытаясь выпрямиться.

Я натянул джинсы, обулся и вышел через кухню и гостиную на крыльцо. Ранее там мать с отцом сидели и пили кофе, перешёптывались, выглядывали из окна на стену дождя. Я выглянул из кухонного окна и увидел наших коров, терпеливо ждущих у дверей хлева.

"В чём дело?" - спросил я, но мать лишь покачала головой. К тому времени, как мы закончили доить коров, низкие клочья облаков уже пересекали долину с севера на юг. Мы поехали на нашем стареньком "Паккарде" на инспекцию повреждений, начиная с края овсяного поля.

"Ну вот, только представишь себе, что лучше становится, а тут такое..." - начала мать. Большие участки колосьев овса пластом лежали на поле. Родители молча осматривали нанесенный вред. "Ну, теперь уже ни хрена не поделаешь..." Мать бросила окурок и втоптала его в грязь. Отец кинул свой в поле. "Ну, какого чёрта ты сеял эти дешёвые семена? Я ж говорила, что первая же буря их сдует!" - бросила она. Отец не ответил. Мы пошли обратно к машине. Отец закурил очередной "Pall Mall" и глубоко затянулся. Воздух, полный влаги, снова холодел. Красное небо потемнело; появились звёзды, планеты. Следы от самолётов проходили по луне. Отец запустил трактор, и мы вместе поехали обратно домой.

"Ну, я же так и подумала, что фары увидела". Мать отодвинула игральные карты, рюмки с виски и пепельницы, чтобы поставить на стол чёрный хлеб с колбасой, луком и маринованными яйцами. "Если б я Рикки с трактором не послала тебе на выручку - нашли б твою задницу замёрзшей в сугробе поутру".

"Ничего, Берта, моя задница бы лёд растопила быстро", - заявила тётушка Лидия, близоруко жмурясь за запотевшими стёклами очков и потрясая красной шёлковой косынкой. Она отряхнулась от снега в своей шубе из поддельного меха, как какой-нибудь сенбернар, забряцав бусами, а потом стала топать, чтобы избавиться от снега, насыпавшегося в её туфли на высоких каблуках. Я нагнулся, чтобы расстегнуть свои ботинки, и молча наблюдал за этой бурей, навалившейся как гром среди ясного неба.

"Ну, и холод собачий тут у вас", - ворчал дядюшка Йосип - тщедушный человечек в очках в роговой оправе - снимая пальто и аккуратно приподняв фетровую шляпу с седоватых волос, зачёсанных прямо. Он свой "Олдсмобиль" посадил прямо в сугроб - мне пришлось их трактором вытягивать, а потом вести по колее между заносами аж до самого дома. При этом он меня пару раз даже обогнать пытался - тоже мне, городской гореводитель...

- А что это за дерьмо в вашем кофе такое?

- Сливки это, придурок ты безмозглый; я их туда налил специально, чтоб ты сдох побыстрее.

Отец показал мистеру Шарбонно, какие редкие карты у него были в руке - но прибывшие родственники испортили игру. Когда отец вернулся с войны, он двинул Йосипу по носу - ответ солдата на ехидное замечание штатского - и это привело в действие череду событий, принёсших нас на эту землю. Отец опрокинул рюмку виски, в то время как Лидия шумно поцеловала его в щеку. Мистер Шарбонно встал, когда тётя вошла в дом, и всё ещё стоял спиной к стене, с руками, сложенными за спиной, как огромный портовый кран. Он явно сожалел о неудавшейся игре в карты, но также устремил успокаивающий взгляд на жену, действуя так, как я представлял его действующим в сражении - спокойно мыслящим, наблюдающим, готовящим верное решение в подходящий момент.

Адель, с улыбкой, затерявшейся на полпути к лицу, настороженно следила за Лидией - как будто та была диким зверем на слишком хрупкой цепи. Лидия её теснила, хотя весь кухонный стол был между ними. Ну, и, как заправский зверь, чуяла испуг.

"Господи, дай мне выпить", - сказала она в пустоту, как будто ожидала, что выпивка волшебным образом появится. "Рикки, дорогуша, пожалуйста, принеси из машины мой чемоданчик. А на заднем сиденье есть кое-что для тебя. И бутылку возьми из-под переднего сиденья. Йосип, дай сигарету", - скомандовала она. Тётушка Лидия мне нравилась, но с ней надо было всегда быть начеку. "Так точно, мэм", - ответил я, вставая со стула, и она сграбастала меня в грудастые объятия; от неё несло виски и табаком. Значит, я ей ещё для чего-то нужен...

- Майкл Ричард, ты растёшь, ну, прямо как на дрожжах! Руки вытянулись, ноги вытянулись. Чего-нибудь ещё там, небось, вытянулось?

Она подмигнула всем лукаво.

- Рикки, ты весь красный... от холода?

От их смеха меня ещё больше в жар бросило. Она подтолкнула меня к двери.

- Ох, и замёрзла моя задница!

Лидия принялась вертеть хвостом у печки – ну, точь-в-точь как райская птичка, сдутая ветром с пути.

"Смотри, осторожно возле печки вертись, Лидия, - предупредила мать, - а то, гляди, чулки расплавишь". Но Лидия узрела М-Ж, переступившую порог.

"Ой, кто это, Одетта? Боже мой!", - воскликнула она, назвав Адель чужим именем. "Неужели малютка Мари-Жанна? Ну, и красоткой мы становимся!" И она схватила М-Ж в охапку. "Только прошлой зимой ты была как тросточка, а теперь, смотри, уже в груди вес набираем!" Теперь М-Ж зарделась. А маме Лидия сказала, слава богу, на сербохорватском: "Как только у них месячные начинаются, так и трахаться готовы". Мать лишь посмотрела на неё искоса и покраснела за М-Ж. Мистер Шарбонно тоже, приподняв бровь, смотрел на дочь, как будто неожиданно осознал, что этот странный, волшебный ребёнок уже вырос, а он упустил момент, и теперь придётся уделять ей более пристальное внимание

- ведь время так бежит. Адель поймала любящий взгляд мужа и напряглась, и выражение её лица стало похожим на... ну, не знаю - как вроде на рождественском вечере Вилма Мелчер на Алека Станкевича смотрела - как ревнивая женщина, подумалось мне.

"Ну, что слышно в припятских болотах?" - застенчиво спросила М-Ж. Припять - это таинственная земля где-то на Украине, и многие из причудливых присказок Лидии имели место именно там - может, потому, что и мы на краю болота жили.

- Ах, ты сказки любишь, малютка? Ты, часом, не боишься тёмных сил? Я помню это о тебе... В нашей стране таких, как ты, держали под надзором, чадо.

- Ну, что Вы, тётя Лидия - здесь за мной никто не наблюдает. Повезло мне, видать.

"Для тебя она миссис Бухгальтер, - поправила Адель. - И не слишком ли ты взрослая, чтоб сказки слушать?"

"Нет, сказки никогда слушать не поздно!" Лидия подняла палец к потолку, нахмурив выщипанные брови. "Для нашего брата как раз Вальпургиева ночь и подходит", - сказала она заговорщически. "В последнюю зимнюю ночь мы, шальные девки, идём гулять на вершины гор - и там вокруг костров нагишом отплясываем".

Мать, нарезая хлеб и колбасу, доставая огурчики и выставляя ещё больше еды, буркнула ей предостерегающе по-сербохорватски. Я там не всё уловил, но, по-моему, что-то насчёт "там у нас в Сербии" и "в переплёт попадёшь ещё..." Ходили слухи, что Лидия на родине якшалась с цыганами и евреями, и что вроде бы потому им пришлось уехать.

"Лидия, да пошла ты со своей чёртовой *Schwarze Kunst* *! Таких, как ты, попы жгли на кострах!" - глумился Йосип. "У тебя лёд сюда есть?" - спросил он мать, постукивая пальцем по стакану виски.

"Лидия, ты ж всю кухню заняла, - сказала мать,

тронув сестру за плечо. - Рикки, ты разве ещё не разгрузил машину?”

* Чёрная магия (нем.)

“Ну, кто-то же должен детей кормить, дом держать в порядке”, - сказала Адель в ответ Лидии с запозданием. Ну, я подумал, всё-таки не то чтобы сама она такой уж великолепной хозяйкой была...

“Адель, подойди-ка сюда - мне твоя помощь нужна с пирогами”, - сказала мать.

“Попы только хворост на костёр складывали, - заявила Лидия, тыча пальцем в потолок, как заправский оратор. - А поджигали бабы”.

“Что-то не верится”, - сказала М-Ж, запнувшись на “тёте Лидии” вместо “миссис Бухгальтер”, и глянула на Адель. Мистер Шарбонно успокаивающе положил руку на плечо жены. Она её смахнула и прошла в кухню.

“Ой, детка, ты ещё когда-нибудь поймёшь”. В глазах у Лидии появились слёзы. “Сыновей-дикарей просто поколотить можно, а вот дочки норовистые и есть ведьмы. Вот таких и жгли”.

“Ох и брешешь, Лидия!” - воскликнула мать, передавая отцу новую банку варенья - у него наготове уже был перочинный ножик, чтобы откупорить. “Мать наша сама и была злобной стервой, эгоисткой”.

Глаза Лидии внезапно воротились из далёкой пучины прошлого. “Ну, не отрицаю, что была злюкой”. У них обеих навернулись слёзы. Адель пристально глядела на М-Ж, и я подумал, что мне следует стать между ними, чтобы... ну, ненависть впитать, что ли; но Адель оправилась и сказала: “Мари-Жанна, cherie, налей-ка, пожалуйста, мне кофе”. Она провела рукой по голове М-Ж и сказала ей по-французски: “Ты ведь знаешь, что люблю тебя, правда?”

“Кофе, миссис Бухгальтер?” - спросила М-Ж.

“Попы проклятые, - сказала мать. - Они ж запугивали невежественных крестьян насмерть, чтоб те

Роберт Таунсенд

этим кровососам чёртовым все деньги отдавали". Мать подняла голову. "Майкл Ричард Белайл, если мне ещё раз придётся тебя просить машину разгрузить..." Теперь поднял голову и отец и кивнул мне по-доброму, как бы говоря "ну, давай, пошёл уже..."

Еда была съедена, напитки налиты заново, стол убран и карты перетасованы. М-Ж и я ретировались в гостиную, чтобы там разобраться с подарком из города - коротковолновым приёмником.

- А ну-ка, сядь живо, а не то башку через всю комнату зафутболю!

- Рикки, ведь это же французский - какой странный у них акцент!

М-Ж схватила меня за запястье. Я телом преградил ей дорогу к шкале радио и сам стал крутить, чтобы избавиться от помех.

- Они же из Парижа. Это у тебя акцент странный.

М-Ж говорила по-американски вполне нормально, но некоторые французские слова произносила, как лягушатница. Например, произносила "Montreal" как "Монреаль" - хотя у нас здесь и свой "Montreal" есть недалеко - и этот она произносила уже через "т". Поди, разберись...

Я прижал ухо к динамику, пытаясь уловить голоса в шуме помех, но, видать, наша антенна - провод, натянутый между домом и сараем - зацепилась за гвоздь, что ли, так что ничего нельзя было понять. Зато из кухни донеслись громкие голоса.

- Лидия, чёрт побери, зачем ты червой пошла?

- Ну, если б у тебя мозги были, ты б уже даму козырем побила! Господи Иисусе!

Щурясь на цифры и названия городов на шкале радио, я представил себе, как Господь Иисус и несколько святых в восточных одеяниях сидят вокруг карточного стола и дают ценные советы, заглядывая поверх рыжей причёски-"улья" Лидии. "Мне сам Бог - свидетель!" - восклицала она, тыча сигаретой в дымный потолок и сжимая стакан виски в пальцах с ярко-красными ногтями. Её длинные фаянсовые серьги болтались в такт жестам, и собрание святых поддакивало - да, мол, сам Бог бы с червы пошёл. С громким треском тасовали двойную колоду.

"Похоже, твои мама с папой в этот раз выиграли", - сказала М-Ж, выискивая нужную частоту в таблице журнала популярной механики; затем она вновь попыталась оттолкнуть меня от радио. Из динамика чистый баритон произнёс: "Ici que parle La Diffusion Francaise". "Вот оно где!" - воскликнула М-Ж, повторив услышанное вступление.

С веранды донёсся голос матери: "Рикки, будь хорошим мальчиком и принеси-ка льда".

"Секундочку", - ответил я. "Ты по-французски, как деревенщина, говоришь", - сказал я М-Ж. "Теперь смотри-ка, веди колёсиком по этой части диапазона". Я указал на маленький квадратный отрезок шкалы, где было напечатано "Европа", "Ближний Восток" и "Бразилия".

- Попробуй уловить звук "ж"...

"Ну, конежжжно, - ответила она. - Тоже мне, знаток нашёлся!"

- Ну, попробуй только издеваться - я ж тебя так зафутболю...

Лёгким движением руки она вертела колёсико - и голос диктора, приятный, точный, но неразборчивый; а потом голос женский - лились вокруг нас звучным французским.

- Ну-ка, делай, как я говорил!

Я протянул обе руки, чтобы её руку оттянуть от радио и одновременно поднять журнал - но М-Ж потянула меня за запястье и свалила на пол. "Ух, дура", - проворчал я сквозь её ногу, сидевшую теперь у меня на лице. Я держал журнал так, чтобы видеть текст из-под её грязного носка. Шум помех поглотил наши голоса. Она всё ещё возилась с настройкой, а я тем временем искал в журнале полезные советы на этот случай. Может, антенна не туда направлена была...

Вдруг голоса зазвучали зычно, чисто, красиво...

"Мама! - взвизгнула М-Ж. - Иди сюда!" Её нога от радости прижала мою голову к половицам. Я ни слова не понимал; слышал только, что диктор был к гостье своей почтителен и всё время повторял её имя - что-то вроде "Колита"... Я начал читать инструкцию: "Приём сигнала из южной Европы лучше всего обеспечивается разворотом антенны вдоль оси 10-190 градусов..."

Адель появилась в проёме, глянула на нас и улыбнулась. "Ну, разве так поступают с юным джентльменом?" - пожурила она М-Ж.

"А где тут такой?" М-Ж вновь придавила меня лицом к полу, как бы оглядывая комнату в поисках почудившегося её матери "джентльмена"; затем вновь повернулась к радио. "Послушай, мама - это Париж?" Я поднял её ногу с лица, поставил на пол и снова занялся журнальной таблицей. Адель слышала, как М-Ж постоянно крутила ручку настройки.

"Она - писательница", - сказала через пару минут Адель, потирая лицо, как будто пытаясь стереть оттуда паутину; а потом стала поглаживать М-Ж по голове. "Но у неё акцент сильный - бургундский, наверное".

"Писательница?" - повторила М-Ж, не отпрянув от прикосновения матери. "Разве можно писать рассказы и говорить по-французски с таким акцентом?" - спросила она радио.

"Майкл Ричард, лёд!" Голос матери звучал ещё более настойчиво - это было уже второе мне предупреждение.

Адель продолжала слушать. "Колетт... её фамилия Колетт. Кажется, знаменитая". Она прислушалась ещё.

"Это - в записи, думаю, года 50-го..." А потом, с опасением озираясь по комнате, взволнованно крикнула: "Рикки, выключи её!" Я крутанул колесо и ушёл с частоты. "Она - опасна!"

"Адель, мы готовы играть следующую партию", - послышался с веранды голос мистера Шарбонно. Адель глядела на дочь, как будто ей трудно было сосредоточить взгляд, как будто видела чужеземных духов Лидии, вторгавшихся в душу её чада. С веранды вновь послышались голоса, и она опустила взгляд, с пальцем у рта, постукивая ногтями по нижним зубам. А потом исчезла.

Я обхватил голову М-Ж, повернув глазами к себе. "С тобой всё в порядке?" - спросил я её. Она кивнула. "А кто такая эта Колетт?"

"У нас в хибарке есть одна из её книг". М-Ж о чём-то думала - ну, она мне потом расскажет, о чём именно. "Кажется, одна из запретных".

"Майкл Ричард Белайл!" - донеслось с веранды.

"На английском или на французском?" - спросил я. Но она не помнила, ибо читала на обоих языках одинаково легко. Но этот вопрос для меня был важным - так как я по-французски едва умел читать букварь.

- Надо обращать внимание на то, что вокруг происходит. Есть ли шанс на то, что ты мою просьбу выполнишь?

Но она мысленно уже была в Париже, беседуя с этой запретной женщиной, у которой французский тоже был как у деревенщины.

- Ну ладно, следи за крышей сарая. Мы будем теперь на моём языке слушать. Подай сигнал, когда от помех чисто будет.

С хлопаньем дверей привычный мир фермы, жаркий и влажный, благоухающий духами и сигаретным дымом, виски и хлебом, превратился в беззвучный лунный ландшафт зимней ночи. Дым из трубы столбом стоял над домом. Стоя посредине проезда, я поворачивался по очереди к каждой из четырёх сторон света. К югу, Орион поднимал тяжёлый щит, застывший в вечности, против вытянутых клешней Рака. К востоку, стареющий месяц, ещё не взошедший над грядой деревьев, бросал длинные тени на северное пастбище. Северное сияние висело неподвижным разноцветным занавесом, сквозь который тускло сияли Большая Медведица и Полярная звезда. Лунные тени касались западной шеренги деревьев; а я, под конец моего вращения, увидел, как лунный свет подсвечивал белые стеклянные изоляторы, прибитые к верхушке крыши сарая. Я вскарабкался по высокому сугробу и осторожно, чтобы не провалиться сквозь ледяную корку, ступил на заснеженное поле. Я прошёл мимо гаража вровень с карнизом, и мне почудилось, что сейчас лето, и что я, превратившись в одного из духов Лидии, смотрю сквозь жаркое марево под ногами, как коровы отмахиваются от назойливых мух и как двое малых - я с братом - раздетые до пояса и с руками в смазке работают над починкой трактора и косилки под жарким солнцем. К концу дня эти точно почувствуют, что такое солнечный ожог, подумал я с улыбкой. Я проскользнул в ров, навеянный вокруг сарая ветром, и видение исчезло.

Я вскарабкался по лестнице на крышу. Нужные мне кубики льда были сосульками, свисавшими с южного карниза. Крыша была полем моей радиоантенны - стеклянные изоляторы, прибитые с промежутками в два метра. Я мог двигать провода с одного изолятора на другой, чтобы улучшить приём. Я увидел очертание М-Ж в оконном проёме. Она смотрела на радио; я помахал ей рукой, но она не заметила, будучи поглощённой грёзами. Я коснулся провода антенны, и она, встрепенувшись, стала оглядываться. Я перевёл провод, и она сделала мне знак - мол, так себе. Я вновь передвинул провод - и на этот раз М-Ж исчезла из поля зрения. Вот уж мне мерзавка, подумал я - наверняка она не к какой-нибудь там славянской речи прикипела... Мне удалось сделать речь той француженки более внятной - если бы только вот так же с настоящими женщинами удавалось. Я хлопнул перчаткой по крыше. Ну, хоть в чём-нибудь повезёт мне когда-то? Бейсбольный мяч я бросал слишком медленно. Диалект Марины не был моим. Денег у меня не было. Когда-нибудь появятся; но Марина-то сейчас! Алек уж точно её уведёт - у него была машина, да и в кожаной куртке своей он выглядел молодцом...

Северное сияние начало медленно пульсировать - до того красивое, что я поднялся во весь рост - казалось, можно было в него закутаться. Холод пробрал до кожи, и меня зазнобило. Я огляделся вокруг, украдкой - пока холод окончательно не прогнал. Восточный лес был чёрным, кроме верхушек клёнов и вязов, с ветвями, переплетёнными, словно костлявые старушечьи пальцы. За ними лежало широкое пространство Поддельного болота, окаймлённого чёрными зарослями дикого риса. Сильным ветром поверхность болота очистило до черноты, и снежные заносы тянулись по льду, как вены. К северо-западу замерцал огонёк. Кто-то зажёг фонарь на дворе фермы Скалленов. А вскоре зажёгся свет и на сеновале; оба они мерцали, как два желтоватых глаза - один яркий, другой тусклый и больной - как будто сам Джейкоб Скаллен злобно глазел сквозь деревья.

Меня вновь пробил озноб. Одно за другим медленно появлялись перед глазами изображения, как на экране. Я увидел мать, рассеянно приглаживающую локон М-Ж; Адель, прищуривающую глаза; и Лидию, всем телом как бы говорящую "Ага!". Холод проникал сквозь волокна моей шерстяной куртки, как какое-то живое существо.

Я краем глаза заметил движение в верхушках восточного леса. Сперва маленькое, как пылинка в глазу, оно нарастало тёмным биением, тенью, мчащейся по заснеженному полю. Наконец, в точке сенного поля, обе тени резко сошлись чёрным взрывом; я пристально глядел на пятнышко, как будто пытаясь усмотреть что-то в негативе. Наконец, пятно появилось вновь, перейдя из белого в чёрное, и превратилось в мерные взмахи тяжёлых крыльев, летящих прямиком на меня. Огромная рогатая сова беззвучно пролетела над головой, с полевой мышью, свисавшей из когтей - и исчезла в разбитом коньковом окне амбара.

Глава пятая

Отец уже возвратился в город, но Адель по-прежнему скиталась по пустыне. М-Ж утром приехала на лыжах и теперь лежала вверх ногами, положив ноги на спинку дивана, и читала потрёпанный роман. По южному полю ходили снежные вихри, разбиваясь о деревья, и наносили на дорогу сугробы. Порывы ветра гнули сосны на дворе, и они казались нескладными мальчишками, теряющими равновесие на бревне над глубиной водоёма. Капли воды чертили извилистые полоски по запотевшим оконным стёклам, замерзая в лужицах на подоконнике. Горячий воздух поднимался из отдушин, а от кухонной плиты плыл аромат славянского калача с корицей, орехами и имбирём - прямо в гостиную, где были разбросаны книжки тётушки Лидии. Я лежал поперёк стула, а на полу передо мной лежал "Граф Монте-Кристо" Дюма; глазами я читал книгу, а ушами улавливал беседу на кухне.

Марина делала яичную лапшу. Она казалась настолько хрупкой - не прочнее болотных огоньков в Поддельном болоте, мерцающих летними вечерами и исчезающих, как только ближе подойдёшь. У неё же наверняка не хватало сил, чтобы месить такое твёрдое тесто...

Мать пекла - и допекала Марину. После рождественской постановки она сразу устремилась тогда к сцене, схватила её в охапку, получила от неё краткую её историю и заставила Хильду ей пообещать привезти беженку к нам на ферму, чтоб та смогла встретиться с "земляками". Мать умела вытягивать из тебя рассказ -

была очень напористой, прямой, без обиняков, даже резковатой... Особенно когда, например, донимала таких, как София Гришкевич.

"Ну что, Софи, опять ты в положении?" и стучала чашкой о стол, как судейским молотком. Я, моя посуду, пытался ею греметь погромче, чтобы не слышать столь непристойный разговор. Но такие, как София, нет, чтоб отпрянуть - наоборот, поближе наклонялись, дабы обсудить все детали, отстаивать свой выбор и даже искать совета. "Ну, вот тебе мой совет: ноги расставляй поменьше!" - говорила мать.

Я когда эти разговоры слушал, то мне было всё равно, как если бы беседа велась на иностранном языке - но любопытная М-Ж, наоборот, придвигалась поближе - да так драила тарелки, что с них чуть узоры не стирала. Но сегодня она лежала с закрытыми глазами; её левая нога медленно спускалась по спинке дивана, а книга приближалась к полу - как будто она в замедленном движении кувыркалась.

"Это потеца, Марина, - сказала мать, - то есть «птица» на сербохорватском, потому что имеет форму птичьих крылышек".

"Да-да, Миссис Белайл, колачи са орасима".

"Да, с орехами", - повторила мать и в доказательство подняла миску с толчёными орехами. У Марины с английским дела обстояли не совсем ладно, но зато в кухне она себя чувствовала хозяйкой. Она раньше жила в лагере для перемещённых лиц в Австрии, которым заправляли англичане, а работала на ферме кухонной служанкой. Я сам по-сербохорватски лучше понимал, чем говорил - поэтому тётя Лидия считала меня вежливым, так как я ей не перечил. Когда я с ней и дядей Йосипом жил, и они между собой начинали на родном языке переговариваться, чтобы от меня что-нибудь утаить, то я понимал столько, сколько любой ребёнок - меньше, чем хотелось, но больше, чем они подозревали.

"А кто этот высокий парень?" - спросила Марина. Она, казалось, впитывала пищу прямо из ароматов еды, витающих в кухонном воздухе - поправилась, округлилась. Её зелёные глаза уже не были столь тусклыми. Её кожа потеряла бледность, и чёрные волосы вились, пышные и здоровые. "Ну, тот, который в очках... солдатик".

Я оживился - неужто она того придурка таки заметила?

"А, это один из Грюцмахеров - Долман. У него семь братьев - один другого тупее". Мать попыталась найти подходящую иллюстрацию, но тщетно. Я про себя подумал, что как раз им очень подошла бы фраза "тупой, как сибирский валенок" - но тут мать вспомнила историю. "Маргарет, их двоюродная сестра, Долмана сестре как-то говорила: «Хейка, тебе так повезло, что ты их сестра...»" Тут мать сделала паузу, язвительно ухмыльнувшись. Марина вопрошающе подняла глаза. "...значит, тебе не придётся за этих дурней замуж выходить!"

Марина хихикнула. Мать уже давно узнала всю историю семьи Шарбонно. Адель страдала от депрессии. Мистер Шарбонно работал допоздна. Из-за его кошмаров они спали в отдельных комнатах. Иногда мама меня будила со стороны спинки кровати, а не с краю - тогда я догадывался, что Адель уехала "помогать" своей матери в Канаду, и что М-Ж спала рядом со мной. Когда у М-Ж появилась в нашем доме собственная кровать, у неё тоже иногда случались беспокойные сновидения, и я её находил спящей на коврике возле моей кровати, на ватном одеяле. Я был для неё как утешающим псом, что ли.

"А та высокая девочка, - продолжала Марина задумчиво, - кто она такая? Она за тем парнем с добрым лицом следила, как коршун".

"А, ты Вилму имеешь в виду..." От внезапного порыва ветра задребезжала форточка. Кружевная занавеска слегка зашевелилась. М-Ж, уснув, лежала косо, как будто её кто-то бросил на диван, и она прилипла. Мать оперлась о раковину, закурила и смотрела на вьюгу сквозь кухонное окно. "Ну, она сука, эгоистка", - сказала она ветру, но речь шла не о Вилме. Эту историю я слышал уже тысячу раз, но Марина - ещё ни разу, и она вдруг перестала месить тесто, прижав миску к бедру. Я представил, что она там держала ребёнка. "У матери было уже пятеро детей, - сказала мама. - Френсис и Стефани обе родились с эпилепсией; теперь они на попечении у государства. Она больше не хотела - но отец... его церковь настроила... чёртовы попы - все они так боялись попасть в преисподнюю..." На глазах у неё выступили слёзы. "Отец...", - произнесла она, задохнувшись, но вскоре отлегло. - Они ещё до войны развелись; отец Зорана и Эдварда обратно в Югославию увёз".

Марина дотронулась до руки мамы, как бы пытаясь взвалить часть её потери на собственные плечи; видно было, что она понимает, что такое непостижимые утраты - и я прикинул, что мне ей нужно было рассказать, чтобы она меня вот так же коснулась. Но мама лишь покачала головой, как бы подчёркивая полную непреложность тех решений; бросила в раковину окурок и надавила пальцем на тесто яичной лапши, проверяя на прочность. "Право", - сказала она, мол, готово. Они переложили лист теста на полотенце. "Рикки, а ну, сюда живо - помоги-ка Марине!"

Я встал со стула, слегка пошатнувшись - я сидел в плохом положении; одна рука затекла и теперь покалывала. Я взял полотенце за один конец, Марина за другой; но оно выскользнуло у меня из пальцев и чуть было не опрокинуло всю лапшу на стол. "Ри-икки, осторожно!" - крикнула Марина, но потом сделала мне комплимент на сербохорватском, горестно улыбнувшись и надув губы, дабы не уязвить моё мужское самолюбие.

Я покрепче сжал полотенце, распрямил плечи и стал осторожно за ней двигаться в сторону гостиной. Я толкнул спиной дверь, и мы, нагнувшись, осторожно положили полотенце на кровать, где тесто смогло бы загустеть перед тем, как его разрежут на лапшу. Я глянул на неё, чтобы показать, что, мол, можно полотенце отпускать - и мой взгляд случайно упал на вырез её блузки. У меня вновь началось головокружение, и я отвёл взгляд. Марина скороговоркой выпалила тысячу благодарностей, ущипнула меня за щеку - и на том месте поцеловала - как старшая сестра.

Марина лёгким шагом ушла из холодного помещения - поплыла прямо, как будто она была сделана не из того же вещества, что мы все. Я последовал за ней, закрыв дверь. Покалывание перешло от руки к щеке. Я увидел, что М-Ж лежит, свесившись с дивана - и я, схватив за нагрудник её комбинезона, подтянул её, затем опустил обратно на диван и укрыл шерстяным одеялом. А она ещё глубже зарылась в одеяло, в диван, в сон. Вдруг за окном показалось тёмное рваное очертание, с винтовкой на плече, в вихрях снега. Когда Марина увидела его, она вся напряглась, и в каком-то неистовстве скользнула через дверь в подвал.

"Помойное ведро - возле печи", - вдогонку ей сказала мать. "Вот чёртов ветер - ей богу, сдует эту лачугу!"

"Зоран, заходи кофе пить", - позвала мать, держа дверь открытой вопреки вьюжному ветру. Единственной защитой от бури были тонкие листы целлофана, прибитые к стрехам. Ледяной снег стучал по двери, как песок, обволакивая моего дядю, столбом стоявшего посреди беснующейся стихии. "Деревья твои никуда не денутся", - добавила она.

- Давай, баба, выводи мне Рикки сюда.
- Я тебе щас такую "бабу" задам! В дом - живо!

"Здраво, чидже", - сказал я Зорану, натягивая шерстяные носки; он кивнул мне равнодушно. Среди сербов дяде отводилась роль наставлять племянника; отцы были с сыновьями слишком суровы. Если бы только Зоран был здесь, когда Фрэнк был моего возраста...

Дядя Зоран был сербом необычным. Группа сербов обычно была шумной ватагой, кулаками стучащей по столам и крикливо обменивающейся мнениями - как будто сам Господь Бог с ними лично имел беседы... Но дядя мой даже на улыбку способен не был, а тем более на разговоры. Перед тем как напялить зимнее снаряжение, я оценил ситуацию. Если мать начнёт историю печальную, или страстную, или слезливую - про Чикаго, или "старую страну", или бабку, то это могло на пару часов растянуться. Мне тогда пришлось бы в доме потеть, а по дороге замерзать... М-Ж раньше говорила, что хочет с нами пойти, но она продолжала на диване храпеть - а Зорану, кажется, было не до общества. Мне надо будет её капканы проверить. Сегодня Зоран должен был меня научить, как обходить лесонасаждения, островки белой сосны и ели, которые каким-то образом компания лесорубов недоглядела. Я шнуровал гетры; а на Зоране были егерские сапоги по колено. В Югославии он в своё время работал лесником; он был как раз в горах, когда немцы пришли - и исчез. А потом в один прекрасный день, через десять лет после дедушкиного письма 40-го года, дядя Зоран объявился в Чикаго, в церкви Святого Стефана.

"Он был четником", - доверительно прошептала мне тётя Лидия. Дед и Эдвард пропали без вести. Бабка вышла замуж вторично, за образованного ювелира, и уехала в городок Чизхолм в Миннесоте - и там вела колонку советов в сербохорватской газете. Она сама вышла в "образованные". А мать вышла замуж за необразованного сталелитейщика, национального гвардейца, штрейкбрехера, вояку. Когда отец вернулся с войны невменяемым, мне было пять. Контузия, говорили. Дядя Йосип, словенец, для которого родным языком был немецкий, работал бухгалтером в "Вестерн Электрик". Он был щуплым, как крыса, но язык за зубами держать не умел, и он что-то отцу сморозил (никто не помнил ни тогда, ни сейчас, что именно), и тот ему двинул в харю. Одни говорили, что сломал ему челюсть, другие - что только лишь нос. Но все (кроме Лидии и бабки) сходились во мнении, что Йосип получил по заслугам. Отец на неделю исчез, а когда вернулся, сообщил нам, что переезжаем.

"Разойдись с ним, Берта", - говорила ей бабка.

Но матери нравилось в Чикаго. "Да пропаду я пропадом, если когда-нибудь превращусь в такую сучью эгоистку, как ты!" - ответила она. А в глуши Северных Лесов весь гнев отца пал на Фрэнка. И я не сумел его защитить, и мне было из-за этого стыдно. Но ярость отца почему-то не отражалась на мне.

Зоран, стоя в дверном проёме, залпом заглотнул кофе; взвалил на спину рюкзак с инструментом лесничего и надел на плечо винтовку "Моссберг" 20-го калибра со скользящим затвором. "Ты её намерен повидать, Зоран?" - спросила мать.

"Не знаю" - ответил Зоран, тяжело дыша. "В феврале, - добавил он и кивнул в моём направлении. - Он тоже поедет". Он повернулся и шагнул в пургу.

"Ну, не шляйтесь там весь день - погода должна ухудшиться". Мать обвела взглядом кухню. "Мне хотелось, чтобы ты с Мариной поздоровался. Когда вернётесь, будет готов хлеб горячий".

Вьюга бесновалась между домом и сараем, швыряя нам в лицо колючие льдинки; ослабев, когда мы прошли через подветренную сторону дома - но потом вновь свирепо набрасываясь на нас. Снежные вихри маршировали по полю, как китайские солдаты, форсирующие замёрзшую реку Ялу - и обрушивались на наш дом с грохотом миномётных снарядов, окутывая нас с ног до головы. Дядя Зоран повернулся в сторону бури и пошёл, выпрямившись, вперёд, а я, склоняясь навстречу ветру, последовал за ним. На пути снежные сугробы чуть было не доставали до проводов, гудящих, как натянутые струны контрабаса. Мы шли под укрытием снежных ущелий, засыпанных ледяной крупой - а в тех местах, где ущелья отступали, ветер отскабливал дорогу до ослепительного ледяного покрова. Порой мне казалось, что "вили" - эти вздорные снежные феи тёти Лидии - пытались сорвать лыжи с плеча. К северу полоса снегопада покрывала, как лавина пеленой, серые пригорки, Поддельное болото, заросли ольхи, а заодно и западное поле Скалленов. Это было мокрое поле, вечно не поспевающее к весне оттаять, так что в грязь засасывало трактор, и стоячая вода затопляла свежепосеянные семена, а заросли чертополоха становились пастбищем для истязаемых оводами коров. Амбар Скалленов, серый и ободранный, маячил сквозь снежные вихри, предоставляя нам укрытие от северо-западного ветра; изнутри доносился тихий звон цепочек и коровьи звуки. Дом Скалленов стоял на небольшом пригорке к востоку; лишь один голый клён противостоял ветру, начисто продувавшему двор. Громко хлопали верёвки для белья; в окне спальни Рут шевельнулась занавеска - то ли от ветра, то ли оттого, что сама Рут выглядывала нас.

"Слуга, журити се", - сказал Зоран, мол, давай, пацан, двигай живее. Я жестом ему показал, что хочу пройти через пастбище Скалленов, чтобы скоротать путь - но он покачал головой. Границы, межи и пределы частной собственности Зоран уважал. Среди местных это считалось странностью; ограды были вещами лишь временными - имеющими значение только для скота, да и то больше, как намёки, нежели правила. Я вновь зашагал, сопротивляясь ветру.

Зоран, проверив компас, подозвал меня взмахом руки. Теперь мы стояли на пересечении раздельной межи, идущей с востока на запад, превращавшейся весной в травяную тропинку две мили к северу от дома - и городской дороги, идущей с севера на юг. Стрелка компаса колебалась между востоком и северо-востоком; залежи железа под Поддельным болотом сбивали с пути дураков, верующих в технику. В здешних местах местонахождение определялось по памяти и ориентирам - замечтайся хоть на минуту, и тотчас собьёшься с пути. А потом, даже если залезешь на дерево, то кругом увидишь лишь одни деревья - если только не узреешь вдалеке Лотарингский Крест.

Зоран надел лыжи; я стащил мои с плеч, натянул, и стал быстро застёгивать пряжки, пока не замёрзли руки. Когда попытался затянуть ремешок ещё на одно отверстие, проколол шпилем палец, и снег покрылся ярко-красными крапинками крови. Я встал, раздумывая, не согреть ли пальцы в штанах - но Зоран уже отъехал, и я решил покамест ехать с одной связкой не затянутой - пока пальцы в варежках не отогреются.

Дядя Зоран быстро и плавно летел по снегу на восток, прокладывая свежий след; то скользя по поверхности, то утопая в снегу по колено. Я вошёл в ритм; разгорячённый от усилия, расстегнул воротник и закатал вязаную шапку за уши. Мы прошли мимо двух ферм; одна из них была заброшенной, скрытой под снегом. На другой жил Грот Ван Эрт - безумный голландец, лесоруб, до сих пор пользующийся конной подводой.

Зоран устремился к кедровой рощице и, заехав в неё, исчез, как проглоченный. Я поспешил за ним, скользя вниз по склону в темноту; ощущение было такое, словно въезжаю в огромный сарай, где деревья служили балками, поддерживавшими чёрное пространство крыши. Снег в этом году был глубок. Там, где ветра снег не сдували, но и не наметали сугробы, он был глубиной в восемь футов.

В вечнозелёных рощах снежный покров оставался тонким - в некоторых местах даже едва покрывал землю. Ветви деревьев возносили снег к небу; там холодный, сухой ветер испарял его в атмосферу.

В роще ветки были голыми аж до шестифутового уровня. Я нагнулся, чтобы затянуть лыжное крепление. Вся земля была покрыта следами, как будто здесь бегало стадо школьников на переменке. Тропинки были все стоптаны и засыпаны оленьими "горошинками". Я встрепенулся от неожиданности: холмик снега зашевелился вдруг, поднялся и, пройдя несколько шагов, упал - и больше не двигался. Это олени, попавшие в глубокий снег, как в западню, медленно умирали от голода. Съев всё, что было им доступно, они оставались лежать в снегу, как серые холмики; первыми умирали самцы, затем годовалые оленята, а последними - беременные самки. Некоторые из мёртвых оленей оказались разорванными, полусъеденными. На тропинке виднелись ещё одни следы поверх оленьих.

Я показал на них пальцем. "Волк?"

Зоран снял с плеча ружьё. "Собаки, - пробормотал он; а потом, на сербском, - псы проклятые..." Я уж собрался ему перечить - как же можно с одного взгляда распознать, чей это след: собаки, волка или койота? Надо же было сначала увидеть зверя! Но его лицо было сурово-холодным, как сталь; ветер завывал в верхушках деревьев, как старуха, причитающая по покойнику. Он смотрел на растерзанное животное, чьи внутренности вмёрзли в мох, как бы получая из болота питание. Ненависть сочилась из него, как струйки пара из-под дверей мясной морозилки. Он снял лыжи, подошёл к снежной кочке и пнул её, пристально смотря на мёртвое животное и продолжая бормотать. Наверное, ему почудилось, что он вновь в лесах Боснии-Герцеговины... "Тито нас голодом морил...

Хорваты... Немецкие псы...” Я был озадачен - ведь Тито был нашим союзником; это немцы были врагами. Лишь намного позже постиг я истинную сущность войн человека.

Я, прищурившись, глядел во мрак. Вдруг, откуда ни возьмись, с насыпи прыгнуло чьё-то неясное очертание... Зоран одним махом поднял ружьё и выстрелил; я, с криком, застрявшим в глотке, увидел, что пуля, пролетев расстояние сквозь светлые и тёмные тени ударила, как брошенный булыжник, в грудь М-Ж, и та рухнула в облаке снежной пыли, раскинув лыжи. Я и крикнуть не успел, как стал ползти к ней; ноги у меня запутались в своих лыжах, в глазах всё помутилось, и я никак не мог найти опору. Послышался стон, как завывание ветра; наконец, мне как-то удалось оттолкнуться одной ногой от снега, и я увидел М-Ж. Её лицо было бледным, глаза бегали безумно в испуге, а голова моталась, как у подстреленного зайца. Я уже было к ней подполз, и тут она перевернулась, подняла в воздух лыжи и расстегнула застёжку.

“Господи, - выдохнула она, - я чертовски испугалась”. Она приподнялась на локте и посмотрела мне в лицо. “Ну, чего?”

“Какого чёрта?” Я ругнулся голосом тонким, как у девчонки. “Кто тебе разрешил за нами идти? Метель... умрёшь... заблудишься... волки!” Мои слова падали бессмыслицей в снег. Как же Зорану удалось промахнуться? Усилием воли я справился с моим писком. “Тебя надо было таки подстрелить за то, что вот так, украдкой, за нами потащилась!”

М-Ж была не из тех, кто признаёт оплошности. “Как так - украдкой? - крикнула она мне. - А ты почему без меня ушёл? Ты ведь обещал меня с собой взять, брехун!” Мы, стоя на всех четырёх, тявкали друг на друга, как шавки.

Зоран высился над нами с сигаретой, свисавшей из

уголка рта, с полузакрытыми глазами, со смертоносным выражением на лице. Дулом ружья он указал на собаку-колли с взлохмаченной шерстью и мордой в глубоких шрамах.

"Вот почему! - воскликнул я. - Дикие псы! Они бы тебя растерзали!"

"Меня? Ты о чём это, придурок неотёсанный?!" Она на меня смотрела так, как будто я таким придурком и был на самом деле. "Я же просто её погладила..." У М-Ж навернулись слёзы. "Я хотела её к себе взять..." Я, наконец, сообразил, в чём было дело - собака была когда-то домашней, но кто-то её бросил на дороге бродяжничать. А М-Ж по доброте своей собралась было вновь её приручить...

В начале февраля прошёл ночью тёплый фронт, избавив нас, наконец, от жестокой зимы. В день рождения Линкольна нас из школы выпустили раньше обычного, и я вместе с Алеком и Дуэйном отправился на Поддельное болото на охоту. Над снегом висела лёгкая дымка, клубясь вокруг бурелома; в небе был толстый слой облаков - видать, к вечеру будет очередной снегопад... Мы шли по узкому пространству между серым снегом и таким же серым небом. Мокрый снег лип к сапогам и висел на ногах, как кирпичи. Алек и я были в гетрах, а Дуэйн в галошах; на одном его сапоге верхняя застёжка была поломанной, и туда ему сыпался снег.

Мы шли в ряд, вооружённые кто чем - Алек слева с его ружьём; я - справа с дробовиком дяди Зорана, а Дуэйн - посередине. Он нёс моё однозарядное ружьё, держа его наготове – авось, куропатка вылетит... Его старик не дал ему взять с собой дробовик. Не знаю, почему - не дал, и всё.

Ищейка Алека по кличке Док забежал в заросли шалфея, вынюхивая в снегу зайца. Джеб, пёс Дуэйна, испытывал трудности; будучи тяжелее, он постоянно провaливался сквозь затвердевшую снежную корку. Мы подошли к осиновой рощице - чем глубже был снег, тем ближе окружали её зайцы.

Дуэйн споткнулся о бревно, скрытое снегом, и чуть не выронил из рук ружьё. Прошатавшись несколько шагов, он споткнулся опять, и на этот раз свалился в снег; раздался глухой выстрел, и пуля прожужжала мимо челюсти Джеба, сбив ветку ольхи. Усталый пёс вздрогнул и, глядя туда, где исчез Дуэйн, тявкнул и сел на снег. Док ему ответил вопросительным лаем из туманной глубины. Дуэйн, словно привидение, поднялся из болота, ругаясь, на чём свет стоит.

"Ну, это ж разве христианские выражения?" - съязвил я. Он уставился на меня, всасывая воздух и выплёвывая снег. "Джеба надо было дома оставить", - продолжал я. Дуэйн продолжал пялить на меня глаза, тупые, как у быка. Этот парень точно был особенный... Русые волосы, прилизанные густой помадой, зубы все в налёте..., а выражения лица менялись быстро - то он на тебя обратит внимание, а потом сразу отключится и посмотрит бычьими глазами; казалось, что он, как бык, мог запросто тебя раздавить, а потом спокойно вернуться к корму. А когда улыбался, то словно представлял, что делает тебе больно - и это ему доставляло удовольствие. Дуэйн растил мышцы, был накачанным - и мне представлялось, что в скором времени придётся с ним драться. Ну, если придётся, так и будет...

- И ружьё так тоже не носят, дурень!

Припомнилось, как прошлым августом я, Алек и Дуэйн собирали на жаре камни. Дуэйну это не нравилось - мне, собственно, тоже. Ну, он и говорит: "Всё, я больше эти грёбаные камни не собираю!". А я ему: "Ну, так собирай те, которые не..."

"Которые не што?" - спросил он с издёвкой, а потом, ухмыльнувшись и сделав неприличный жест, отошёл; нам с Алеком пришлось самим взваливать камни на

Роберт Таунсенд

грузовик.

"Ну ладно, - сказал Алек, - всего две загрузки осталось - давай, завершаем".

Мы вновь согнулись над камнями. Мы были парнями работящими, поднимали камни потяжелее и брёвна покрупнее - и жрали, как свиньи потом. Я за лето аж десять фунтов набрал, и в плечах раздался. К осени, должно быть, буду весить 170 фунтов. Преимущество всё ещё было моим, но Дуэйн меня быстро нагонял.

Сквозь туман упало несколько тяжёлых снежинок. Дуэйн выпрямился, утёр с лица снег, перезарядил ружьё - и затаил дыхание. В Поддельном болоте было много тайн; обыкновенных - таких, например, как болотный газ, огни Святого Эльма и тому подобных - но также очень странных. Помню, как в кабаке Эрнст Инейхен с удовольствием рассказывал болотные истории. "Колин Мёрфи был впереди меня футов на двадцать, а то и меньше". Он смачно щёлкнул пальцами. "И вдруг вот так и исчез! Так его и не нашли. Как трясина тебя засосёт, то уж не отдаст". Иногда рассказ имел иные варианты: "Колина вырвало прямо из моих рук - болото засосало!" Половина этих россказней была ложью, но сложно было понять, какая именно. Иногда, когда я плыл на лодочке, отталкиваясь шестом от болотной трясины, мне чудился сквозь кувшинки образ Мёрфи; я думал о том, как легко было бы свалиться в ряску, запутаться в сплетённых корнях, барахтаясь в трясине, не зная уже, где небо, а где - земля, и утонуть в двух метрах от чистой заводи...

Старик Фланаган выразил своё согласие. "В Ирландии мы торф копали, так там, бывало, трупы найдём - ну, как будто вчера похороненные... с глазами открытыми, выпученными... и копья там у них были, и пряжки золотые..."

"Ну, прямо-таки, золотые пряжки! - фыркнул Инейхен. - Скорее, по пьянке сваливались с моста, да ещё и самогоном блевали!" Один из них лгал, а другой клялся, что правда.

- Ну, что уставился? - буркнул Дуэйн, стирая с лица снег.

- А что, разве я тебе подножку дал?

"Предохранитель надо поставить, - поучал его Алек, - не то, гляди, убьёшь кого-нибудь. Ну, пошли". Он свистнул псу. "Мы уже почти до осин дошли. Не забывайте, что зайцы кругами бегают; Док их на нас выгонит - так что, когда скажу, чтоб стояли - стойте". У меня зачесалось под ухом, и я протянул было руку, чтобы почесать. "Эй, смотри, куда дулом целишься! - укоризненно бросил Алек Дуэйну. - Ведь учёный уже..."

Мы потащились дальше под матовой чашей неба. Мне не нравилось, что не знаем, где идём. Однажды я заблудился - мне было лет семь; я искал по пастбищу коров и забрёл в густые дебри, когда уже темнело. От страха сжало глотку, я почувствовал, что как бы всё, что связывало меня с людьми, растворилось - а лес, бесконечный, растянулся аж до самой Арктики (которую представлял себе похожей на бескрайнее ледяное пространство Верхнего озера). От паники заволокло глаза, и я едва мог дышать - и тут я услышал звук колокольчика, совсем рядом. Это была Рози, наша ведущая корова, благодушно глазевшая на меня. А скоро и всё стадо вышло из ёлок, и я опять заметил коровьи тропинки.

Собачий лай пробудил меня от наваждения. Джеб навострил уши и стал крутить головой, пытаясь понять, откуда шум идёт; потом залаял и убежал. "Ко мне!" - рявкнул ему Дуэйн.

"Тихо!" - сказал Алек. Ещё несколько мгновений мир был наполнен шумом, лаем, завыванием; звенело эхо так, как будто мы были внутри металлической шкатулки.

- Он кого-то на дерево загнал; уже и не шевелится.

- Кого ж можно было загнать?

- Белку, наверное.

- Может, росомаху? Как ты думаешь, сколько за

шкуру росомахи могли бы дать?

Наш разговор озадачил Дуэйна, который смотрел то на меня, то на Алека в недоумении - ведь он с этими лесами был незнаком. "Хорошо, что Джеб с нами, - с тревогой сказал Алек. - Если б не дерево, то росомаха могла бы и напасть. Когда собак несколько, то иногда и медведи приходят в замешательство - может, и росомахи тоже...

"Ну, я здесь уже давно их не ловил", - сказал я, чтобы облегчить беспокойство Алека. Вдруг сзади послышалось глухое рычание, и я крутанулся, чтобы уточнить, откуда именно. Алек тоже, видать, услышал, но он глядел влево. Мы посмотрели друг на друга. С трепещущим сердцем я выдавил: "Медведь? Но... как же так - ведь они сейчас в спячке должны быть?"

"Медведь? Вот чёрт!" - воскликнул Дуэйн и с энтузиазмом зашагал по направлению звука, проваливаясь сквозь корку с каждым третьим-четвёртым шагом. Казалось, он вот-вот загикает, как какой-нибудь неандерталец.

Теперь Алек был взаправду обеспокоен. Склонив голову в сторону невидимого гама, он внимательно прислушивался. "Ну, пойдём, собак позовём", - сказал он.

За Дуэйном и Джебом следить было нетрудно - они за собой след оставляли, как бульдозеры. Миновав тушу оленя, наполовину застрявшую в зарослях, я увидел на снегу очень чёткий след. "Ну, дела, - сказал я, - как же в это время года медведь может здесь разгуливать?"

"Они иногда из спячки выходят", - ответил Алек, стараясь разглядеть что-то сквозь туманную мглу.

Алек свистнул один раз, потом другой. Вой притих, и я представил себе, что Док сидит и ждёт, что ему дальше прикажут делать. А со стороны Дуэйна продолжались и лай, и дикое гиканье. Алек вновь настойчиво свистнул - надо, мол, нам туда поторопиться.

Мы сорвались в бег, ружья наготове, пытаясь

ступать в следы Дуэйна, чтобы не провалиться сквозь ледяную корку. За нами вилась дымка - как будто ей тоже было интересно знать, что произойдёт. Мы спустились в низину и очутились в кедровой роще - призрачно-туманной и мрачной. Наконец, мы остановились и, припав к земле, стали присматриваться к тёмным очертаниям, теням, пляшущим на белом фоне. Мы стали приближаться, и тени стали отчётливее - мы увидели, как Джеб лает и бросается на впадину, заваленную буреломом. А Дуэйн стоял поверх кучи хвороста и мерно ударял по ней прикладом, как поршнем.

- Ну, что этот дурак себе думает?!

- Там, наверное, медвежата...

Я почувствовал, что что-то недоброе вот-вот произойдёт...

- Дуэйн, придурок ты эдакий - ты, что, нас всех угробить хочешь?

Дуэйн медленно повернулся в нашу сторону. Глаза его горели азартом. "Стреляй его!" - крикнул он как бы себе самому.

- Стрелять? Я бы щас в придурка на куче дров стрельнул! Давай, зови Дока сюда, пусть он сам с медведем разберётся...

"Четыреста десятого - недостаточно! - крикнул ему Алек, - слезай оттуда!" Он дал Доку команду, и тот покорно сел у его ног, ожидая следующей.

Дуэйн слез с кучи хвороста и пополз прямо ко входу в пещеру. "Убить подонка, убить сучьего сына", - бормотал он. Изнутри послышалось низкое рычание.

Алек подошёл, осмотрел щель, ведущую к берлоге, и медленно - как будто медленная речь могла замедлить бешено гнавшиеся мысли Дуэйна - произнёс: "Дуэйн, вылезай оттуда - медведица из спячки не вовремя вышла... вылезай немедленно!"

Но Дуэйн не слушал; он был полуослепшим от пота, стекающего ручьями на лицо, и с остервенением сжимал ружьё. Он даже набросился было на Алека, чтобы отобрать его "четыреста десятку", но тот отпрянул вовремя. "Отдай!" - взревел Дуэйн.

"Четыреста десятого не хватит, - повторил Алек, - этим её не остановить".

Дуэйн пополз обратно в сторону Джеба, лающего на берлогу. "Ату её, ату!"

"Не выйдет она! - крикнул я, - там у неё медвежата!" Джеб снова и снова запрыгивал в берлогу, так что только задние ноги виднелись. С каждым рыком, пёс отпрыгивал, но потом вновь устремлялся внутрь - видно, своё дело знал. Дуэйн обломал молодое деревце и снова забрался на кучу; его глаза горели диким азартом. Я понял, что он собрался делать - хотел выгнать медведицу из логова и погнать прямиком на Алека; у того тогда будет выбор - либо стрелять, либо с ней бороться. С таким ружьём, как у него было, так, наверное, лучше будет бороться...

"Джеб! - крикнул я, - ко мне, живо!"

Это было ошибкой. Джеб услышал своё имя и повернулся как раз, когда медведица сделала выпад вперёд, поймав череп пса в пасть. Всё затихло, а затем послышался отвратительный, протяжный хруст раздавленного черепа. Задние ноги Джеба вытянулись, и лапы прорыли две борозды, когда медведица поволокла его в берлогу. Мгновение застыло. Дуэйн сидел на корточках, с вопросительным выражением на лице; голова его была задрана в непонимании, из рук свисало ружьё, а из носа - сопли. Алек стоял, как будто балансируя на бревне, в одной руке держа бесполезное ружье, а другой - сдерживая Дока, поместившего Алека между собой и логовом медведя.

Снова послышался звук ломаемых костей черепа, отзывающийся эхом в пещере, роще и моей голове. Третий хруст ломки костей перезапустил действие. Дуэйн проревел длинное "А-ааа!", слез с груды и на локтях пополз в пещеру. Алек и я стояли, как вкопанные, ожидая звука сокрушаемого черепа Дуэйна; но тут ноги Дуэйна вновь появились, затем остальная часть его тела, а потом и руки, держащие за задние ноги Джеба; а затем и сам Джеб, истекающий кровью из носа и глотки. Дуэйн встал, качая Джеба на руках; кровь опрыскивала снег, слышалось его бормотание: "Отец меня прибьёт, а я щас её убью!" Он повернулся к нам, держа своего мёртвого пса, чья кровь теперь капала по его ноге, и пронзил меня пустыми глазами. "Это ты, падло, его убил - я тебе за это не знаю, что сделаю! Я ж тебе башку сверну!"

Кроме как двойной дозой гордости - сербской и сельской - никак не объяснить, почему я ему дал такой ответ... "Дуэйн, тебя не хватит никому ни фига свернуть!"

Глава шестая

РАННЕПОЛУДЕННОЕ СОЛНЦЕ отражалось от снега, заливая классную комнату светом и заставляя лакированный пол пылать так, что, казалось, парты и ученики парили над стеклом. Рождественские темперные рисунки были отмыты с окон. Мыльные очертания сердец и амуров ждали кричаще-красной темперы дня святого Валентина. Звуки, доносящиеся из-за кухонной стены, были звуками сельской школы, занятой работой. Роджер Олбрайт занимался на рабочем столе резьбой по дереву, глядя сквозь южную стену как бы в иной мир. Перед доской мисс Айзекс преподавала восьмиклассникам висконсинскую историю, которая казалась не историей вообще. Мужики, которые рубили леса, очищали землю от пней и валунов, чтобы из леса сделать поле, и сеяли первый урожай, сидели все в баре Будро. Мы до сих пор расчищали поля. М-Ж приглушённым голосом читала букварь "Дик и Джейн" кружку второклассников. Марина одной рукой держала малыша Кляйншмидта, раскинувшегося у неё на коленях как "Пиета" Микеланджело, а другой - сжимала запястье М-Ж, с полуоткрытым ртом и лицом, как у Девы Марии, и слушала, всецело поглощённая. Марина приходила к нам в школу два раза в неделю, чтобы учить английский язык. Я желал, чтобы её тёплая рука была бы лучше на моём запястье; хотелось, чтобы она на меня смотрела теми глазами.

В наши обязанности входила редакция школьной газеты. Рут Скаллен и я были в кухне. Я размазывал растительный состав по пластине мимеографа, чтобы довести его до состояния желе. Рут проверяла синий оригинал, на котором был записан урок правописания для шестого класса. Пары раствора пересиливали запах пригорелого томатного супа, который был у нас на обед. Миссис Гроссхаген, повариха - мы прозвали её "Горелкой" - толкнула дверь своей большой задницей, вращаясь, как земля в космосе и, преодолев поле тяготения школы, ступила на бетонный двор, покрытый снегом и льдом, изрезанным следами энергичной игры пацанов на переменке. За ней хлопнула дверь, и мы с Рут остались одни. "Ну, как, список готов?" - спросил я.

Рут протянула с мольбой руки. Заклинание старика Скаллена "Если с первого раза правильно не сделаешь, так нет смысла делать вообще" так и слышалось сквозь её ответ. "Я думаю, да", - ответила она, закусив губу.

Я просмотрел ещё раз список слов для правописания. Рут умела печатать на машинке - странный навык для баптистки из Индианы. Я должен был тоже этому научиться; мой почерк был ужасен. Когда я должен был писать сводку новостей, то в конечном итоге должен был старательно переписать её, как второклассник - иначе мисс Айзекс не смогла бы её прочитать. Не мог и я. "У тебя слово 'искренне' с ошибкой", - сказал я ровным голосом. Она, казалось, вся съёжилась. "Как... ну, а как же оно пишется?"

"И-с-к-р-е-н-н-е", - сказал я.

"Но ведь я ж не…", - начала она.

"Ты должна перепечатать всё заново".

"Ты уверен?" Её глаза начали наполняться слезами. Конечно, я был уверен. Мне не нравилось, когда в моих словах сомневались. Я был самым башковитым учеником - наряду с М-Ж - во всей школе. Я читал книги. Я должен был выбиться в люди. "Ну, пойди сама проверь", - сказал я. Она покорно склонила голову и пошла в классную комнату, чтобы взять оттуда словарь. Я поглядел снова на Марину. Рут вернулась и дала мне словарь. "Я ж тебе сказал найти, - я позволил доброте вкрасться в мой голос. - Тогда ты на самом деле извлечёшь урок". Я посмотрел на оригинал-виновник. Придётся бритвой выскоблить слово, напечатать исправленную версию, а потом правильную версию приклеить на ленту. Рут с этой задачей справится; рука женщины более твёрда для мелких задачек.

Рут указала на страницу словаря. Я посмотрел. Её длинные пальцы дрожали. "Когда же это они изменили написание?" - сказал я с удивлением. Она покачала головой - не знаю, мол. "Ну, ладно, - сказал я доброжелательно. - Так и быть, не надо будет менять. Хорошо, что я проверил". Благодарная улыбка пробежала по её лицу. "А то бы расхлёбывать пришлось - а там, гляди, и лист бы высох прежде, чем мы внесли бы изменения".

"Извини", - сказала она.

Я наклонил голову, чтобы перепроверить остальные слова. Рут смотрела через моё плечо. Я почувствовал, как её грудь коснулась моего локтя, потом отодвинулась; затем почувствовал, что касается вновь - с каждым вздохом. Её дыхание касалось моей шеи, когда она смотрела на моё лицо сбоку. Я сосредоточился на страничке оригинала, на которой слова стали невидимыми. Мой мысленный взор проходил через здание школы, ища уединённый и тёмный уголок. Комната отопления была тёплой, но грязной. Кладовая под лестницей, где хранились занавеси, была холодной. Мне стало тесно в джинсах, и жар ударил в голову. Я плотно прижал локоть к её груди, ожидая от неё сигнала - разрешения на следующий шаг. Она вдохнула резко, отпрянула, зарделась. Выражение её лица было и обиженным, и вопросительным - мол, что же я наделала? Она двинулась к классной комнате, но остановилась, чувствуя, что её покрасневшее лицо даст детям понять, что произошло нечто неприличное; они сообразят, что она "согрешила". Я стоял, как замороженный, желая задержать её, но зная, что, если я её трону, она испустит такой пронзительный крик, что мир разобьётся, как стеклянный, и клея на всём белом свете не хватит, чтобы его починить. Дрожа и сдерживая слёзы и как бы самоё себя ругая, она приблизилась к прилавку, взяла оригинал и положила его на пластину. Мгновение - чёрное, грязное и зловонное исчезло, как медведь, мелькнувший в ряду деревьев, оставив за собой лишь слегка примятую траву.

А я почувствовал, как у меня внутри всё сжалось... Ну, небось, расскажет своему старику?

Я шёл на лыжах вдоль школьной тропы, сосредоточившись на лыжных наставлениях дяди Зорана: руки высоко, шаги длинные, и не падать. Растущая луна, три дня до полной, освещала поляны, превращая их в чёрно-белые негативы. В рощах кедров и елей темнота становилась полной, призраки мелькали от дерева к дереву, и духи скользили по земле, даже на очередной освещённой луной поляне. Я чувствовал сильный мороз на шее и воображал горячее дыхание волков, гонимых на юг глубоким снегом. Ночь, ах ночь, я боялся темноты. Я вышел из леса на склон речного берега и подъехал к "лотарингской сосне", поражённой молнией и отчасти мёртвой, стоящей над вырубленным и выжженным пейзажем, как Линкольн среди своих генералов. Её ветви переплелись таким образом, что были похожи на "Лотарингский Крест" с двумя перекладинами, и поэтому М-Ж дала ей такое прозвище. Древняя громадина была местом, к которому приходили по утрам — по пути в школу, и от которого отбывали по вечерам. А когда я, бывало, сбивался с пути под пасмурным небом и густым сводом деревьев, я залезал на это дерево, ища в нём утешения. От этой большой белой сосны я двинулся к своей следующей цели — перекрёстку шоссе и местной дороги, где по четырём углам стояли здание школы, ратуша, католическая церковь и бар Будро с бейсбольным полем. Там, в последнее воскресенье учебного года, "барная лига" играла свою первую игру. Тони Будро пригласил команду из бара Чипа Мозера (которая всегда выигрывала) сыграть "на кружку пива". Я снял лыжи, прислонил палки к "Лотарингскому Кресту" и перешёл через мостик. С дороги я разглядел тусклый неоновый блеск вывески бара Будро. У меня в кармане было 35 центов; 10 центов на колу, и 25 центов - на кино. Я направился к огоньку.

Бар Будро стоял, как крепость, построенная из валунов, извергнутых рекой Спирит во время какого-нибудь древнего наводнения. Бейсбольное поле, раскатанное бульдозером, было с откосом, благоприятствующим отбивающему с левой руки. Я глянул на полдюжины автомобилей, припаркованных на изрытой колеями стоянке, выискивая кого-нибудь, кто жил бы в моём направлении - чтоб подвезли домой. Но никого не было. Ну, может, позже. Я толкнул тяжёлую дверь.

Беа Будро сидела на табурете позади подковообразного бара с сигаретой, свисающей с алых губ - как какая-то нарумяненная китайская кино-королева, сидящая на троне и обрамлённая неоновой радугой, изогнувшейся у неё над головой. В зеркале не отражались бутылки крепких напитков - этого золота и изумруда северных лесов. Тони Будро ездил на заработки аж на Аляску, строил там дороги - и всё ради того, чтобы сделать деньги на осуществление своей мечты. План этот погорел в деталях. Город выдавал лицензии на продажу алкоголя только трём барам; его бар был четвёртым. Деньги приносила именно продажа коктейлей, а не десятицентовых кружек пива. А Беа любую прибыль всё равно пропивала. Она выгнула накрашенные брови в глянцевом приветствии. Через час-два я смогу получить бесплатное пиво. Я погладил на счастье лысую морду

Булеза - медведя-гризли, которого Тони застрелил в Канаде - стоящего неподвижным стражем двери и приветствующего клиентов поднятой лапой, в которой был поднос с бутылкой пива. Я осмотрелся по сторонам. Три молодых человека, выхваченные светом лампы над бильярдным столом, глядели на меня отрывисто, как олени-самцы на соперника осенью. А гон пойдёт потом, когда самки появятся... Тогда один или два из них, может, захотят сцепиться рогами. Кто-то разбил "пирамиду", и бильярдный шар прыгнул со стола и покатился по полу к ногам лесорубов, бросающих "кости" на выпивку.

Ширма на шарнирах отделяла бар от зала для танцев, который заодно служил и кинотеатром. Пол был бетонным - ещё одна дьявольская деталь... Солдаты, возвращающиеся с войны, танцевали на паркетах. Танцзал "Lakeview" в соседнем Апсоне имел деревянный пол и привлекал свадьбы, крестины и прочие торжества. А машиной люди ездили туда, где для показа фильмов был экран, а не стена из шлакоблоков; где были плюшевые сиденья, а не голые скамьи... В северных лесах автомобиль - наравне с деревом, трактором и пилой - калечил и убивал "бессмертных" и напившихся до одури парней. Братья Фланаганы ещё не прибыли.

"Эй, ты, Белайл!" Я напрягся - среди парней, бросающих кости, появилась голова, как у крота, нюхающего воздух - и тут же расслабился. Долман Грюцмахер носил толстые очки на физиономии, как будто собранной из оставшихся автозапчастей. Он был стрижен "под машинку", и виднелась его конусообразная голова. Он был самым веским доводом в пользу вредного воздействия стронция-90 на развитие зародышей - только вот родился ещё до Хиросимы...

Он махнул мне рукой - подойди, мол - но потом передумал, пересёк комнату с серьёзным выражением лица и сгорбился надо мной. "Скажи-ка, Рикки..." Долман схватился за подбородок, отпустил его, выпил залпом пиво, глухо брякнул стаканом по бару. Он выглядел так, как будто вычислял кубические футы бетона, требуемого, чтобы налить круглую плиту шестнадцать футов в диаметре и пять дюймов толщиной. "Скажи мне..." - протянул он, пристально смотря на меня и качая головой, как дятел. Потом широко ухмыльнулся и больше ничего не произносил. Я подождал, пока он закончит вопрос, но знал, что он мог ещё долго качаться и пялиться.

"Ну, чё тебе?" - не выдержал я.

По лицу у него прошло удивлённо-вопросительное выражение, потом как бы запрыгнуло ему в голову, там попрыгало и, отскочив от стенки, повернуло голову ко мне. Теперь его выражение стало деловым, как будто он собирался спросить отца, какой вид овса тот собирался весной сеять. "Ты говоришь на том наречии, правда, Рик?"

"Я немножко говорю, но не разговариваю", - ответил я.

Смысла этого "различия без разницы" он не усёк; услышал только, что я сказал "разговариваю". "Хорошо... скажи, Рикки, есть ли шанс... Ты не смог бы... когда она..." Он отвернулся, чтобы рыгнуть. "Лучше спроси у моей мамы", - сказал я. Не было никакого шанса на то, чтоб я помог этому безмозглому придурку ухаживать за Мариной. "Она на её языке уж точно говорит". Долман сглотнул, и у него кадык заёрзал в глотке. Мать могла бы хорошо ему перевести, но она также умела задавать лишние вопросы, судачить и вообще давать непрошеные советы. Я вновь потянулся к морде Булеза, чтобы погладить её, но гризли, раздражённый тем, что за много лет сотни засаленных рук стёрли весь мех у него с носа, шлёпнул меня по руке.

"Не трожь моё пиво!" - раздался грозный глас. "Да ссал я в твоё пиво, дурак безмозглый!" - сказал я. Дуэйн стоял в тёмном углу возле медведя; его бледное лицо отражало желто-зелёный неоновый свет. "Ну, чего там прячешься? Боишься, что старик твой тебя найдёт?" Старик Скаллен сам не пил, проповедовал деревенским девочкам, работающим в барах в округе, и лишь портил удовольствие от виски другим. Дуэйн слабо улыбнулся, поднял стакан и осушил содержимое, которое под освещением в баре казалось похожим на коровью мочу; затем поставил стакан на поднос Булеза и наклонился в мою сторону. Я наставил было кулаки, готовый отпихнуть Дуэйна к дверям. Долман, может, и не разумел ни черта в том, как говорить с девочкой-беженкой, но он знал, как остановить драку. "Ну-ну, ребята", - сказал он, ступая между нами. В тот момент дверь открылась, и холодный воздух впихнул Кляйншмидтов в помещение, как баржи буксир. Лицо Долмана расплылось в широкой улыбке, и он начал тыкать меня длинным пальцем; а я тем временем следил за Дуэйном. Маленький кулачок стукнул меня в спину.

"Рикки, Ри-и-кки, чё ж ты?" - Марина улыбнулась мне своей озорной улыбкой, озарившей весь бар. "Говори на английском языке, грязный иностранец! - сказала она на английском, затем на сербохорватском добавила, - видишь, я по-английски говорю". С сияющими глазами она стянула с головы косынку, выпустив каскад локонов, схватила мою руку обеими своими; её пальцы прямо танцевали по моему запястью. "Я иду в кино! В первый раз!" Ноги Марины, казалось, вытанцовывали польку; она подняла свои широко открытые глаза поверх моей головы, где маячил Долман, как огромный коршун. Он улыбался до ушей, как какой-нибудь пёс-придурок, смотрящий на кастрюлю, полную студня и куриных кишок, со слюнками, стекающими по резцам. "А кто это?"

"А, этот - грязных иностранок пожирает", - сказал я.

"Помыла лицо - смотри". Она притянула мою голову, потёршись щекой о моё лицо, и протянула руку, чтобы пожать руку Долмана. "Как его зовут?"- спросила она. Он отступил, вытер руку о штанину, расправил плечи по-военному и взял её руку, как будто это был двухдневный птенчик. Марина хихикнула. "Добро, добро". Долман засиял, как будто кто-то включил у него фонарь на голове. Так вот как выглядит усмехающийся стервятник, подумал я.

Мне хотелось высказать, что он имел противоестественные сношения с молочными коровами, но подумал, что Марина тогда попросит ещё у мамы разъяснения; поэтому я просто сказал: "Долман. Это тот самый идиот с восемью братьями, о котором тебе мама рассказывала".

Марина захихикала, когда Дуэйн подался вперёд. "Как её зовут?" - спросил он, уставившись на неё, как будто она была телёнком на убой. Пальцы Марины остановили танец и сжали мою руку, и она, казалось, сама сжалась, как птенец, ощущающий тень ястреба, скользящую над гумном. Дуэйн увидел её страх и, к моему удивлению, сунул руку в карман пальто, вынул оттуда шоколадный батончик "Марс" и протянул его ей обеими руками. Я потянулся было, чтобы защитить Марину, загородить её от конфеты - но она улыбнулась и взяла её у него из рук. "Спасибо", - сказала она. Дуэйн видел мой жест; по его лицу прошла гамма выражений в замедленном движении — лёгкий шок, размышление, боль, холод, неестественная улыбка, глаза, слегка обезумевшие — как будто кто-то перетасовал колоду карт. Долман ступил вперёд, оттеснив меня к стойке бара. "Конечно, да уж, конечно. Я был в Германии. Знаю, как разговаривать с фреляйнами", - сказал он, ведя Марину за локоть в кинотеатр. Семейство Кляйншмидт уже сидело в зале, покрыв большую часть длинной скамьи задницами. "Сохрани мне место"- крикнул я вдогонку удаляющемуся силуэту Долмана и повернулся к Дуэйну.

- Домой меня отвезёшь?

- А ты как сюда попал?
- На лыжах пришёл.
- Ну и езжай домой на лыжах.
- Пошёл-ка ты...

Дуэйн вперился взглядом в Марину, слегка раскачиваясь. Марина же аж подпрыгивала от возбуждения; сидя рядом с Хильдой, она коснулась скамьи, приглашая Долмана занять оставшиеся шесть дюймов. Он опустился осторожно, как курица, садящаяся на яйцо. Я мысленно пожелал ему судорог на неделю. Тони Будро завёл щёлкающую плёнку на ролик и выключил свет.

Автомобиль Кляйншмидтов был полон, и я не стал просить их меня подвезти. Марина хихикала, размышляя о говорящем ишаке, который ходит по улицам Нью-Йорка. "В Любляне это ещё можно понять. Но в Нью-Йорке ..." и она вышла из дверей между двумя массивными лютеранами. Дуэйн ушёл. Долман пил с армейским приятелем, чьи сверкающие глаза и экспансивные жесты свидетельствовали о пережитом приключении - по дороге снёс оленя, или что-то подобное.

К тому времени, когда я вышел, наконец, из бара, луна уже села, и небо заволокло облаками, скрывшими звёзды. Ночь стала чёрной, чёрной, чёрной. Я повернулся, чтобы зайти обратно в бар и там ждать Долмана, но заметил фургон Джонни Фланагана, припаркованный на краю ночи. Он, они, братья, были где-то там. Я решил пойти пешком. В двухстах шагах хода, огни бара выстроили чёрную стену ночи, через которую я ступил как будто в цистерну охладившегося, отработанного машинного масла. Была тишина, кроме тихого посвистывания ветра сквозь еловые ветки. Быстро летящие облака расступились, показав - а затем скрыв - пояс Ориона, Кассиопею, Полярную звезду, оставив меня идти по безграничной пустоте. Моим единственным зрением была моя несовершенная память, дающая смутное представление о сугробах по обе стороны пути. И чернота северной лесной ночи заполнилась изображениями — духами тёти Лидии, воспоминаниями матери, рассказами стариков. Мы жили на очарованной - или же безумной - земле. Летними вечерами, когда туман стелился в низине Поддельного болота, человек и зверь проходили как призраки. В затишье сумерек, перед бурей, огоньки появлялись среди высоких болотных трав, скользили, залезали на деревья и заставляли их пылать. А этой зимой замки и человеческие очертания замерзали в вечности или же таяли, превращаясь в образы, несущиеся по небу.

Я шёл, пока низкий шум журчащей воды, текущей под щелями во льду водопада Спирит, не дал мне знать, что пришло время покинуть дорогу, пересечь реку, найти мои лыжи и войти в лес; звёзды были скрыты, а мои магнитный и внутренний компасы были ненадёжны.

В кромешной тьме карабкался я по сугробам на руках и коленях, хлопая по воздуху в поисках мостика — двух вязов, срубленных над ущельем. Была только пустота пропасти лощины водопада. Я приник лицом к земле, пытаясь разглядеть очертания моста среди ряда деревьев. Ничего видно не было. Я сделал передышку, но холод стал проникать под пальто, а образы - под закрытые веки. Ну, всю ночь не мог же я делать передышки.

Моя рукавица нащупала что-то мягкое и податливое. Волосы у меня встали дыбом, и я хотел броситься назад, в то время как сознание того, что двадцатью футами ниже - пустота, лёд и камни, удерживало меня на месте. Я жадно глотал воздух; при каждом вдохе было больно, как будто я на самом деле упал на валуны и лёд. Цвета и звёзды плыли перед глазами. Это точно был пьяница-мертвец - как Джинни Бишофф, мать троих детей, которая ехала домой из бара, когда в машине заглох двигатель - замёрз бензопровод. Она решила срезать путь через поле - и на следующий день была найдена околевшей, стоящей на коленях с открытыми глазами... То место было освящено памятью, особенно, когда я летом косил луг Бишоффов. Я снял перчатку, протянул вперёд руку - и коснулся грубой короткой шерсти животного, услышал приглушённый крик и увидел вспышку света - белого, как дуга сварки. Я очутился сидящим на заднице; сердце дико билось в груди, и лишь журчание воды пониже и позади меня нарушало ночное спокойствие. Приглушённый крик был моим собственным. Я зажёг фермерскую спичку о молнию моего пальто, едва сжимая ягодицы. Пламя высветило труп пумы. Я протянул руку, чтобы коснуться его, готовый почувствовать, как клыки вонзаются мне в предплечье. Но кошка был холодной - мёртвой. Эмиль Ланге, должно быть, пристрелил её, пойманную в ловушку в снежных ущельях по сторонам дороги. Задняя нога у неё была переломана. Мех на задней части был догола ободран в том месте, где её тащили. Я попытался засмеяться, но у меня язык прилип к нёбу. Ну, завтра шкуру сдеру, подумал я.

И вдруг ночной покой пронзило завывание, громкое и протяжное - как крик человека, которому руку раздавили чугунные жернова молотилки; в тысячу раз громче вопля белого оленёнка, стиснутого в зубах койота. Чернота - то светлея, то темнея - окутала меня.

А потом - вновь тишина...

Я ощутил движение по ту сторону мостика - дрожь елей, падение снега, царапанье когтей по коре. Меня вырвало без тошноты. Звучит глупо, но мне стало от этого легче; я не запачкался. Я должен был уйти оттуда. Я повернул обратно к бару. Тёмная дорога, по которой я только что прошёл в безопасности, означала вновь безопасность. Я вскарабкался на сугроб, пригибаясь низко, чтобы не запутаться в проводах. Я увидел свет фар. На моих щеках были слёзы - я был в безопасности. Но я приостановился. Фургон Фланаганов медленно приближался, виляя и сопя, как будто кого-то выслеживая. Они охотились на меня. Я не мог драться один против троих. На пустынной и тёмной дороге, правила драки в баре - если таковые вообще были - не очень-то соблюдались. Фланаганы, например, любили пользоваться бейсбольными битами.

Фургон остановился пониже меня. Я лежал за выступом сугроба. Фургон отъехал назад. Свет фар отражался от покрытых снегом вечнозелёных деревьев и освещал амфитеатр, в котором я лежал полон жуткого страха; в моём воображении за мёртвой пантерой пряталась другая, невидимая, полная одинокого отчаяния и ярости. Я не мог разобрать, кто был в фургоне. Был виден только водитель; братья, наверное, были на заднем сиденье. Я не знаю, сколько времени я лежал на том сугробе, как бы повисший в воздухе, неспособный двинуться ни вперёд, ни назад.

Наконец, фургон - зловещий, тёмный, прищурившийся - повернул вспять. Чернота возвратилась, но не была столь глубокой, как раньше. Я посмотрел в небо - и Большая Медведица вновь появилась, и Дракон, и Полярная звезда. Я взвесил альтернативы. Лучше уж пума, чем Фланаганы. Надо только будет шуметь, громко распевать - и тогда она будет держаться от меня подальше. А лыжи пойдут по собственной воле по следам, которые я оставил ранее.

Эмиль Ланге подобрал свою пуму, привязал к капоту машины и повёз по всему графству выставлять в кабаках - как будто он лично поборол зверя в рукопашном бою. Рут, М-Ж и я по дороге домой перешли мостик, возле которого пару ночей назад я так был напуган. Я осмотрел этот амфитеатр своей слабости в свете полуденного солнца; сильный снегопад стёр все улики моей трусости. Под бревенчатым мостиком сквозь чёрные, как чернила, трещины во льду проникало журчание воды, наполнявшее тихий воздух. Вверх по течению кружились снежные карлики, воздевая к небу ивовые мечи. Под нами ледяные волшебники торопились по узкому ущелью на сражение в пустом и незащищённом от ветра Поддельном Болоте. Дым от костров придавал сумеркам с красным оттенком острый привкус и висел, как паутина, над чахлой елью, пытавшейся удержаться на гранитном выступе скалы.

"В этих лесах есть волки", - сказала М-Ж, опередив меня с рассказом. "Я их там видела - и ты тоже видел, правда, Рикки?" М-Ж не гнушалась удобным случаем поддеть Рут. "Да, конечно видал", - согласился я. Один лжёт, другой клянётся, что правда. Я осматривал снег, выискивая след. Вдоль забора из колючей проволоки я увидел дырку в своде наметённого снега и несколько пятнышек крови. "Сова прибила мышь", - сказал я. "Белая сова? Мой папа видел их. Они на юг пошли?" - спросила М-Ж.

"Ушастая сова, наверное. Ни одна канадская сова не была бы достаточно умна, чтобы засечь полёвку под снегом. Они ждут, пока мыши пойдут к морю миллионами. Тогда они умеют их найти".

"Везучая мышка", - сказала Рут, держа у груди книги. Она остановилась, пристально разглядывая Лотарингский Крест, как паломник на замороженной Голгофе.

"Ну, пора двигать, - сказал я. - А то у нас работы полно ещё". Мы пересекли мост шеренгой над игривой выдрой, искромсавшей снег и исчезнувшей в щели во льду. Компания "Хадсон-Бэй" платила где-то долларов по шестьдесят за шкурку выдры.

"Рут, не смотри вниз, - сказала М-Ж, - а то можешь потерять равновесие и упасть".

С руками, сложенными в ондатровой муфте, с

книгами у груди, и в чёрном шарфе, обрамляющем красный нос на белом лице, Рут подняла на меня свой потусторонний взгляд: "Если на то есть воля божья".

"Если я тебя сейчас с моста спихну, - сказал я словами, выдохнутыми в воздух, как диалог в книжках комиксов, - тогда я невинен?"

"Никто из нас не невинен, - сказала Рут. - Мы грязны и скверны, но Господь любит нас, несмотря на наши ужасные пороки. Спасение ждёт нас, если мы только попросим. Ты можешь услышать моё свидетельство". Она посмотрела на меня, а потом отвернулась.

Мы шли в три ряда по лесозаготовочной дороге, обходя каждую колею, камни и ветви, упавшие с деревьев. М-Ж повернулась к Рут: "Ну, давай, свидетельствуй нам". М-Ж была добра к больным кошкам с глазами, слипшимися от инфекции - и к Рут Скаллен, чьи глаза были закрыты Богом. Если бы Рут могла проповедовать этим язычникам - нам - тогда старик Скаллен может и не заставит её уйти из школы до конца учебного года. Обрати он несколько католиков в свою веру - можно смело предстать пред вратами райскими. Но если любопытство убило кошку, то М-Ж уже должна была умереть, по крайней мере, шесть из выделенных ей девяти раз. Убийце-маньяку стоило только сказать: "Как-то давным-давно, в некотором царстве..." - и он преспокойно мог бы держать её неделю, пока из напильника охотничий нож вытачивал бы.

Когда мы были молоды, тётя Лидия приносила стопки комиксов, которые мне хотелось бы прочесть, но М-Ж тянула меня под кухонный стол. Среди собак, кошек и леса из ног мы слушали россказни, пока карты хлопались об стол, как кнуты. А когда сюжет крепчал - "Да, тогда я пожал руку Аль Капоне, понимаешь...", а один из супругов подвергал сомнению правдивость истории - "А ну, перестань брехать, сукин сын!", разгневанные ноги топтали лапу кошачью, собачью или детскую, и шумные славяне выгоняли визжащих зверей (включая М-Ж и меня) из-под стола. И все мы потом обратно под стол уползали.

Рут кивнула. "В Терре-Хоте мы на ферме работали, и разводили овец, и зерно растили". Мы соскользнули вниз по склону низкого холмика и пересекли одну из заводей Большого Поддельного Болота, вдающуюся в гранитную гряду. "Лот поднял очи и созерцал равнину Иорданскую, и была хорошо политой". Баптистам нравилось цитировать Ветхий Завет больше, чем Новый. "Там было хорошо", - добавила она.

"Так почему ж вы оттуда уехали, если там так чертовски хорошо было?" - сказал я.

Рут глянула на меня - полагаю, с раздражением - но с её обычной сдержанностью ничего не сказала. Мы поднялись на противоположный откос, тыкая ботинками в снег, чтобы найти точку опоры. "Это был Содом. Братья отступили от веры и предавались грехам городским. Отец проповедовал против них, но вместо того, чтобы измениться, они обозлились на нас", - рассказывала Рут. "Господь Бог во сне явился ему, и привёл нас в пустыню Зоарскую".

Он и впрямь пустыню нашёл. В Индиане верхний слой почвы составлял тридцать футов, а снег был в дюйм глубиной; здесь же - совсем наоборот. Мы достигли вершины, где я оглядел болотный простор в поисках какого-нибудь признака присутствия животных - скачущего зимородка, волка, одинокого оленя. Дым столбом шёл к небу из дымохода Грота Ван Эрта, чей дом на острове скрывался в деревьях.

Я обернулся и указал на Лотарингский Крест, в снежном одеянии, едва видимый вдали.

-Это похоже на жену Лота. Почему же твоя мать не превратилась в столб соли, когда вы бежали из Содома?

М-Ж ударом бедра свалила меня в снег. "Пусть Рут сама рассказывает свою историю". Она свысока глядела на меня, подбоченившись. "Ты иногда такой... - она пыталась найти не очень резкое слово, - ... хулиган".

-Хулиган? Это ж моя задница сидит здесь в сугробе. Так я должен просто тебя забросить в заросли ежевики, или же хочешь, чтобы я тебя по-настоящему наказал?

"Ну, попробуй", - сказала М-Ж вызывающе, нахохлившись, как индейка, но тут Рут перебила её, обращаясь к тропинке, исчезающей среди вечнозелёных деревьев.

-Моя сестра превратилась в столб соли.

М-Ж посмотрела через плечо на Рут, совершенно позабыв о нашей потасовке - даже руку мне протянула. "У тебя есть сестра? А я и не знала. Почему же она не здесь? Она замужем? Погоди-ка - столб соли, говоришь? Что она, с твоим отцом переругалась, что ли?" Здесь где-то была своя история.

"Я что-то не слышал, чтобы твой дом в Терре-Хот сгорел", - сказал я. Я прикинул, не повалить ли М-Ж на снег, но "столб соли" заставил и меня обратить внимание.

"Нет, но она мёртва... для нас. Она не захотела покидать Содом. Господь уничтожит её, её ребенка и всех таких, как она", - Рут произносила эти слова со страдальческим, вопрошающим выражением лица, как будто потеряла кого-то, чья потеря не имела никакого смысла; её сестра была мёртва, но жива, но потеряна. На то была Божья воля, и Рут смирилась с ней - и это смирение было мне отвратительно. Но тогда я подумал о Фрэнке и понял, что я не сделал ничего, чтобы спасти его. Я был таким же скверным, как Рут, и мне захотелось столкнуть её вниз по пригорку. Рут выглядела так, будто была готова плакать - так делали женщины - но М-Ж выпустила на неё лавину вопросов, которые остановили слёзы Рут.

"Я не знала, что у тебя была сестра. Мне тоже хотелось бы сестру иметь. Она замужем? Постой, ты сказала "ребёнка". Ты же никогда про неё не рассказывала".

Рут махнула рукой беспомощно, как бы пытаясь что-то схватить, пытаясь дотянуться до истины, которая ускользнула в поток религиозных банальностей и была унесена как лист, попавший в поток. Она сделала гримасу, и на мгновение её лицо стало холодным и бесплодным, как Поддельное болото; а потом более или менее безмятежным.

"Мари-Жанна, - проворчал я. - Ты что, собираешься сделать какую-нибудь глупость?"

"Может, в городе остались двенадцать праведников? - сказала Рут М-Ж. - Как ты думаешь?"

М-Ж смотрела в глаза Рут, размышляя, собираясь сделать что-то глупое.

Мы дошли до конца школьной тропы на ферме Скалленов. Дуэйн стоял на куче навоза, от которой поднимались струйки пара и кружились вокруг него. Уши его поношенной кожаной кепки торчали как крылья летучей мыши, готовые поднять его тяжёлое тело в небо.

"Папа приказал тебе домой, быстро", - сказал он. Рут побледнела, закрыла и открыла глаза и поспешно двинулась по направлению к крыльцу между возвышающимися и нависающими сугробами снега, готовыми, казалось, поглотить её. Дуэйн опрокинул жидкое содержимое тачки, и оно потекло по склону прямо к нашим ногам. Вонь коровьих экскрементов нахлынула на М-Ж и меня, и я почуял тошнотворный, сладковатый запах вылизанного телёнка.

- Белайл, помоги-ка мне.

- Чего тебе надо?

Дуэйн ступил назад по настилу, сложенному из дощечек. У двери сарая он крикнул: "Коров доить!"

- У меня самого работы и так полно!

- Ну, тогда помоги быка в загон загнать.

Мы увидели, как он исчез в темноте сарая, как в

глубокой пещере.

"Ну, мне, наверное, надо-таки помочь негодяю, - сказал я. - Хочешь меня подождать?"

- Он на тебя когда смотрит, так у меня аж мурашки идут...

- Ну, это он из-за шрама над глазом так глупо выглядит.

Мне было неловко оттого, что приключилось с Джебом.

- Это из-за глаз он и выглядит таким странным. Мне не нравится он. За исключением Рут, вся эта семейка мне ужас внушает... Она точно что-то скрывает. Ты видал, как Рут аж побелела вся? Её отец же ещё никак не мог узнать, не знал, что она рассказала нам уже об Индиане, правда? Думаешь, он побить её собирается?

- Нет – просто, наверное, наорёт на неё. Так ты будешь ждать или нет?

- Я должна удостовериться, что Рут в порядке будет.

- Не надо. Ты или жди здесь, или домой иди.

- Ты мне не указывай, что мне делать!

"Разве твоя мама тебя не ждёт, чтобы поехать в Херли?" - спросил я. Она не знала, каким бывал Джейкоб Скаллен, когда разозлится, но точно знала, какой бывала Адель, когда её заставляли ждать.

"Рикки, - сказала М-Ж; её чёрные глаза выглядывали из туннеля, образованного шапкой и шарфом. - Будь осторожен".

- Да ты что, в девчонку чёртову превращаешься?

"Пожалуйста, перестань быть дураком", - сказала она, сделав мне неприличный жест из-под рукавицы.

"Неясно, что ты имеешь в виду", - ответил я. Я смягчился. М-Ж была доброй малой; заботилась о людях - больше, чем я. Я был иногда слишком резким. "Я буду остерегаться, ладно?"

Глава седьмая

"Ну, о чём ты с этой... - Джейкоб сделал паузу, подбирая подходящее слово - паписткой, потаскухой, моавитянкой – наконец, остановился на, - …девчонкой говорила?" Он отошёл от раковины, где стоя смотрел из окна в сарай и сел напротив Рут, стоящей за столом. "Садись", - скомандовал он.

Рут рухнула на металлический стул. "Я сказала им, что верую в Иисуса Христа, Спасителя, и о том, как Бог снизошёл с небес и поразил неверующих Ниневии. Мари-Жанна добра, папа. Она слушает внимательно. Я горячо молюсь о том, чтобы она искала спасение".

"Паписты. Они молятся Антихристу... их не спасти". Джейкоб выплёвывал слова, как пули, и Рут сжалась, ожидая побоев. "Их слова сладки, как слова змия. Если ты против них не окрепнешь, то твоя душа будет гореть в аду".

"Папа, они могут принять Господа. Ты всегда говорил, что любой, кто принимает Иисуса как Спасителя, может быть спасён", - сказала Рут, сомневаясь, однако, что отец по прихоти смог бы изменить непреложные законы божьи. Джейкоб уставился на неё немигающими глазами; его язык щёлкнул о губы раз, другой - а потом исчез из виду; глаза его прожигали лицо

Роберт Таунсенд

Рут насквозь.

У двери хлева я приостановился, пока глаза не привыкли к темноте, и заглянул внутрь. Молочные хлева распланированы так, чтобы коровы или были мордой к морде, или нет. В первом случае их легче кормить; во втором - легче чистить. Здесь имел место именно второй. Я удивлённо озирался по сторонам. Хлев был чист; сточные канавы пусты, полы подметены и побелены известью, коровьи подстилки взбиты. Цепи в стойлах гремели, когда коровы, тряся головами, отрывали пучки сена. Царили порядок и довольство; беспорядок они держали от себя подальше. Я себе кивнул. Старик и Дуэйн, наверное, не так уж и плохи. Именно в те редкие мгновенья, когда всё было сделано правильно - последняя копна сена убрана с поля, свет погашен в хлеву - фермер находил своё удовлетворение. Одна из коров сгорбилась и обильно помочилась. Беспорядок возвращался.

"Дуэйн, где тебя чёрт носит?" Загремела цепь стойла. Бык Скалленов, массивный, чёрный, с белым пятном между его кривыми и тяжёлыми рогами, повернулся и уставился на меня. "Эй, Бык, - такова была на самом деле его кличка. - Ты поправился фунтов на шестьсот точно". Подпорка, привязанная тюковой проволокой, вдавилась в его шею дюйма на два. Его копыта были раздвинуты, и шерсть на боках была спутанной от навоза. Я его видел последний раз весной, когда привёз ему двух тёлок на оплодотворение. "Знаешь, что ты - папаша, по крайней мере, дважды уже?" Бык продолжал смотреть, ни польщённый, ни рассерженный. "Все ещё птиц гоняешь?" На заднем пастбище прошлой весной, он преследовал стаю ворон, которые поднимались шумно, кружились и приземлялись на то же место, в то время как Бык вскидывал голову, показывая всем, кто смотрел - мне и безучастно пасущемуся стаду - свою власть и мощь.

"Чёрт возьми, Дуэйн, - крикнул я во мрак, - у меня собственных дел хватает!"

"Ну, я ж тя не держу..." Дуэйн стоял в полумраке за головой Быка. Он держал на руках чёрно-белого котёнка, который явно не желал там быть, и таращился на меня с искривлённой шрамом ухмылкой. Когда его толстые губы поползли вверх, показывая зубы - это было словно занавес, раскрывавший грязноватые мраморные колонны. "Надо его в загон загнать".

"А где же его кольцо в носу? - спросил я. - Невозможно управлять быком без кольца". Дуэйн пожал плечами. Бык давно потерял его. "Как же ты его передвинешь? Он же весит теперь где-то фунтов 1,500?"

"Я не собираюсь его в стойле оставлять", - сказал Дуэйн. С этим было не поспорить.

Задние ноги Быка стояли в сточной канаве. Если он ляжет, его огузок будет лежать поперёк её, и у него начнётся артрит.

"Ладно, ладно, - сказал я, - я буду стоять на переходе. Когда я буду готов, выпускай его. И чтобы он постоянно двигался. Не позволяй ему останавливаться". Я прошёл вдоль ряда коров. В перекрёстном ряду вздрогнула тёлка, пугливо переступив с ноги на ногу. Сзади у неё виделось вязкое, прозрачное выделение. "Эй, что тут с этой?"

"А мне почём знать?" - сказал Дуэйн.

"Ну, смотри, что-то здесь не в порядке". К стене был привязан телёнок. Жёлтые клейкие экскременты прилипли к его заднице и покрывали весь хвост, сползая на солому. Ну, если уж у их скота понос, то много телят сдохнет, подумал я. Мне придётся дезинфицировать сапоги известью и руки тщательно оттереть перед возвращением в наш хлев. А если они потеряют четырёх телят... так это будет убыток, почти равный моему заработку на пушнине в этом году. Ну, я ничего на этот счёт не могу поделать, а вот им трудно придётся. У них жизнь и так тяжёлая, зачем же мне её усложнять...

Роберт Таунсенд

Я шаркнул сапогом по цементу. Он был посыпан известью и песком. Добро - если Бык ногу сломает, его уже не вылечить. Я перекрыл тележкой проход, ведущий к коровьим стойлам, а сам встал в противоположном проходе. Таким образом, Бык не попадёт туда и не сможет причинить вреда коровам, там находящимся, если вырвется. Я поднял обломанную рукоятку от вил. "Ну, давай, готов". Дуэйн осклабился, кивнул и стал возиться с проволокой. "Ну, шевелись - а то, что, мне ждать тебя весь день?"

Дверь стойла распахнулась, и Дуэйн шваркнул Быка по носу топорищем. Бык подался назад, споткнулся, сел на ляжки и глухо замычал. Коровы стали оглядываться, трясли цепями, тянули их; некоторые замычали. Дуэйн продолжал лупить осевшее животное. Бык с трудом поднялся на ноги, повернулся и вдавил копыта в землю, ища точку опоры и бороздя белую известь. Дуэйн теперь решил поторопить его, коля вилами в задницу. "Дуэйн, придурок ты, перестань его бить!" - крикнул я.

Дуэйн перестал, но было уже поздно. Бык, будучи уже вровень со мной, учуял тёлку и повернул массивную голову в её сторону; его рога были шире моих плеч. Если он туловище повернул бы вслед за головой, я оказался бы раздавленным о стену хлева. Я вскрикнул и ударил его по носу, а затем треснул по рогу - показывая таким образом, что в моём направлении таилась невыносимая боль - а вовсе не приятный треск моих сломанных рёбер. Он фыркнул, залив мою куртку соплями, тряхнул головой в недоумении и повернул вспять. Теперь он был прямо напротив загона, и я намял ему бока, пропихнул его через заслонку и быстро задвинул засов. Я остановился на передышку, прислонившись к железным прутьям. Бык прошёл по кругу два-три раза, фыркнул и уселся перед кормушкой. Коровы успокоились; хлев затих. Мне было трудно дышать; болели рёбра. Или я, видать, в суматохе обо что-то ударился, или же Бык меня рогом поддел.

"Дуэйн, - прохрипел я, - ты на всей земле самый большой дурак, сын сучий!"

Дуэйн поднял котёнка за хвост и, размахнувшись, расшиб ему голову о стальную подпорку.

- Отец мне приказал их утопить.

Котёнок содрогнулся, выгнул спину и затих. Из носа его лилась потоком кровь.

- Но так, я думаю, быстрее.

Холод возвратился с удвоенной силой. Снег падал без передышки. Под раскинувшимся амфитеатром северного неба я тянул трактором навозоразбрасыватель. Вокруг меня был кокон шума — рёв двигателя, скрежет цепи, лопасти, время от времени швырявшие мимо моей головы замороженный комок, глухо отскакивавший от капота трактора. Моё продвижение было отмечено чёрной прорезью на снежной целине, с которой струйки пара поднимались в железный воздух.

Когда я развернулся на краю поля, чтобы возвратиться к сараю, я заметил Алека, стоящего около его пикапа, припаркованного на обочине, с одной ногой на подножке, в ожидании. Я доехал до него и слез. Алек ногой пихнул замороженный ком снега, отвалившийся от колеса грузовика, глядя на дорогу. Наше дыхание облаком повисло в воздухе.

"Ну, как там капканы?" - осведомился он.

"Мне ещё капканов нужно", - сказал я. Я был насторожен. Я поставил капканы для ондатры на их земле. Дороти, возможно, подослала его, чтобы меня застукать - и получить часть выручки. Хоть она и была неграмотной крестьянкой, но весь участок, и межи, и границы полей были как бы отпечатаны на её глазных яблоках - знала до дюйма, где кончалась её земля и начиналась соседская. У меня уже и оправдание было наготове - глубокий снег скрыл пограничный забор.

Но он отнюдь не был сконфужен. Алек смотрел на

юг вдоль дороги. Там сновала чёрная фигура, и сначала мы не могли разобрать кто там - бегущий олень, избегающий глубокого снега; скачущий койот; Карл Мюллер, идущий домой, шатаясь? Но, наконец, видение приобрело более чёткие очертания, постепенно переходя в кого-то едущего на велосипеде, в женщину и, наконец, в Марину, едущую к нам, чтобы помочь маме с шитьём. Я непроизвольно поднял руку, чтобы пригладить волосы, но рука лишь коснулась кожаной шапки с ушами, завязанными под подбородком.

"Сколько тебе за них дают?" - спросил Алек, прикуривая сигарету "Camel" и глядя на дорогу.

"У меня ещё не так их много", - ответил я. Садящееся солнце нашло дыру в пасмурном небе, воспламенив снизу перистые облака оранжевым, красным и лиловым цветами, бросая холодную смесь янтарного света и темнеющих теней на поля - тут обледеневшие и открытые ветрам, там округлённые в гладкие сугробы - освещающую восточный ряд деревьев. Беседа между мной и Алеком закончилась, поскольку мы наблюдали за приближением Марины. Когда она выехала на поляну, лучи солнца поймали ее силуэт, раскрасив её в оранжевый цвет, бросая тень на сугробы.

"Привет, Рикки", - сказала она. Её блестевшие от холода глаза выглядывали из-под меховой шапки.

"Здраво, како сте?" Я решил Алека ей не представлять. "Ты похожа на свинью, едущую на велосипеде".

Она слегка хлопнула меня по башке. "Я не свынья вовси", - сказала она на всё ещё несовершенном английском.

"Она никакая не свинья", - сказал Алек, наблюдая за Мариной, как будто это было самой нормальной вещью в мире - ездить на велосипеде по льду между сугробами пятнадцать футов высотой. Блестящие глаза Марины смотрели на нас из-за складок косынки. Мы трое стояли молча, пока я, наконец, не сдался.

"Вы друг с другом знакомы?" - спросил я.

"Как дела?" - сказала Марина и улыбнулась. Алек полукивнул, полупоклонился, и его нога соскользнула с подножки. Ну, давай, на здоровьице, мысленно подстрекнул его я. Марину пробила дрожь.

"Мама тебя ждёт. Там тепло", - сказал я, кивнув на дом.

"Я положу твой велик в кузов, - сказал Алек, - подвезу тебя".

Марина повернулась ко мне за переводом, но Алек указал жестом на свой грузовичок и ухватился за её велосипед. Она улыбнулась с благодарностью, как будто этот мужлан спасал её. Ну, а мне что оставалось делать? Посадить её в навозоразбрасыватель вместе с велосипедом?

К тому времени, когда М-Ж и я закончили подённую работу, мать уехала с мистером Шарбонно на школьное собрание. Все мы трое - М-Ж, Марина и я - сидели на кушетке. Алек уже ушёл. Я взирал на задачку по математике с глубокой скукой. "Определите объём воздуха в комнате с измерениями восемь футов на восемь футов на восемь футов и наклонной поверхностью крыши в сорок пять градусов. При температуре в пятьдесят градусов по Фаренгейту, каков вес воздуха?" Я посмотрел в окно. Пластмассовая изоляция осела под весом инея и атакой сильных ветров. Снег кружился в конусе света, как математические уравнения. К утру ветер усилится и нанесёт снега в борозды, которые я прорыл на южном поле - а значит, куча навоза вырастет, и придётся летом больше загружать...

"Брось-ка ещё дров в печку", - приказал я М-Ж. Мисс Айзекс я не нравился. М-Ж наклеила последнюю букву на плакат, рекламирующий школьное мероприятие по сбору денег на игру в карты; убрала обрезки, отложила клей и сложила четыре плаката. "Прекрати мечтать и заканчивай домашнюю работу". Марина сидела у швейной машины и шила для кого-то платье. "Я твой плакат закончила тоже. Хочешь меня сейчас поблагодарить или мне подождать, пока не будет доказано с математической точностью, что конец света наступает таки?" М-Ж подобрала книжку упражнений по чтению для третьеклассников и протянула Марине. "Потренируемся?"

Марина нажимала на педаль "Зингера", ведущую ткань под клацающую иглу. Её выражение лица менялось, как будто она смотрела анонсы кинофильмов у Будро - то смешные, то тоскливые. Волосы у неё завивались, как у гречанки, и локоны ниспадали с плеч. "Ох, везучая, - говорили бабы, - натуральные завитки". Её зубы были белыми и ровными. "Да, да, момент", - сказала она.

"Я не мечтаю". Я вернулся к учебнику математики, пролистав страницы обратно к формулам, чтобы угадать, какие нужно будет использовать. Может, сегодня вечером мисс Айзекс уволят…? "Девочки лучше умеют рисовать", - сказал я, чтобы найти оправдание своей беспомощности.

Марина подрезала нить и нагнулась, чтобы исследовать шов в свете моей лампы. Двигая лишь глазами, я бросил взгляд на её воротник, где тени и ткань намекали на лёгкий подъём. Удовлетворённая своим рукоделием, она встала и села между М-Ж и мной. Прогнулись пружины кушетки. Я оказался прижатым к её бедру. Тёплой рукой, на удивление сильной, она отодвинула моё плечо, чтобы лучше видеть диаграмму, которую я нацарапал на бумаге. "Трудно?" Она взяла учебник математики у меня из рук.

"Да". Я стал грызть свой карандаш.

Она улыбнулась и постучала мне пальцем по лбу. "Мозги в Белград уехали?" Я слегка подался вперёд, желая, чтобы она эти пальцы пропустила мне сквозь волосы.

"Это рифмуется на сербском тоже?" - спросил я. Марина приподняла бровь в притворной невинности. Она английский быстро осваивала. "Я не могу понять, какую формулу использовать", - сказал я, чувствуя изгиб её бедра.

Марина взяла у меня карандаш изо рта, вытерла его о мою рубашку и бегло набросала формулу, затем показала М-Ж, как она подготовила задачку к решению. Та глянула на неё и пожала плечами, мол, "мужики - дураки, правда?"

"Пойди, добавь дров в печь", - наказал я М-Ж, дабы поломать сей многообещающий франко-славянский союз. "Кто тебя математике учил?"- спросил я Марину.

"Что, ногу сломал?" - съязвила М-Ж, но всё же поднялась с места.

Я вернулся к тетрадке, вводя числа в формулу. Из кухни раздавались звуки чугуна, скользящего по чугуну, шорох дров, лязг захлопнувшейся крышки топки. "А я-то думал, ты была невежественной крестьянкой", - сказал я.

"Может быть". Марина смотрела сквозь полуприкрытые, раскосые глаза, не в состоянии сдержать улыбку. "Но эти несложны, даже для невежественной крестьянки. Они... - она указала на страницу формул, подняла палец, как педантичная учительница, - походят на инструменты, ну..., плотника, что ли?"

"Один инструмент... - она тронула меня за нос, - одна задача".

"Перестань афоризмами говорить". У славян была фраза на каждый случай. "Ляг на пол и бей себя по заднице", - говаривала тётя Лидия ребёнку, мне, канючившему, что ему скучно. "И на сербском это - в рифму", - добавляла она.

М-Ж вернулась и прижалась к Марине. "Ух, холодно". Обе они иностранки, подумал я. "У тебя это здорово получается, - сказала М-Ж. - Кто тебя математике учил?"

"Папа учил".

"Папа учил меня", - поправил я. М-Ж закатила глаза, но я проигнорировал её. Это было глупо. Были такие югославы, которые в Америке всю жизнь жили, но по-английски всё ещё с таким жутким акцентом говорили, что едва что-нибудь разберёшь. Кто-то должен же был их научить.

"Прекрасно, - сказала М-Ж. - Твой папа скоро приедет?" Марина, казалось, при этом вопросе сжалась в комок, сжав руку М-Ж так сильно, что та поморщилась от боли. Она пристально смотрела мимо меня в окно; её лицо было то озадаченным, то опечаленным; дыхание - прерывистым. Я бы М-Ж по заднице надавал за это - что, не знает, что значит "сирота"? Но М-Ж только сказала: "Что такое, Марина?" и положила ей руку на плечо, смотря на одну сторону её лица.

"Он не приедет", - прошептала Марина, ломая руки, еле шевеля губами, будто смотрела на человека, стоящего в оконном проёме.

"Почему не приедет?" - уговаривала М-Ж.

"Господи Иисусе", - сказал я. Пальцы М-Ж шарили по моему плечу, ища тот нерв, который мог здоровенного мужика на колени свалить; но прежде, чем она смогла действительно сделать мне больно, Марина поднесла другую руку М-Ж к губам, поцеловала её и задрожала. М-Ж, той рукой, которой собиралась причинить мне боль, накинула нам шерстяной платок на плечи, и мы сильнее прижались друг к другу в этой холодной комнате.

Выпрошенные слова пошли, сперва медленно, запутанно, по одному; затем немножко быстрее. "Мы жили... в лагере. Я работала... на ферме. Украла картошку". Марина улыбнулась, как будто ожидая, что мы её погладим по голове за это воровство. М-Ж и я, дети смешанных языков, придвинулись поближе, чтобы слушать этот рассказ о том, что было "в одной стране, в иное время". "Я побежала в барак. 'Папа, Папа', - сказала я, но его лицо было цвета холодного пепла в печке. Он смотрел на меня, с плакатом, сжатым в руке. 'Воротись на работу', - сказала мама. 'Но у меня есть еда!' - возразила я. 'Уходи!' - сказал отец." На улице завывал северный ветер, дребезжа ставнями. Марина подняла взор, глядя на стёкла, на которых мороз вылепил причудливые альпийские вершины.

Её рассказ начался снова. "Что-то было не так. Когда усташи, или партизаны, или четники, или немцы приезжали - они все были одинаковыми - папа никогда не выпускал нас из вида. Я не стала спорить - папа был очень строг. Я вышла наружу. Была осень. Воздух был прозрачен. Горы были как будто из стекла вырезанные. Красота была". Марина сделала долгий выдох. Она не обращалась ни ко мне, ни к М-Ж, но как бы протягивала руки невидимому человеку с мольбой на сербском. "Ну, почему ты меня с собой не взял?"

Кухонная печь гудела от жара; потрескивали сосновые дрова. Марина щурилась, как будто видение в середине комнаты исчезло. "Я говорила по-английски немножко. Британские солдаты были просто мальчиками и флиртовали. Они позволили мне покинуть лагерь. Я не пошла на ферму, а ночевала на холмах вдоль дороги. Проснулась от шума грузовиков. В лунном свете увидела наших людей. Граница была недалеко, и я пошла за ними. Там югославские солдаты увели их, а британцы ушли. Я встала, чтобы следовать за ними". Марина затихла, сидя с открытым ртом, как будто стояла в залитом лунным светом ландшафте, ожидая появления на дороге волочащихся серых колонн её людей, до смерти усталых, собиравших последние усилия на каждый шаг. "... Но потом я услышала стрельбу".

Мы втроём тихо сидели в холодной комнате; Марина, казалось, удалилась в теплоту пещеры, созданной нашими телами. Она слышала мои слова, но постигала их не сразу - как будто звук моего голоса должен был пересечь земли и океаны прежде, чем достичь той единственной тропинки на австрийском горном склоне. Ни формулы, ни выражения не лежали в ящике её инструментов, готовые к употреблению. Её семья выживала в течение многих лет, делая то, что им говорили. Ведь им англичане не солгали бы? Со двора слышался стон ветра сквозь белые сосны - звук этот был настолько более томимым одиночеством, чем ветер, дующий сквозь ель или летнюю осину. Как же британские солдаты могли позволить женщинам и детям быть убитыми? Я чувствовал, как к горлу подступала ярость. Мистер Шарбонно отказался бы грузить беженцев. Он бы остановил коммунистов. М-Ж держала Марину за руку, нашёптывая, и я вновь увидел, как М-Ж падает в снег там, где Зоран в неё не стрелял; как мгновения текли медленно, как часы, когда он поднял винтовку - а я не двинулся, чтобы её спасти. "Следующей ночью британцы загрузили грузовики снова, - Марина говорила сквозь руки, переплетённые с руками М-Ж. - Но потом - больше нет. Почему же?" Она изучала мои глаза, как будто у меня была мудрость для знания, сила для спасения, храбрость для управления... М-Ж смотрела на меня, как будто хотела задать дюжину вопросов. Комнату залил свет фар автомобиля, повернувшего на наш проезд. Марина закрыла глаза, тихо плача на груди М-Ж.

"Родители приехали, Марина", - сказала М-Ж.

Я шёл, нагруженный капканами, по белому пейзажу, залитому светом северного сияния, мерцавшего то белым, то ярко-зелёным цветом. Тёмные кошачьи образы носились на краю зрения, но когда я повернулся, чтобы посмотреть, они увернулись и исчезли, появляясь вновь, когда я отвёл взгляд. Я был затерян, неспособен найти себе места на земле.

Она стояла между двумя большими снежными

холмами и шла ко мне, придавленная печалью - хотя я попытался подумать, как же я мог знать, что ей было грустно? Она была одета в белое, как эскимоска, с роскошным мехом, обрамлявшим лицо и шею. Лиса, подумал я, белая лиса. Это была Марина, а потом не была - а когда я посмотрел заново, появилась опять.

Жакет был белым, кожаным, плотно облегающим её грудь. Уж где она достала такие деньги на дорогие одёжки – ну, прямо как из журнала "Cosmopolitan"? Я знал, что белая лиса стоила немалых денег. Водоворот ревности захлестнул мои внутренности. Кто-то, точно, поймал лису в капкан и подарил ей мех... Вдруг она предстала передо мной обнажённой; её лицо было смущённым и обиженным – но, как только она ко мне приблизилась, приняло суровое выражение. Я сложил губы в слово "нет", беззвучно, "я не..." Как только наши тела соприкоснулись, подо мной проломился лёд, как будто бы я стоял на воздушной яме. За Мариной Лотарингский Крест вспыхнул пламенем, а затем холодная темень, тяжёлая, как болотный ил, окутала меня, и медвежья тяжесть охватила ноги и потащила вниз; но в то же время что-то слабо тянуло вверх - как будто на лбу была присоска.

Теперь я был в комнате, и белое облако быстро приближалось, кипя внутри; воздух мчался по земле, взрывался наружу и возносился к небу, как ядерный взрыв. Кто-то, кого я любил, был там, и сердце ныло от беспомощности. Облако ударилось о дом и окна рассыпались вдребезги, мебель, опрокинувшись, лежала среди луж воды и битого стекла. Кто это был, кого я хотел спасти? То была М-Ж - но это являлось полной бессмыслицей. Она ведь не была ни в какой опасности.

"Рикки", - прошептала М-Ж в моей голове. Я увидел крапинки света в туннеле. "Ну-ну", - сказала она. Огоньки разрешились в звёзды, затем в созвездия - Большая Медведица, кувыркающаяся над холмами

Годжебикской гряды; Дракон, ползущий от неё к Малой. Пальцы коснулись моего лба. Я увидел человеческий силуэт на фоне звёзд, и силуэт присел рядом. "Не замахивайся, - сказала М-Ж. - У тебя дурной сон".

"А тебе здесь чего делать?" - прошептал я.

- О чём сон был?

- Ни о чём.

- А ну, не ври - с тебя ж пот льётся ручьями.

- У твоей мамы будет истерика, если узнает, что ты ко мне в спальню заходила.

М-Ж спала чутко. Иногда, когда оставалась у нас, она бродила по дому, закутанная в стёганое одеяло; потом садилась читать в отдалённом углу, переворачивая страницы осторожно, чтобы не нарушать спокойствие - бессмысленный жест, ибо и мать, и я оба спали сном мертвецов. Иногда она ложилась у моей кровати, пытаясь поймать от моей ауры сон, который избегал её. Иным утром я встречал её по пути в школу, шатающуюся, как от похмелья, с напряжённым лицом. Пополудни она засыпала за партой, сидя прямо; мальчишки связывали ей шнурки вместе, а девчонки развязывали их; эдакое стадо хитрых гномов, окружающих принцессу, бросая осторожные взгляды в мою сторону - чтобы выяснить, что же было дозволено. "Что это с ней?" - спросил я мать. "Да стадия такая, - ответила она. - Девочки иногда проходят через такие".

- Да не испугался я ничуть.

М-Ж вскарабкалась на кровать и завернулась в стёганое одеяло. Её ноги проложили себе путь под моим одеялом, как будто у них свои глаза были, и пристроились, холодные как наковальни, прямо у меня на пояснице. "Довольно чирикать, - сказала она. - Теперь рассказывай про свой сон, а я тебе расскажу, что он значил".

- Ну, тебя мамаша теперь точно поколотит - тоже мне, цыганка нашлась! Ты, может, и ведьмой стать собираешься?

- Бабушка говорит, что сны - это когда Бог с нами разговаривает. Тётя Лидия говорит, что они - призраки наших предков. А это - одно и то же.

- Ты - дикарка. Отец Вукелич усрался бы, если б услышал от тебя такие разговоры.

- Иисус толковал сны. Иосиф толковал сны Фараона. Семь жирных коров и семь тощих. Так что давай, рассказывай.

От холода в комнате у меня на коже пот застыл, и я снова увидел холодное, чёрствое лицо Марины; меня пробила дрожь.

- Ну, было так: шёл я к Поддельному озеру... да, кажется, так - но по болоту. Увидел девушку в белом, свет был странным, как северное сияние, но на самом деле сияния не было; она была сердита, и когда коснулась моего пальца, лёд проломался...

- А как она выглядела?

"Я не знаю", - сказал я, раздумывая о том, почему я солгал. М-Ж поёрзала пальцами ноги, ища ещё моего тепла. "Я думал, что тонул, и не мог дышать. Я увидел, как Лотарингский Крест загорелся". Я потрогал себя и, покраснев, отпрянул. Там было липко, и от стыда пот снова выступил на лице.

"А ты точно уверен, что не знаешь? Кто была эта женщина в сновидении?"- начала вновь М-Ж раздражённо. "Рикки, ты не отвечаешь на мои вопросы... - но закончила умоляюще, - как же я смогу тебе помочь, если не ответишь?"

"Послушай", - сказал я.

Из тёмного, как пещера, дома в спальню проник тихий шорох. Я откинулся назад на подушку, напряжённо слушая, и шорох снова проступил сквозь черноту. Я вскинулся и стал шарить ногами по полу, пытаясь нащупать джинсы. Что-то было не так. Ещё один шорох последовал после возвращения моих отделившихся от тела чувств. В доме наверняка кто-то был ещё. В кухне? Я натянул джинсы; придётся подмываться и вытираться попозже. Осознавая, какая острая боль последует, если оступлюсь, я протянул руку к стене, отыскивая пальцами путь сквозь двери спальни и как бы бросаясь вплавь в полуночное озеро.

Я ощутил ствол винтовки прежде, чем он коснулся моего ребра. Я размахнулся по воздуху, ударяя в то место, где должна была бы быть челюсть Дуэйна, и... прямиком по дверному косяку. От боли из глаз полетели искры, ничего не высвечивавшие. Я оказался сидящим на полу, с трудом переводя дух.

"Эй, осторожней, - шепнула М-Ж. - Ты мне голову чуть не оторвал!" Я тихо выругался.

- А чего ж ты увернулась?

- Потому, что я тебя знаю - ты сперва бьёшь, а потом вопросы задаёшь, дурень.

"Ух, больно", - сказал я. Я стал вполголоса материться, и вроде бы такое самолечение возымело эффект - боль постепенно утихла.

- Сломал что-нибудь? М-Ж нашла мою руку и стала тереть пальцами по суставам.

- Я проверю дверной косяк утром.

- Там на крыльце кто-то есть.

- Ну, вот мы к ним и на самом деле сможем подкрасться теперь.

Ропот прекратился; они, казалось, прислушивались с широко открытыми глазами.

"Привет, - сказал я. - Вы хотели поговорить с мамой?"

"Твой папа дома?" - спросила женщина, чьи голова и плечо вырисовывались напротив окна. Собачья Звезда, повисшая низко на южном горизонте, пылала над её левым ухом, вырисовывая тёмно-красным светом из её силуэта новое созвездие в южной части небосклона. Я включил кухонный свет. Загудели люминесцентные лампы; свет сперва был тусклым, но через несколько мгновений возбуждённые ионы залили крыльцо светом, скрыв созвездия; мир теперь содержался в пределах этих четырёх стен. Ночные посетители пристально смотрели на нас. За столом сидели две женщины; их длинные тёмные волосы обрамляли высокие скулы и раскосые чёрные глаза. Та, которая носила на ухе Сириус, уставилась на меня властным, суровым, сердитым взором; а потом повернулась к М-Ж. Когда она увидела её, закутанную в одеяло с выглядывавшими из-под него унтами, с вихрами волос, торчащими в разные стороны, и постоянно бегающим взглядом, глаза женщины смягчились. Но когда её взгляд воротился в мою сторону, то снова стал суровым. На мгновение она показалась славянкой, неизвестной родственницей монгольских кровей; но тут я узнал вторую женщину, и наше родство стало отдалённым. Та, другая, была побитой, с затёкшим глазом и с синяком на щеке. Её медного оттенка кожа была там обесцвечена, вокруг одной из ноздрей запеклась кровь, а поломанные очки были склеены липкой лентой. Ребёнок, укрытый шинелью, спал у неё на руках. Из-за края стола едва виднелась ещё одна пара чёрных глаз, наблюдавших за мной - мальчика лет пяти.

"Никак нет. Он - в Чикаго, - сказал я. - Мне надо идти за мамой?"

"Нет, не надо. Мы просто ещё тут немножко посидим", - ответила женщина со сломанными очками. Она подтолкнула их пальцем на нос и поморщилась. Нос, значит, тоже сломанный, рассудил я.

"Так точно". Я повернулся к М-Ж: "Иди за мамой. Скажи ей, что индейцы здесь". Женщина со сломанными очками была Полли Океневски, муж которой, Энди, наполовину поляк, отчасти индеец и полное ничтожество - выбирал свои обычаи из обоих миров и считал избиение жены занятием стоящим. М-Ж не пошевелилась, и я пихнул её бедром, чтобы ввести в действие. "Я затоплю печку", - сказал я.

Я открыл крышку печи, нашёл в пепле угольки, и стал наполнять бумагой и другим материалом для растопки. В спальне упала на пол книга, а затем послышался голос моей матери: "А? Кто? Индейцы?" Мать просыпалась медленно, и я знал, что она никак не скумекает, зачем М-Ж понадобилось её будить. Потом послышался скрип фарфора – маминой вставной челюсти, потом пластмассы - это она очки тянула по швейной машине. "Полли?" – наконец, спросила мать, и М-Ж ответила, что да, это была миссис Океневски. "Который час?" - спросила она, и слышно было, как часы царапнули по дереву. "Этот ублюдок опять её избил?" - спросила она. Женщина-индианка, которая была похожа на созвездие, напряглась; её глаза жарки, как красные звёзды.

Мама вошла в кухню, натягивая свой шерстяной красно-клетчатый жакет на ночную рубашку; она почесала голову, не глядя стащила сигареты с полки, щурясь при ярком свете и не совсем в курсе происходящего, говорила, двигала вещи, давала указания. "Ну, привет, Полли, сколько лет, сколько зим". Мама выложила свои ночные косы на плечи, закуривая сигарету. "Рикки, затопи печь. М-Ж, поставь кофе." У М-Ж глаза мелькали между лицами мамы и Полли. Мама с её заплетёнными волосами, коричневой кожей и раскосыми глазами, выглядела такой же индианкой, как и гости. "Как у вас там дела?" Мать поприветствовала двух женщин, как будто они просто зашли в гости во время прогулки. "М-Ж, ставь чашки". М-Ж сидела за столом на скамье, скрестив ноги, как заправская индейская девочка, искушая угрюмого малыша цветными карандашами. Вскоре она соскользнула со скамейки, чтобы накрыть на стол.

"Ничего, миссис Белайл, в порядке, - ответила Полли, пытаясь ей угодить. - Это моя сестра Ада. Она из Тандер-

Бей". Я изучал своё отражение в окне, пытаясь разглядеть мои монгольские глаза - поэтому, видать, эта Ада смотрела на меня так, как будто я был недобрым малым. Хлеб, джем, масло, маринованные яйца и нарезанная на ломтики свинина появились на столе. Жар печки достиг стола.

"Ну, скажи мне теперь, Ада, ты моложе или старше Полли?" Мама отмерила кофе и насыпала в корзинку кофейника. "Хочешь чашечку? Я вот как раз себе варю".

"Нет, миссис Белайл, спасибо", - сказала Полли вполголоса.

-Ну, а тебе, Ада? Кофе?

Ада качнула головой - нет. Я засёк, как у мамы быстро вскинулись брови. "Значит так, Ада - не помню, ты мне говорила, что старше или моложе Полли?" У мамы было мало терпения на спесивых.

"Двадцать четыре", - сказала Ада, держа руки плашмя на столе и так и не ответив, была ли она младшей или старшей сестрой. "И Христа ради, Ада, зови меня Бертой". Мама посмотрела на мальчика и его сестру, которые постепенно просыпались. "Ну, а ты, Джеральд? Ты и Эми хотите по стаканчику молока?" Мальчик зыркнул краем глаза на маму - не подаст ли знак, что он, может быть, злоупотребляет гостеприимством белой хозяйки, но мама перехватила её взгляд. "Полли, не беспокойтесь об этом. У нас, чёрт возьми, десять коров в сарае... раньше преисподняя замёрзнет, чем мы отправим молоко на продажу прежде, чем детей напоить". Она поставила видавший виды синий эмалированный кувшинчик и две оловянных чашки перед детьми; а затем разрезала буханку хлеба. Джеральд взял кусок, намазал маслом и джемом и протянул сестричке. Потом взял кусок и для себя и стал рассматривать карандаши М-Ж. Та подмигнула ему и постучала по коробке пальцем. Кофейник бормотал, как лягушка, готовящаяся к песне. "Ну так, Полли, что же, чёрт возьми, случилось? Энди тебя опять избил?" М-Ж подняла голову, как будто услышала выстрел где-нибудь вдалеке, за головой индейской женщины. Глаза Ады наполнились гневом, но она не меняла положения. Это меня удивило. Я думал, что индейцы были более уравновешенными, чем белые; и я задался вопросом, как же М-Ж удалось так быстро засечь беззвучный гнев Ады - играя с Джеральдом и тут же чувствуя перемену в настроении. Женщины - некоторые из них больше других, но все они больше, чем мужчины - умели считывать эмоциональную атмосферу. Ада и пальцем не повела, но, тем не менее, взорвала эмоциональный заряд, который М-Ж уловила со скоростью света. Я ещё мог понять, как это удаётся маме, которая вечно допекала, допрашивала, ставила под сомнение, следила за жестами, знаками; но вот это понимание без слов для меня оставалось полной тайной. А у мужчин тоже такие заряды бывают? Пожалуй - да, заключил я. М-Ж могла мне сказать, о чём я думал, даже когда у меня в голове было пусто, и бесполезно было её дубасить. Это, казалось, тоже ей много, о чём говорило.

"С ним не поговоришь, когда напьётся", - сказала Полли, бросая взгляд на сестру; она взяла корочку хлеба и предложила её Джеральду.

"Христа ради, Ада, почему бы вам вместе его не усмирить? Вы же больше его", - сказала мать.

Глаза Ады остыли и теперь тлели, как угольки. "Если я и помогаю, то она за него заступается".

Мать отодвинулась, развернулась вместе со стулом к Полли, держа одну руку на столе, в другой - чашку кофе. "Этого не может быть!" – говорило выражение её лица. Полли бросила быстрый взгляд на мать, потом на Аду и потупила глаза. "Он, в общем-то, не так уж плох", - сказала она. "Если бы мистер Белайл смог с Энди поговорить... Он ведь тоже индеец".

"Полли...", - начала мать, пытаясь найти иной способ сделать её более стойкой, но быстро бросив эту затею.

"Бабушка Лотта, предположительно, была из индейцев; я иногда задаюсь вопросом, так ли это на самом деле, ведь он так много врёт..." Мама вытянула сигарету Пэлл-Мэлл и стала искать зажигалку. Я снял пачку сигарет со шкафчика и положил на стол. Мама предложила Аде сигарету - та сперва отказалась, но потом взяла и закурила. Облака дыма окутали стол.

"Разве мистер Белайл вас не бьёт, миссис Белайл?" - спросила Полли; в её устах вопрос звучал скорее как, "как часто он вас бьёт?".

"Если бы Лотт поднял на меня руку, я бы ему мозги вышибла". Мать раздавила свою сигарету в пепельнице, как будто показывая подготовку - ожог в том месте, где войдёт пуля.

Полли улыбнулась, как будто мама сказала что-то смешное, чего она не полностью уловила. От горячего кофе и от сознания того, что дети едят хлеб и пьют молоко, ей было отрадно; ей казалось, что этот уют за нашим кухонным столом будет длиться вечно. Папа был индейцем - по крайней мере для неё - не бил жену, и сможет Энди сказать, чтобы тот прекратил её избивать. Мать выдохнула дым, клубившийся из ноздрей, как дыхание дракона. Ада смотрела мимо меня в кухню, тихонько бормоча. М-Ж внимательно изучала каждое из женских лиц. Полли подняла девочку с коленей и поставила на пол; разгладила листки бумаги, на которых рисовал её сынишка, и сложила свои разбитые очки в карман жакета. Они продолжали беседовать, пока тёмная ночь не стала светлеть.

"Время для подённой работы, - сказала, наконец, мать, встав из-за стола. - Рикки проводит вас домой". Она извлекла ещё одну сигарету. "М-Ж, ангел, поможешь с хлевом?" М-Ж выбралась из одеяла, где была закутана с двумя детьми, как куча щенков. Мать повернулась ко мне: "Проводи их до дома. Скажи Энди, что отец зайдёт".

- А что, если Энди начнёт её сразу дубасить?

Роберт Таунсенд

Она посмотрела мне прямо в глаза. "Больше ничего не надо, понял? Одного доблестного рыцаря на мир хватает".

- Это же несправедливо! Он просто не имеет права женщину бить.

- Ну что, мне их самой придётся провожать?

Очередная снежная буря налетела из ледовитых северных морей, прошлась по Верхнему озеру и поразила нас. Воющие ветры швыряли кристаллики снега вниз по стенам каньона, покрытым чёрной елью, заглушая звук двигателя, окутывая и трактор, и фургон, временами сокращая обзор лишь до крышки радиатора. М-Ж сидела у меня на коленях и крутила баранку, а я работал над сцеплением и тормозами. На мгновение ветер утих, и вихри позёмки медленно оседали на землю, как умирающие змеи. М-Ж хлопнула меня по замёрзшему бедру, и прежде, чем я смог шлёпнуть её в ответ, указала вперёд. Чей-то образ, тёмный и тяжёлый, как медведь, маячил на дорожном полотне, стёртом бурей до глянцевитого льда там, где дорога пересекала выступ Поддельного болота. Вихрь снега поднялся с болота и поглотил призрак. Шины трактора прорыли сугроб под рёв мотора. Когда мы прорвались через сугроб, медведь появился вновь, идя осторожно на задних лапах, чтоб не упасть на задницу. "Это же голландец, Грот Ван Эрт", - крикнул я на ветер. Снежные вихри стали подниматься всё быстрее и быстрее, безумно размахивая изогнутыми руками, будто собирались наброситься на путешественника прежде, чем его можно было спасти. Морозные дервиши то вновь окутывали его, то испарялись среди ёлок, как духи, убегающие в лес. Пожав плечами, я указал на пустое пространство к северо-востоку. "Он там живёт".

"Подобрать его?" - спросила М-Ж.

"Почему бы и нет? А то вдруг замёрзнет насмерть на

дороге".

Голландец медленно повернулся на звук приближающегося трактора. Красные глаза выглядывали из пещеры волос и одежды. М-Ж вглядывалась в него из разреза в косынке, как какая-нибудь мусульманка из журнала "National Geographic". Он был очень высок, намного выше местных мужчин. Я жестом указал сперва на дорогу, потом на телегу, загруженную доверху мешками овса. Он кивнул и забрался на трактор с трудом - как будто застыла смазка в одном локте и одном колене.

М-Ж оттянула мне капюшон, сняла шапку и крикнула мне в ухо - что при метели казалось шёпотом.

-Почему он живёт там?

"Позже". Я отпустил сцепление, но М-Ж держала открытым мой воротник, и туда летел снег. "Марш смерти", - сказал я. "А-а…" - сказала она.

Она оглянулась на этого человека из болота, который переставлял мешки зерна, чтобы освободить себе место, а потом накрылся брезентом. В этих обширных лесах - может даже, по всей Америке - жили бывшие солдаты, раненые явно или незримо. Считалось, что на войне, так как они уезжали молодыми и сильными, а возвращались преследуемые призраками и часто пьяными. И это, возможно, было последствием войны; но были и другие, тоже дикие и безумные - но эти, по молве, были беспокойными ещё и до войны - как мой отец.

"Полную историю рассказывай", - потребовала М-Ж.

"Когда в лавку приедем", - настоял я.

"Ладно", - согласилась она, опустив мой капюшон, и повернулась обратно к рулю.

Я разгрузил мешки зерна на заводском складе, а потом поставил на стоянку трактор и телегу, предварительно дав поработать двигателю - а то, глядишь, и до весны не заведётся… Я поплотнее прикрыл дверь на пружинах, чтобы защититься от ветров, которые усиливались в переулке между комбикормовым заводом и магазином. Как только я зашёл внутрь, всё затихло; лишь пузатая печка жужжала от жара. Моя одежда источала холод. Запахи - нового денима, сохнущей шерсти, древесины, дыма трубочного табака; едва уловимый запах коровьей мочи на одежде фермеров, которые ранее задерживались около печи - повисли в воздухе. Большие окна освещали передний план, но тёмный лес и нагромождённые ящики с товаром быстро поглощали свет - до такой степени, что я едва мог разглядеть заднюю стену. Под единственной лампочкой над прилавком Хайне Хакенбек выцарапывал запись в счетоводческом блокноте, принадлежавшем миссис Спёрк, которая уже повернулась обратно в его сторону и продолжала болтать. Хайне посмотрел на неё поверх очков, поднял щипцы и достал с верхней полки двухфунтовую банку овсянки. "Ой, правда, я думаю, мне может быть так много не надо?" - беспокоилась толстушка-домохозяйка. "Может, фунтовую баночку - ведь так лучше будет, а?" Хайне отошёл и достал банку поменьше. Я искал М-Ж среди рядов товаров. Но её нигде не было видно - она просто сочеталась по цвету с окружающим, что ли. И вдруг - сигнал глаз возле стойки красно-клетчатых шерстяных жакетов. Она кивнула по направлению к печи. Я последовал за её взглядом - прямиком туда, где сидел с закрытыми глазами наш голландец, греясь в ожидании открытия бара. Я покачал головой - нет. "Закругляйся с покупками!" - сказал я беззвучно.

У нас были правила. Если надо было рассказывать историю о войне, то вопрос должен был поставить ветеран. А дети почтительно ждали.

Должно быть виски, время для тишины и для того, чтобы обозревать пространство и время. Только лишь тогда, возможно, появится озадаченный прищур глаз, вспышка боли или гнева, несколько коротких предложений - которыми всё будет сказано. Даже мой отец стоял почтительно перед Гротом Ван Эртом, пережившим Батаанский марш смерти. Настойчивый взгляд М-Ж заставил меня повернуть голову в её сторону; сама же она наклонилась к вздремнувшему бывшему военнопленному. У его ног была лужица стёкшей воды, от штанов шёл пар, а сапоги посвистывали.

Я вновь настойчиво покачал головой - нельзя, мол. М-Ж удостоила меня презрительным взглядом, отклонив мой приказ движением головы, и быстро залезла на стул у печи, меря взглядом голландца. Я сжал кулаки. Я обязан был наказать её за её грехи; Бог слишком долго собирался. Человек, который жил в болоте, как бы ощутив присутствие какой-то там жужжащей мухи, раскрыл один налитый кровью глаз и увидел пару пялящихся на него блестящих, чёрных.

"Здрасте", - сказала М-Ж.

Он кивнул.

"Миссис Белайл говорит, что этим летом к Вам жена приезжает".

Я прикинул расстояние, необходимое для пинка в зад этой маленькой лгунье. Жена? Какая ещё жена? Моя мать не говорила ничего подобного. Грот смотрел на М-Ж и, хотя он ни на сантиметр не двигался, я ощутил, что в нём произошла перемена.

"Она китаянка?" - спросила М-Ж.

Я повременил прежде, чем её пинать. Каким образом могла М-Ж об этом знать? А что, может и взаправду китаянка?

Грот вдохнул, глубоко и медленно; казалось, воздух вливался в его лёгкие, как в коровьи поилки. "Она приносила мне еду..." - сказал он, наконец, сквозь покрытые слюной губы. Даже если я был бы самим Моисеем пред неопалимой купиной, я наверняка не был бы более изумлён. Эта чёртова М-Ж вытянула из голландца больше слов, чем я когда-либо от него слышал. И он говорил на английском. "...через забор", - сказал он.

В шесть раз больше его пожизненной выдачи...

М-Ж продолжала с дерзостью неверной. "Вы же, правда, не будете продолжать жить там, в болоте?"

"Ублюдки, ублюдки, ублюдки", - пробормотал он, подчёркивая слова длинным указательным пальцем. Призрак страха, казалось, пролетел над ним.

"М-Ж", - сказал я угрожающе, как одна малая шавка - ещё меньшей; но М-Ж стояла на своём, как рыжая белка, бегающая вокруг ствола дерева и с интересом наблюдающая за просыпающимся медведем, который, может, и решит её не жрать.

Грот открыл оба глаза, близоруко наклоняясь вперёд. "Это не имеет значения", - сказал он.

"Для меня это имеет значение", - сказала М-Ж.

"Военная невеста?" - спросил я.

Грот продолжал таращиться на М-Ж и ответил, как будто это она задала вопрос. "Военная невеста? - произнёс он задумчиво. - Да, пожалуй, можно и так сказать".

"Ну, Вам придётся ваше жилище здорово почистить", - сказала М-Ж.

Он, похоже, был в изумлении. "У меня есть сто шестьдесят акров..., а там даже самые богатые китайцы не имеют столько". Он немножко ухмыльнулся. Может, это он теперь над ней подтрунить решил?

"Однако она увидит, как американцы живут, и ей захочется иметь такой же дом", - сказала М-Ж.

"Не знаю, - голландец покрутил подбородок. - Счастливо можно жить почти где угодно".

"Но вы же пьёте. Значит, вы несчастливы, правда?» - продолжала М-Ж.

Миссис Спёрк бросила на М-Ж взгляд искоса и наморщила нос. Грот что-то пробормотал, но, казалось, потерял нить мыслей. Взгляд миссис Спёрк прошёлся по моей физиономии, и она отпрянула, собрала свою сумку и поспешно ретировалась. Пока М-Ж выпытывала у

ЛЕДОХОД

голландца его историю, я задавался вопросом о том, что же так напугало эту жирную утку? В зеркале над прилавком я увидел своё лицо, и я был похож на дядю Зорана, каким он выглядел на фотографии, будучи молодым четником - на груди автомат, во рту сигарета, в глазах ненависть. Что же это она подумала - что я пограничник, что ли?

Небо было тёмно-синим, и послеполуденное солнце клонилось к закату февральского дня. Порывы ветра сдували снег с вершины холма Ингер-хилл и несли его через впадины между холмами. Когда ударил очередной полный снега порыв, мы вчетвером одновременно отвернулись; ветер трепал пальто, швырял в нас сосульками и скоблил саночный след. Я скорее ощутил, чем услышал, звонок; ощущение подтвердилось, когда далёкие чёрные фигурки повернулись в одну сторону, как металлические частички к магниту.

"Перемена кончилась", - сказал я.

"Взаправду, гений?" - съязвил Лайл Муц. Детвора, тащившаяся по пригорку наверх, развернулась и бросилась на санки, отталкиваясь руками на более ровных отрезках. Санный маршрут пролегал с вершины друмлина Ингер с перепадом в сто восемьдесят футов и шёл по трём склонам и двум ровным промежуткам, прежде чем пересечь финишную черту - канаву в одну ширину санок - прямо в школьный двор, на расстоянии полумили. Роджер Олбрайт отъехал; его долговязое тело свисало с концов коротких саней, так что он, похоже, летел с вершины как синяя цапля, взлетающая с ручья.

"На-ка, выкуси, - ответил я. - Ну что, будешь двигаться?" Но он стоял, как бык посреди бурана, подставив задницу ветру.

"Поехали!" - крикнула М-Ж; в её глазах преломлялся солнечный свет из водоворота кружащихся кристалликов льда. Я глянул ещё раз на Лайла, изучил колею -

145

фиксируя в памяти, где снег рыхлый, а где как следует замёрзший - и кивнул. Мы начали разбег; М-Ж шаг в шаг около меня. Я прыгнул на длинные сани; М-Ж давила мне в плечо, неистово перебирая ногами - и в тот самый момент, когда они вот-вот от неё убежали, она подскочила и совершила лёгкую посадку прямо у меня на пояснице.

"Он догоняет!" - крикнула она прямо мне в ухо. Мощные ноги Лайла Муца колотили землю - сотрясения чувствовались у нас в полозьях; слышались тяжёлые выдохи при каждом шлепке его грузного тела о сани, скрип их полозьев по льду. Правила были просты. Если Лайл настигал нас, он хватался за задний полоз, дёргал и переворачивал нас. В таком случае, он побеждал.

М-Ж гикнула, ликуя, в снежный вихрь, окутывающий нас; плашмя бросившись на меня, когда мы пошли по краю первого откоса.

У Лайла был разгон, а значит, и большее начальное ускорение, в то время как М-Ж и я, вместе взятые, перевешивали Лайла фунтов на двадцать - хотя и были менее устойчивыми, так как сидели выше. В этой гонке умение и знание стали решающими переменными. Победить значило медленно пересечь школьный двор до точки, где возвращался толчок; достигнуть края лощины, опрокинуться у обрыва, чувствуя воображаемые острые ощущения полёта через пустоту и врезания в скалы внизу.

Замаячил первый скачок; М-Ж пнула меня, как жокей, подгоняющий коня. Лайл появился из облака снега, пытаясь дотянуться до полоза. Её крик зазвенел у меня в ухе, и Лайл резко повернул направо. Она сапогом поддела его рулевую планку, пустив его по скачку, который мы обошли слева, ускоряя бег по насыпи. М-Ж возбуждённо подпрыгивала, делая нас неустойчивыми на поворотах. "Успокойся", - крикнул я через плечо. Потеря пассажира была бы потерей лица. Начавшийся было спор тут же прекратился, как только осклабившаяся жирная харя Лайла, его загребущие ручищи и заснеженные солнцезащитные очки показались на вид, выехав из снежных вихрей.

"Чёрт возьми!" - крикнула М-Ж. Она достала Лайла здорово, но в неправильном месте. Он тогда со скачка взлетел, но борозды его выпрямили и вернули на курс - и он вот-вот нас догонит... Небось, будет хвастаться, падло, что, мол, "запихнул его жопу в снег". Я сделал вираж влево - и он тут же повторил мой ход.

М-Ж попыталась сбить его руку в снег, когда он пролетал мимо - сложный манёвр, поскольку, если бы Лайл поймал её за сапог, он смог бы ногой подтянуть её ближе, а потом нас свалить. Он оттянул запястье, избежав её попытки. И снова стал нас догонять. Я свернул, но он чуть не поймал сани. Ему удалось рассчитать время; в следующий раз он нас наверняка достанет. Оставались считанные секунды до школьного двора. Мы скользили по "кукурузному" снегу - это было всё равно, что по гравию - и Лайл дотянулся, наконец, и схватился двумя пальцами за наш полоз; я почувствовал, как мы замедляемся - и тут мы пересекли границу поля. Лайл дёрнул изо всех сил, но его рука соскользнула - так что он, хотя и сумел нас замедлить, но также развернул нас, нацелившись прямо на малышку Кэрол Гроссхаген. Она всегда была медлительна - также и на этот раз; она как раз возвращалась в школу из сортира (где любила смотреть прямо в отверстия, видимо, надеясь постичь глубокие таинства). Чтобы её не прокатить кубарем, мне пришлось спрыгнуть с саней и катиться по снегу, а М-Ж, раскрутившись, подсекла её - и та села прямо на снег. Малышка оглянулась, чтобы удостовериться, кто её снёс, и стоило ли зареветь - но тут она увидела Мари-Жанну, которая в её глазах была существом чуть ли не божественным - десятиклассницей, а значит, почти что учительницей. "Привет", - сказала М-Ж и погладила девочку по голове. "Давай, заходи - я тебе помогу с

Роберт Таунсенд

сапожками", - сказала она.

Я перевернулся и осведомился у М-Ж, в порядке ли она. Она не ответила, но помахала рукой Рут, которая глядела на нас сверху, маяча в оконном проёме. Рут повернулась в сторону чьего-то голоса, наклонила голову и слезла со стремянки. Лайл Мутц подошёл к нам и уставился на меня с несносным, самодовольным выражением победителя; потом повернулся и пошёл прочь. Вот уж придурок – ну, полный идиот, чтоб вот так маленьких детей опасности подвергать. Я стал было подниматься, чтобы намять ему бока, но тут М-Ж меня рукавицей ткнула в грудь.

- Ну, чего тебе?
- Посмотри-ка!
- Куда?
- Вон туда.

Я последовал взглядом за указанием её рукавицы. Купидоны в кроваво-красной темпере трепетали в оконной раме.

-Ну и что? Сегодня же день святого Валентина.

"Приглядись получше", - сказала она. И на моих глазах купидоны изменились, как на голограмме, превратившись в обрамление другого образа - свирепого, распутного старика.

"Как же ей это удаётся?" - спросил я.

"Что бы это значило?" - спросила М-Ж.

"Она, наверное, столкнулась с одним из Фланаганов где-то. Они - уродливее чёрта", - объяснил я.

"Интересно", - промолвила М-Ж, задумчиво сложив губы.

Мисс Айзекс появилась в одном из неразрисованных окон. Она приподняла брови, мол, что, мы собирались оставаться там навсегда?

"Когда процедится, заливай бидон в бак", - скомандовала М-Ж, выливая ведро молока через цедилку, медленно -

148

чтобы молоко через верх не пролилось. Я только вернулся из поездки с дядей Зораном в Хиббинг, штат Миннесота. Работы - домашней и капканной - накопилось достаточно. За это время сеновал оказался явно опустевшим. Если весна запоздает, придётся сено покупать.

- Ну, расскажи про короля Югославии.

- Он похож на хорватского страхового агента. Носит костюм.

Я снял цедилку с молочного бидона и позволил молоку капать на кошачье блюдце, в то время как я лязгал крышкой, предварительно проверив, не плавает ли какая-нибудь грязь на поверхности. М-Ж взяла цедилку, выкрутила фильтр в блюдце, кропя молоко игриво по носу кошки, и бросила её в раковину, лязгнув ещё раз.

- Ты закончил доить Рози?

- Закончил. Думаешь, я такой же дурень, как ты?

Она повесила свой жакет на двери и вылила дезинфицирующее средство в корыто. Электронагреватель распространял антисептический запах по всей молочной; запах, который просачивался в волокна одежды и трещинки кожи рук, и отмечавший детей фермеров везде, где бы они ни были.

- Жаль. Хотелось бы, чтоб он был одет в горностай и носил ятаган.

- Митру. Он носил бы митру. Ятаган - турецкий меч. Сербы постоянно боролись с турками.

"Не митру. Епископы носят митры", - поправила М-Ж. Ей мало было дела то того, что она пахла как девочка с фермы, но её очень волновала мысль о том, что я мог знать больше, чем она.

- Мне нравится, как ты можешь одновременно быть таким и уверенным, и блаженно несведущим. Дядя Зоран получил свою медаль?

- Медаль-то получил, но мне кажется, не ту, которую хотел. Он был довольно сварливым.

- Сварливым? А как ты узнал? Ведь он всегда такой.

М-Ж принялась драить молочное ведро, которое осенью было оцинковано, а теперь тускнело.

- Теперь начни сначала, а я тебе скажу, какие у него были чувства.

М-Ж в этом отношении была привередливой. Она хотела, чтобы рассказы строились - имели начало, середину и окончание. Она даже нетерпеливо перебивала россказни тёти Лидии, которые были закручены в пространстве и времени. Хотя, полагаю, Лидия была рада, что М-Ж обращала внимание, улавливала несвязанные нити повествования и заставляла тётю Лидию объяснять их. Деталей, ей хотелось деталей. Уж чего-чего, а деталей М-Ж всегда не хватало.

- Он если что-то и чувствовал, то злость, скорее всего. Он получил Крест Святого Георгия - но третьей степени, а не первой.

- А в чём разница?

- Не знаю. Но ведь четники проиграли; чего же он ожидал? Его война была маленькой войной под конец главных событий. Но ему хочется, чтобы и эти усилия даром не пропадали. Вот так я думаю.

- Погоди-ка... Давай лучше по порядку. А то ты вперёд забираешься - ты же с бабушкой до этого виделся? И давай, рассказывай точно, а не так, как будто в мозгах салат из дерьма...

- Ладно, ладно. А ты за языком следи - ты же знаешь, как это твою маму расстраивает.

- Ну, уж твоя-то мама как солдат ругается.

М-Ж вновь нагнулась, чтобы надраить молочное ведро "стальной шерстью".

- Так это - другое дело.

Я вытер влагу с окна доильни, чтоб получше разглядеть огни дома.

- История эта начинается там, в кухне...

Я ринулся вперёд с повествованием, смутно

осознавая, насколько произвольным бывает начало рассказа... Пар струился тогда к потолку, когда мать сняла чан с кипятком с плиты и налила его в стиральную машину. Вода выплеснулась на пол - и окна уже были настолько запотевшими от пара, что сквозь них ничего видно не было.

- Берта, мы готовы ехать.

Зоран стоял в дверном проёме, с картонным чемоданом в руке, в сером пальто "ёлочкой", надетым поверх неподходящего коричневого костюма из саржи.

- Рик, ты готов?

- Да, дядя Зоран.

Я поднял хозяйственную сумку, содержащую смену нижнего белья и свёрнутый в трубку пиджак.

- Собираешься мать увидеть?

Горечь прошла по лицу моей мамы. Дядя Зоран стоял по стойке "смирно", как новобранец; его лицо было каменным.

- Найди время. Если ты этого не сделаешь, ей станет известно. Даже она не заслуживает этого.

Зоран переминался с ноги на ногу. По его твёрдому, крутому лицу прошло мимолётное сомнение - как весенний наплыв мальков через устье речки Монреаль.

- Берта, король Пётр будет в Чизхольме. Стефан говорит, что я могу получить Крест Святого Георгия.

На мгновение Зоран стал похожим на школьника, получившего золотую звёздочку; затем виток папиросного дыма окутал его левую щеку, полузакрыв его глаз, придав твёрдость его пристальному взгляду. Мама налила холодной воды в кастрюлю из единственного крана в чугунной раковине, затем поставила на плиту, где капельки засвистели и зашипели, испаряясь.

- Зоран, он же - проходимец чёртов.

Она взяла сигарету с подоконника, глубоко затянулась и выдохнула дым в сырой кухонный воздух.

"Открой дверь на крыльцо", - скомандовала она, повторно завязывая косынку вокруг волос. Зоран сделал, как сказано. Холодный сухой воздух потёк по полу, столкнулся с горячим и сырым; и там, где они столкнулись, выпал туман. Он возвратился и встал, желая сказать что-то сестре, не проявлявшей интереса к выуживанию новостей.

- За сто долларов он и мне бы дал Крест Святого Георгия с Красным Орденом. Христа ради, он ведь натуральный мошенник.

"Берта... - начал Зоран вполголоса, но следующее слово выжал с трудом, как будто выдавливал личинку мясной мухи из-под коровьей кожи, - ... Тито". Гнев кружился в его серых глазах, как вода в стиральной машине. "Мы убьём этих сучьих сыновей!" - сказал он, тыча пальцем в хлебную доску.

Мать не отступала.

- Когда Тито уйдёт, те сучьи сыновья будут снова друг другу глотки резать. Или Тито ими заправляет, или попы - как будто есть какая-нибудь разница!

Их твёрдые лица и сверкающие глаза исчезли в облаках пара…

М-Ж наблюдала за мной, облокотившись на умывальник, с закатанными до локтей рукавами; её резиновые сапоги были начисто отмыты расплёсканной водой - кроме задников, забрызганных навозом.

- Чего ж они так друг другу глотки режут? С какой стати? Я не вижу различия между хорватом и сербом. Откуда же им известно, кто есть кто?

Она поставила ведро на сушильную стойку и начала медленно его поворачивать, смотря на своё отражение, искажённое, как в ярмарочном зеркале, на его блестящей поверхности; затем вымыла цедилку и вручила её мне.

- Таким же образом, как янки и южане друг друга узнавали во время войны между севером и югом. Люди своих и чужих вычисляют.

"Ну, понятно", - сказала М-Ж, согнувшись вновь над корытом, чтобы надраить очередное молочное ведро стальной шерстью. "Так Зоран в конце концов увиделся-таки с твоей бабушкой?"

Я взял крышку от пустого бидона, вынул из коробки фильтр из сухой, стерильной ткани, и аккуратно положил в носик, готовя его к утреннему доению. "Это происходило странновато, - сказал я. - Я бы сказал даже, очень странно".

- Ты мне давай рассказывай, как было - а я тебе скажу, странно или нет.

...Мы ехали на автобусе от Апсона в Хиббинг через Дулут. Зоран был не из разговорчивых, а поездка была долгой. Человек по имени Стефан, приземистый и коренастый, потирая руки, встретил нас на автобусной станции. В "Словенском Доме" эти двое беседовали, как пара сербов, только-только сошедших с корабля; их голоса становились громче при помощи открытой бутылки "Сливовицы", полные смеха и праведного гнева. Я понимал мало, поскольку они говорили быстро и на диалекте, но уловил слова, такие как "смерть", "убийство" и "месть" - слова, достаточно обычные в сербской беседе. Стефан показал мне копию сербохорватской газеты, на которую работала бабушка. Её статья была на сербохорватском, но латиницей. Зоран, теперь подкреплённый, покинул кабачок, волоча ноги. В кирпичном двухэтажном здании со словом "Apoteka" на вывеске мы поднялись по узкой, тёмной лестнице.

"Ну, иди первый", - сказал Зоран, сворачивая в уборную.

В газетной конторе сидели трое: возле первого была табличка с именем "Луканич" - стало быть, словенец; вторая была по имени "Боянич" - сербка, или замужем за сербом; а бабушка была "Лаврич" - фамилия её второго мужа, словенца - хотя сама была хорваткой.

"Здраво, Статма", - сказал я. Я нагнулся, чтобы

поцеловать предложенную щеку, высохшую и морщинистую, как скомканная тонкая бумажка. Она шарила по мне маленькими глазами, полными подозрения, увеличенными под массивными очками в проволочной оправе. Её редкие седые волосы были накручены на огромные бигуди - по одному на каждом ухе, и одно на макушке. Чёрное платье в цветочек бесформенно свисало с туловища, поддерживаемого двумя скрюченными ногами в прожилках, а чёрные нейлоновые чулки были скатаны до лодыжек. На столе стояла пишущая машинка с расширенной клавиатурой - латинской и кириллицей. "Как дела?" - спросил я и ждал её суждения.

Она, наверное, скажет: "Тебе постричься надо"; задастся вслух вопросом, отчего я не получил лучшие оценки, или заметит, что плохо говорю на сербохорватском - осуждение не столько меня, сколько моей мамы. Но сегодня она не судила. "Хороший мальчик", - произнесла она, глядя на меня, а Боянич и Луканич закивали и обменялись взглядами, вскинув брови.

"Спасибо, бабушка", - сказал я. Она улыбнулась плотно сжатыми губами, а затем её лицо снова приняло суровое, осуждающее выражение. "Бабушка, - сказал я, - Зоран вернулся". Она кивнула.

Дядя Зоран, бледный, неулыбчивый, вошёл в комнату. Бабушка рассмотрела его, прищурившись - чиста ли рубашка? подстрижен ли? - как будто могла увидеть то, что произошло за прошедшие десятилетия с ним - некогда молодым, а теперь поседевшим, старым и сморщенным. Он стоял перед бабкой, и они оба молчали в течение долгих мгновений - или минут.

"Ты вернулся", - сказала она, наконец.

Зоран медленно кивнул. "Вернулся", - сказал он. Бабушка встала и повернула голову. Дядя Зоран взял её за плечи и, склонившись, как будто она была ему бабушкой, а не матерью, поцеловал в обе щеки. "Ну, а отец твой?" - спросила она.

Зоран потупил взгляд, его щека задёргалась, и после, как казалось, часовой паузы произнёс: "Ничего". Нет известий. Бабушка посмотрела в сторону, как будто размышляя об ином вопросе. Зоран продолжил: "Милошич убил сына Луковича".

Бабка перебила: "Милошич? Чьего сына?"

"Они были вновь прибывшими, - сказал дядя Зоран. - Ты их, может, и не знала". Он глубоко вздохнул, как будто готовился залпом выпить сливовицу. "Они привели усташей". Его глаза пылали, и я думал, что у него всё тело начнёт дрожать, как у эпилептика, но он остался неподвижным. "Они убили всех". Другие работники оба сидели, не двигаясь, как будто скрип стула мог бы снова ночью принести вооружённых людей. "Црна Лук... больше нет". Я не знал, кем был этот Милошич, который убил чьего-то сына. Случайное убийство стало предлогом "преподавания урока" целой сербской области. На мгновение я задался вопросом, почему "чёрный лук" больше не существовал и, с беззаботностью подростка, почти улыбнулся. И вдруг я вспомнил - "Чёрный Лук" было названием их родной деревни.

"Я слышала", - сказала бабка, наконец. "Боже упаси его душу" - но не перекрестилась. Казалось, она на мгновение задумалась о душе сына Луковича, хотя и не была особо верующей. А потом добавила то, о чём каждый югослав из Чикаго и к северу уже знал: "Король Пётр сегодня вечером будет в церкви святого Василие".

"Да", - сказал Зоран.

"Я буду там, - сказала бабушка и жестом указала на пишущую машинку. - Я - репортёр". Это была сущая правда, но мне всё-таки виделся в ней какой-то крутой, кичащийся хорват - начальник стройки, чей новый "кадиллак", припаркованный у тротуара, говорил о том, что хозяин добился успеха. Бабушка добилась успеха, и вся её фигура говорила о том, что она теперь интеллигентка, а не крестьянка. "Да", - повторил Зоран, и мы вышли.

"Боже мой, как это было малоприятно", - сказала М-Ж, вытирая руки о штаны; она нагнулась и подняла чёрно-белого котёнка. "Просто не верится. Пятнадцать лет разлуки, католический развод, гражданская война, немецкое вторжение, революция, деревня уничтожена - и это всё, что им было сказать друг другу?" Она осмотрела глаз котёнка, понесла его к аптечке, вынула оттуда бутылочку борной кислоты, смешала микстуру в крышке от консервной банки и протёрла ею гной в кошачьем глазу.

- Да - большая, дружная у нас семейка…

Я стал подметать воду к сливу. В отдалённом прошлом произошёл взрыв - мощный, как вулкан Кракатау - и семья Караклаичей была разбросана на все четыре стороны. После развода родителей, мама оставила школу и стала работать уборщицей в семейном пансионе. Но когда бабка приказала тёте Лидии уходить тоже, Лидия велела ей «поцеловать задницу» и пошла в секретарскую школу. Дед забрал Зорана и Эдварда в Югославию, где правила были знакомы, где в их деревне все друг друга знали поколениями - и за одну ночь все друг друга перебили.

А теперь бабка сидела как заснеженный, дремлющий вулкан. Она, которая некогда была женой сербского крестьянина и сталелитейщика, стала теперь писательницей, интеллигенткой. И всё же энергия того изначального взрыва продолжала лететь сквозь время, как гамма-лучи сквозь космос. Жестокие слова, брошенные десятилетия назад, продолжают наносить вред вовеки. "Берта, за какого человека ты собираешься замуж выходить? Он же даже не надевает чистую рубашку, когда к тебе приходит..." Почему у моего отца в тот день не было чистой рубашки, я не знаю и не собираюсь об этом спрашивать. Но мать вышла за него замуж из чувства мести.

Глава восьмая

С привязанным к спине бобром, я прокладывал новый путь сквозь заросли деревьев, спустился по низкому холму в рощу лиственниц, окаймляющую шалфейный луг, и остановился, опершись на лыжные палки, поджидая, пока М-Ж не нагонит. Она отстала, справляя нужду. Скрип вощёных лыж на обледеневшем снегу объявил о её подходе; и она, подбоченясь, скачком остановилась подле меня среди сумятицы ледяного крошева, с винтовкой 22-го калибра через плечо. Мы стояли, переводя дух, глядя на продутое ветром поле у мрачного дома Скалленов. Спустя некоторое время М-Ж нарушила тишину.

- Я прощаю тебя, убийца хладнокровный.

- Ну, спасибо.

- Я-то думала, ты знаешь, что можно было использовать порошок ДДТ... как для коров.

"Она, наверное, не вернулась бы для повторной обработки, - сказал я. - Надо посыпать раза два-три". М-Ж не хотелось, чтобы я стрелял в лису, настолько голую от чесотки, что не пережила бы ночь. Теперь она стала задумчивой, но всё равно не признавала ошибки; вместо этого она кивнула на заснеженный простор.

- Раньше, осенью, ведь так красиво было. Всё там

багровое такое. А теперь выглядит так печально...

"Жаль", - сказал я. Я почувствовал на себе быстрый взгляд М-Ж. Мы открыли для себя этот луг, когда были помладше. Мы играли там по вечерам, когда туман стлался по переплетённым корням, венком обволакивая фиолетовый кустарник; пригнувшись к земле, мы избегали мира взрослых; выпрямляясь - возвращались в него. Там М-Ж рассказывала мне истории про привидений и колдуний, которые так переполошили католичку Адель, что она запретила нам посещать "луг духов". Два года назад Скаллены переехали в свой дом, и их коровы на этом лугу паслись, но не набирали веса; они протоптали тропу в лес, ища удобоваримые листья. Шалфей и его союзники - ветер, дождь и огонь, противостояли животным - так же, как противостояли вторжению леса. Паводок душил деревья, сильные ветры ломали их, огонь приносил питательный пепел. Глубокий снег и сильный мороз теперь навязали своё перемирие этой вражде - но весной она будет продолжаться.

"Она - крепкий орешек", - сказала М-Ж, стряхнув лёд с крепления лыжной палкой. "Как ты думаешь, что она подразумевала под 'удачливой мышью'?"

Я предположил, что М-Ж говорила о Рут. "Людей трудно прочитать. Ну что, попа замёрзла?"

М-Ж подняла палку и слегка ткнула меня в грудь.

- Попа в порядке. А вот ты, Рикки - нет. То есть, тебя трудно прочесть.

- Ну, спасибо ещё раз.

- Да нет, я не имела в виду... ну, в общем, так: ты умён; ты знаешь, что я о тебе так думаю. Прочесть - я имела в виду по глазам - а не то, что там Хемингуэя читать, например. Глаза не рассказывают историй; то есть, скорее они рассказывают часть истории. Когда я наблюдаю за глазами мамы, они у неё туда-сюда шныряют. Она меня не любит. Когда-то, я думаю, любила, а теперь - нет.

Роберт Таунсенд

М-Ж принялась пристально смотреть мне в глаза, но мысли у неё были где-то в другом месте. Я умел распознавать выражения лица где-то на уровне четвёртого класса; М-Ж - на уровне средней школы. Она продолжила:

- Когда папа выглядит изумлённым, я знаю, что он думает о погибших парнях; как он подвёл их; и кажется, что мама - его последний шанс не оказаться законченным неудачником.

- У мадам Шарбонно большая способность к тому, чтобы ставить тебя в безвыходное положение.

- Почему же папа не видит этого? Иногда мне просто так и хочется ей оплеуху дать!

"Могло бы быть и похуже", - сказал я, указывая на дом Скалленов. "Ну, и к тому же, твой папа тебя любит".

Мистер Шарбонно любил М-Ж. Он просто не знал, что с ней делать; смотрел на неё, как Пауль Баумер из книги "На западном фронте без перемен", увидевший бабочку в траншее и потянувшийся к ней. А миссис Шарбонно была французским снайпером.

- Люди иногда сходят с ума. От моего брата у отца иногда просто волосы дыбом вставали.

Метель прошла по вершинам морен и начала спускаться по склонам, стирая горизонт, выделяя серый дом на фоне большого белого киноэкрана.

- Фрэнк в глазах отца ничего хорошего просто не мог сделать.

Я нащупал свёрток длинных спичек в кармане рубашки. В худшем случае, придётся разводить костёр под елью.

- У тебя ещё верёвки есть?

М-Ж, как обычно, угадала мои мысли.

- Если мы вдоль деревьев пойдём, то дом никак не пропустим. Можем связаться верёвкой, если хочешь.

- Пока не надо.

- Ты прав. Папа действительно меня любит - и это

сводит маму с ума. Как же это может делать её несчастной?

М-Ж ткнула лыжной палкой в дом Скалленов.

- Ей бы там жить.

- Ну, а о чём глаза Рут теперь говорят?

- Ей страшно. Она хочет, чтобы кто-то её спас.

- Она так говорила?

- Только глазами. Она не говорит, а просто слушает - но не слышит, понимаешь?

Я не понимал. М-Ж выдержала паузу, пытаясь найти объяснение, достаточно простое и для мужика, и для неё.

- Ей хочется, чтобы вокруг были слышны голоса, но сама говорить не станет. Ей одиноко - но всё равно не будет говорить.

Она опустила лыжную палку на снег.

- Рут прячется за своими глазами... как мама?

М-Ж теперь говорила сама с собой - были вещи, просто слишком сложные для моего понимания - и ещё не имевшие для неё смысла; поэтому она покамест решила не браться за пояснение.

- Ну, а теперь расскажи, что утром произошло? Как там было? Рут ведь меня даже не пригласила зайти.

Бобёр, казалось, стал тяжелее фунтов на пятьдесят с тех пор, как мы остановились, и я выпустил ремень; зверь упал в снег.

- Странный был визит.

- Правда? А что же ты мне не сказал?

- Вот теперь и говорю. Их собаки выбежали из сарая...

Я сделал паузу, представляя себе истекающего кровью Джеба.

- ...как будто их из пушки выстрелили - и прямо на папу.

- Не твоя была в этом вина, Рикки. У них есть ещё собаки.

- Я и не говорил, что моя вина.

Я прищурился. Тяжёлые серые облака обтекали северо-западные холмы. Может быть, идёт шквал - а может и на всю ночь затянуться. Конечно же, я был виноват в том, что медведица поймала пса Дуэйна. Дуэйн был дураком - и не знал разницы; но я-то знал.

- А ты точно знаешь, что у тебя есть верёвка? А то, если я тебя где-нибудь в сугробе потеряю - так до весны не найду.

На этот раз М-Ж не стала спорить, а раскрыла карман куртки и показала бечёвку.

- Ну, так что же твой папа сделал?

- Он только крикнул 'вон отсюда!' тем самым своим голосом. А те трусливые псы пробежали мимо него - и на меня. Серый прыгнул мне в лицо, а другой - на пояс. А отец, даже не повернувшись, как заорёт 'а ну, быстро в сарай!', и обе собаки приникли к земле. 'Да я с ними справляюсь', - сказал я ему. Он ответил, что знает.

"Мама твоя тебя доводит, - сказала М-Ж. - Но я никогда не слышала, чтобы отец на тебя орал". Я пожал плечами - я тоже не слышал.

Она высморкалась по-фермерски, утёрла нос рукавом, а затем приподняла бровь, давая мне знать, что я не видел того, что увидел. "Ну и как, ты зашёл в дом?" - спросила она, поощряя меня к продолжению.

- Да, я как раз к этому месту подбираюсь.

- В чём дело, Рикки?

- Чёрт возьми, М-Ж, иногда от тебя сам Папа римский в ярость приходил бы! Перестань считывать мои глаза! Нам пора двигать отсюда - а то, когда снег до нас доберётся, не в состоянии будем увидеть руки перед лицом.

Я начинал беспокоиться, но М-Ж не волновалась о том, что могла бы заблудиться; у неё был своего рода внутренний компас, как у канадских гусей. Я же мог заблудиться запросто в тёмном чулане. Я вновь взвалил на спину бобра, приладив верёвку.

"Ну так как, ты зашёл-таки в дом?" - настаивала М-Ж.

- Дай мне рассказ вести, ладно?
- Я жду, Ричард Майкл Белайл.

Она махнула рукой - давай, мол, двигай. Мы начали идти, а я продолжил повествование.

Папа барабанил в дверь. "Кто-то есть дома?" Дом слегка содрогался. Наконец, кто-то подошёл, и дверь приоткрылась. Старик Скаллен, в портянках и комбинезоне, выглядывал оттуда, как ушастая сова; медленно моргал жёлтыми глазами, не произнося ни слова.

- Ну, долго мне тут стоять придётся прежде, чем смогу зайти и облобызать твою супругу?

Мистер Скаллен поразмыслил, решил, что папа - южанин и баптист - всё-таки подшучивал, и слабо улыбнулся. Мне только оставалось надеяться, что это было шуткой. Мысли о папе, целующем миссис Скаллен, было достаточно, чтобы вызвать рвоту и у самого выносливого. Я последовал за папой на кухню; две оставшихся собаки Скалленов бегали под ногами и лизали мне руки. Один пёс запрыгнул на колени Дуэйну. Комната была холодной и тёмной, как пещера. Пахло керосином и варёной капустой. Миссис Скаллен стояла у раковины, полной посуды, и пристально на нас смотрела. Они все смотрели. Мистер Скаллен кивнул один раз; его совиные глаза не моргали. "Кофе?" - спросил он.

"Чёрный", - ответил отец и сел за стол.

Миссис Скаллен принесла мне чашку и указала на блюдо с рыбками холодного копчения; косточки были отложены по одну сторону. "Поешь?" - спросила она.

- Уже позавтракал, мэм.

"Сено редкое в этом году", - сказал отец.

Старик Скаллен кивнул, выжидающе глядя на отца.

Одной рукой Дуэйн почёсывал ухо собаки, в то

Роберт Таунсенд

время как другой чертил восьмёрки в пролитом кофе, наблюдая одним глазом за своим стариком. Папа повернулся к Дуэйну. "Ты за Джебом полез, - сказал он. - Это было смело". Дуэйн выправился немного, чувствуя комплимент, глядя в глаза псу.

"Наше дело", сказал старик Скаллен, а потом что-то вроде, "мы сами решим".

Лицо Дуэйна потеряло выражение, и он пробормотал: "Он своё получит". Эстер Скаллен продолжала вытирать тарелку.

"Он своё получит? - перебила М-Ж. - А я-то думала, что это была медведица". Пурга настигла нас; снег был таким сильным, что весь свет сжался и теперь состоял лишь из меня с ней. Я бросил на М-Ж долгий взгляд.

- Прошу прощения - продолжай. А где была Рут?

- Наверху. Убирала, наверное. Я слышал скрип половиц, а ещё она напевала, монотонно так, песню из 'Воздушной Школы'. "Слышал, что мир окончится в веселье", - пропел я. "Ты эту знаешь?"

- Ну, кто бы говорил о монотонности...

Её лицо неясно виднелось сквозь падающий снег в слабеющем свете дня.

- Ну, пошутила, ладно? Не толкай меня в снег, чёрт побери.

- Папа говорил с мистером Скалленом - но обиняками, как они на юге говорят - с сильным акцентом. 'В прошлом году сено было убирать так тяжело, а?' - сказал папа. Мистер Скаллен кивнул. Да, было много дождей, казалось, соглашался он. Рут спустилась по лестнице, не смотря ни на кого, и ушла к себе в спальню, которая состояла из матраца на полу позади кухонного занавеса...

- У неё всего лишь матрац за простынёй вместо кровати? А что там было? Картинки были?

Я прервал рассказ. "Я слушаю, я слушаю, - сказала М-Ж, - продолжай".

Я продолжил.

- Я сказал Рут 'Привет', но когда я протянул руку, чтобы по-приятельски её по плечу похлопать, она отпрянула, как будто мои пальцы были раскалёнными. Старик Скаллен уставился на меня глазами, как у тех копчёных рыбок, а потом внезапно начал проповедовать... 'Ангелы Божьи сказали Лоту: "Есть ли у тебя кто-то ещё здесь - зятья, сыновья или дочери или кто-либо ещё в городе, кто принадлежит тебе? Уводи их всех отсюда". ' Его глаза светились, как будто он лично наблюдал за пылающими библейскими городами; казалось, что ему нравится это зрелище. Мне, однако, это не нравилось. Мне кажется, он имел в виду, что все мы - грешники содомские, среди которых ему жить приходилось, и я вполне уверен, что он хотел, чтобы все мы сгорели тоже. Но проповедь не беспокоила отца. Ты ведь знаешь, как он любит подтрунивать над всеми этими "праведниками", которые по домам ходят с проповедями... Ну, так вот, он поднял чашку и говорит миссис Скаллен: 'Эстер, я клянусь, что Вы готовите самый лучший кофе, который я когда-либо пил'.

М-Ж не могла удержаться. "Ну, при чём тут эта Книга Лота... это же из Книги Бытия, такая-то глава, такой-то стих, правда? И твоего папу ведь зовут Лотт? Что же там происходило?» Она бросила на меня взгляд. "Ну, не смотри на меня так! Иногда ты просто не подмечаешь важные детали". Она ткнула в меня лыжной палкой. "Давай, говори дальше".

Я проворчал: "Ну, на кой чёрт мне собака нужна - ведь у меня ты тут везде прыгаешь...", но рассказ продолжил.

"Постум", - сказала миссис Скаллен.

'Ну и ну, - сказал папа, - напоминает мне кофе моей мамы. У неё все собирались, когда родня приезжала из Мейкона. А я в кофейник подливал самогон'. Папа лгал безбожно. Его мать умерла, когда он родился; бабушка -

когда ему было пять лет; и он убежал из дома в четырнадцать - по крайней мере, так он рассказывал. Единственно, где он видел "трясунов", это когда он с двоюродными братьями ускальзывал из дому, чтобы наблюдать за их сборищами - как они извиваются по полу и несут чушь. Я смотрел на мистера и миссис Скаллен, пытаясь вообразить их катающимися на полу, и подумал, что могло бы стоить провести час или два на одном из их "собраний"... Тут вдруг мистер Скаллен говорит: 'Рут, а ну-ка, скажи здрасте мистеру Белайлу. Где же твои хорошие манеры?' 'Здравствуйте, мистер Белайл', - сказала она быстро, потупив глаза. 'Ну, добрый тебе день, милая девочка', - ответил отец своим приторным южным говором, который иногда использовал, когда говорил с девочками. 'Ей-богу, ты с каждым днём всё хорошеешь'. Рут зарделась аж до самых глаз.

'Предложи-ка мистеру Белайлу ещё кофе', - сказал мистер Скаллен.

'Гарри Кайзер продал своих коров осенью, и его южный сарай полон болотного сена, в котором он не нуждается', - сказал отец, когда Рут наполняла его чашку. Скаллены уже начали коров картофелем кормить, отчего работа по очистке хлева была такой, что я бы её даже Дуэйну не пожелал - сточную канаву вёдрами приходилось вычёрпывать. Медленно помахав пальцем, старик Скаллен дал знать Рут, чтобы она нас, пацанов, тоже обслужила. 'Вы нам поможете это сено в тюки собрать, тогда мы поделим пополам - и должно хватить до тех пор, пока коровы на траву вновь не выйдут.' Папа сразу сменил тему разговора, и таким образом, мистер Скаллен мог обдумать предложение в тишине. Рут наполнила мою чашку и подошла к Дуэйну, чтобы наполнить и ему. 'Приходите к нам обедать - Берта умеет готовить такое, чего вы здесь на севере и не видывали. Марина ей помогать будет'. Дуэйн быстро поднял голову, как только услышал имя Марины.

М-Ж подняла голову, как только услышала, что поднял голову Дуэйн - как рыжая белка, услышав треск хвороста. "Ну-ка погоди, почему же он это сделал? Дуэйн любит Марину? В чём же тут дело?" М-Ж перебила меня, наклонившись близко к моему лицу, как будто в моих словах не было достаточно информации; как будто выражение лица могло бы восполнить пробелы. "Это - не идеальная пара. Дуэйн - буйвол, а Марина... олень". Мы теперь стояли у места, где брала начало новая просека Станкевичей. Каким бы сильным ни был снегопад, следа мы не потеряем. Проблема будет, когда достигнем восточного поля. Если пойдём по краю - будет около двух миль. Если же решим пересекать, то будет путь короче - но тогда не будем знать, где мы находимся. М-Ж глубоко вздохнула. "Ладно; значит, Дуэйн уши навострил... а дальше что было?"

- Ну, он чашку отодвинул, а Рут от волнения не заметила - и пролила кофе ему прямо между ног... Он как заорёт да вскочит - стол свалил; все чашки покатились... Должно быть, он подумал, что Рут это ему нарочно сделала - и он ей кофе прямо в лицо плеснул. Но она увернулась, уронила кофейник - и кофе с пола прямо в старика Скаллена как плеснёт! Собаки лают, посуда бьётся - а папа сидит и усмехается. Великолепная была сцена!

"Да-а, хотелось бы мне это видеть", - молвила М-Ж, слегка задумавшись. Она коснулась моего плеча, разглядывая меня так, как будто искала на лице следы ожога. "Ну, а ты в порядке был?" Уже темнело; снегопад, со всех дел, ещё крепчал - да ветер завывал сильнее.

- Да мне только бы этого бобра до сарая донести побыстрее.

М-Ж изобразила руками движение роликов кино.

- Вот именно.

"Ну, это ещё далеко не всё", - сказала она, о чём-то

задумавшись. "Ну, я думаю, что смогу ещё мать вытерпеть до осени. Мне надо бы перечитать Книгу Бытия".

Я нагнулся, переместив вес бобра на ноги.

- Давай домой поскорее, а не то ты матери и до завтра не вынесешь.

М-Ж посмотрела на меня, возвращаясь оттуда, где витала. "Ну, и слова одни и те же". Она осмотрелась по сторонам. "Дом вон там", - сказала она, указывая сквозь завихри снега.

- Ты, скорее всего, не ту Книгу Бытия будешь читать, которую он читает.

- Мы можем повесить бобра на дереве, так, чтобы койоты не достали. А хочешь, вокруг него ещё капканов наставим - посмотрим, что ещё словим? А завтра на тракторе вернёмся.

- Ты точно знаешь, где мы находимся?

" Что-то там неладное", - сказала она, махнув рукой в ту сторону, откуда мы пришли.

"Иди сюда!" - сказал Джейкоб Скаллен, глядя на две чёрные фигурки, остановившиеся на белой палитре, окаймлённой чёрными деревьями. М-Ж и мне казалось, что мир перестал существовать вне поля нашего зрения - но это, конечно, было не так. Мистер Скаллен посмотрел на нас, потом повернулся и заговорил: "Чёрт побери, Дуэйн, я ж кому говорю, давай сюда - а то как засуну тебе вилы в задницу!" Дуэйн оглянулся через плечо, поднял тюк сена над головой, а потом спустил его по жёлобу. Он пересёк сеновал, подпрыгивая на мягком сене и соломе, и остановился у стенки, где отец выглядывал сквозь дырку, где не хватало планки.

"Да, сэр", - сказал Дуэйн. Джейкоб Скаллен махнул в сторону отверстия в стене.

"Да, сэр?" - повторил Дуэйн, не будучи уверен, куда указывает отец.

"Они шпионят", - сказал Джейкоб.

"Он несёт бобра". Дуэйн смотрел сквозь планки, двигая головой вперёд-назад, как будто механически настраивал фокусное расстояние глаз. "Он ловушки ставил".

- Его папа городской председатель. Что, думаешь, они пришли сено проверять? Кто, ты думаешь, шерифа на нас натравил?

Дуэйн пожал плечами. Он был в городе, когда шериф явился.

- Тебе пора становиться мужчиной, жену брать. . . защищать свою семью.

Дуэйн не услышал многое из того, что сказал отец, но услышал насчёт "взять жену". Но единственным женским образом, явившимся ему, был образ беженки, с которой только Рик мог говорить. Мужчины из избранного народа брали себе в жёны моавитянок - а вот ему бы Марину в жёны взять...

Глава девятая

В следующий уик-энд Бен Станкевич нанял меня и Дуэйна на работу на его лесопилке. Глубокий снег замедлял перевоз пульпы на дробилку. Мы вшестером прошли сквозь подвешенные простыни в то, что сходило за кухню Станкевичей. Бен сидел во главе стола. Дуэйн, Алек и я сели плечом к плечу на голую скамью. Позади нас закопчённое окно едва впускало тусклый свет, с трудом пробивавшийся сквозь толстые сосульки. Подспорье Карл Мюллер и Вилма уселись напротив.

Вилма, конечно, мужчиной не была, но она работала, как мужик - не самый сильный из рабочих, но и не самый слабый.

Над столом висела голая лампочка. Дом был курятником, когда травяной пожар перекинулся на него. Брат, папа и я подоспели, когда увидели вздымающийся дым, как раз перед прибытием добровольной пожарной команды. Сарай был спасён. После того, как пламя было погашено, я заглянул в подвал и увидел холодильник, ванну и плиту аккуратно расставленными - три измерения, уплотнённые в два.

Я стянул свои рваные перчатки, посмотрел на красные и мозолистые ладони с грязью под обломанными ногтями. У меня тряслись руки. Всё утро Дуэйн и я загружали брёвна вручную на пульповые грузовики, сортируя "палки", которые шли на грузовик, от "стержней" - брёвен больше, чем шесть дюймов в диаметре - которые шли к Алеку и Вилме, и те складывали их при помощи паровой лебёдки.

Дуэйн бросил мне вызов, швырнув свой конец бревна так, что оно приземлилось наискось, заставив Карла, который складывал груз, плясать, а меня - выглядеть слабаком. Дуэйн слащаво улыбался. Я же не мог оставить этот вызов без ответа - так что брёвна летали аж до обеденного перерыва – «палки» на грузовик, «стержни» - Алеку и Вилме. Дуэйн не сдавался, и я тоже. Бен наблюдал за нами крестьянским глазом и ничего не говорил.

"Хорошая деньга в пульпе, - сказал Бен, подняв чашку с кофе и изучая кухню. - Не то, что в былые времена, Карл, но деньга хороша-таки, а? "

Карл кивнул. Будучи сильным любителем выпить, он своим испорченным лицом напоминал немытые тарелки из-под завтрака, сдвинутые к середине стола; его цвет был смесью коричневого, как крошеный бекон; грязно-белого, как вареное яйцо; и жёлтого, как свернувшийся желток. Вчера вечером у него была попойка; а утром я проехал мимо его Форда 39-го года, лежавшего в кювете. Я уж точно думал, что вот-вот наткнусь на его околевший труп у дороги, но он каким-то образом проволочился обратно последние полмили, оседая на снег дважды; отпечаток его задницы с мочевыми пятнами оставил очертание в сугробах.

"Эй, девчонка! - крикнула Дороти голосом, похожим на гальку, скользящую вниз по деревянному настилу. - Отнеси-ка мужикам кофе".

Где-то было опущено ведро. "Вилма", - сказала Дороти, стоя в ботинках и моя посуду в оцинкованном корыте. Голос её стал менее резким, теперь похожим, может, на скользящий песок. "Ты - хорошая работница, будешь хорошая жена". Я толкнул Алека локтем, но он стал тщательно исследовать трещину в своей чашке. Вилма воодушевилась комплиментом, но потом подавила своё удовольствие, чтоб не подумали, что возгордилась. "Сколько ты им платишь?" - спросила Бена Дороти, указав на меня и Дуэйна мясистой рукой. Да, Дороти могла выжать из пятицентовой монетки хоть навоз бычий...

"Я плачу им", - сказал Бен.

Дороти помешала корнеплоды, варящиеся на плите - не то наш обед, не то корм для свиней - а может, и то, и другое; неясно было, кто будет есть первыми. От жары и пара по небольшой кухне расходились разные запахи. Я пытался игнорировать сладко-тошнотворный аромат бренди, исходящий от Карла.

"Suda!" - рявкнула Дороти по-польски. Марина прошла сквозь занавески-простыни. Я уже вот как две недели её не видел. Её лицо было раскрасневшимся; чёрные пряди волос, спадавшие из-под красного платка, были закреплены серебряными заколками. В серебряных серьгах, похожих на поплавки, играл единственный лучик солнца. Ее жёлтая рубашка была слегка распущенной, и виднелся кусочек голой кожи на животе. В глазах у неё была обида, а надутые губы - и вообще всё её тело - выдавали разочарование. Я подумал, что это свинские замашки Дороти причинили боль Марине - которой уже столько боли причинили и так - и мне захотелось запихнуть Дороти вместе с её варёной брюквой в свинарник. Но нет, видать, Марину что-то другое ещё расстроило.

Карл переступил с ноги на ногу, пустив запах неподтёртой задницы по кухне. Загадил, видать, раскладушку - прибить бы его за такое. Я бы с удовольствием уронил бревно на его гадкую, бесполезную башку... Дуэйн, с полоумной ухмылкой на лице, провёл гребёнкой по засаленным волосам, пихнув меня через Алека, чей взгляд не отрывался от стола. Вилма, наблюдавшая за Алеком, бросила взгляд на Марину, потом обратно на Алека - и снова, прищурившись, на Марину.

"Кофе?" - спросила Марина. Она здесь была как цветок в свинарнике, среди наших фермерских одеяний цвета грязи и опавших листьев.

"Давай", - ответил Бен, мысленно уже прикидывая, как загружать очередную партию древесины.

Марина подошла к плите, подняла кофейник - и, как только его коснулась, он стал синим - каким, конечно, всегда и был - но я только сейчас заметил, что он не был чёрным. Она вернулась к столу, как палитра ярких цветов в мире, полном коричневых и чёрно-белых. Она налила Бену кофе. Он поднял голову, осмотрелся, принюхался; в ноздрях его заколыхалась кипа волос, как будто там были еноты, удирающие от гончих. Он принялся тщательно изучать свою чашку, как будто там было написано о повышении цены за связку дров на пятьдесят центов; потом громко отхлебнул. Марина прислонилась ко мне, положив мне руку на плечо, обдавая запахом яблок и ванили, и протянула кофейник, чтобы налить Дуэйну. Он отодвинул чашку, ухмыляясь, как пёс, который хочет, чтоб его погладили. Она ещё дальше наклонилась. Алек поднял взор и заглянул ей прямо в открытый воротничок блузки, а потом быстро потупился, краснея. "Ну, хватит валять дурака, Дуэйн, - сказал я, - а то и без кофе обойдёшься". Дуэйн отпрянул, как собака - как будто я поднял на него руку. Вилма разглядывала спину Марины, производя мысленный расчёт.

"Bóg wszechmogacy, - сказал Бен. - Хороший кофе".

"Ну, что за... " - Дороти принюхалась к воздуху, как свинья. "Ты в кофе слишком много кофе насыпала, чёрт возьми, - произнесла она, размахивая ложкой. - Какого чёрта?"

"Яйцо и немножко соли, - сказала Марина. - Вот и

всё". Она смотрела широко раскрытыми глазами, как будто ожидая удара. Я сместил вес на одну ногу, освободив другую, чтобы суметь подскочить, если бы Дороти посмела её тронуть; но Марина ускользнула к плите, вынула из духовки противень и понесла к столу.

Дороти последовала быстро за ней – ну, прямо как свинья, унюхавшая печёные яблоки. "Ты где яблоки взяла?" Марина кивнула на ведро, и Дороти аж встала на дыбы. "Они ж для свиней!"

"Чертовски хороший кофе", - сказал Бен. *Apfelkuchen* приземлился перед Беном как лебедь на глади озера. Коричневая глазурь пирога прямо-таки искрилась сахаром, и Бен смотрел на него, как будто это были польские коронные бриллианты, доставленные прямиком из Кракова. Водоворот горячих ароматов кондитерского изделия, слившихся с мужественной силой крепкого кофе, как бы создали за столом некий кокон - мужского и женского, твёрдого и мягкого, ума и сердца - не позволявший проникнуть этому скверному миру, этой грязной кухне. Она была так красива...

Дуэйн облизнул губы, глядя то на пирог, то на Марину.

"Кофе - горячий", - сказал Алек и скривился, как будто обжёг язык - но он кофе ещё и не пробовал.

"Где же обед?" - спросила Вилма, чувствуя, что что-то не так. "Что - этим должно кормить работящих мужиков?"

"Ты - не мужик, Вилма, - сказал я. - Давай, ешь". Мои слова её встряхнули, и она выглядела обиженной. Чёрт возьми, Вилма, подумал я, реши, наконец, мужчина ты или женщина.

Бен нарезал пирог на четвертушки и положил одну из них себе на тарелку.

-Сколько пульпы ты получила с заднего пастбища, Вилма?

- Связок сто - так как был глубокий снег и всё такое.

Вилма продолжала наблюдать краем глаза за Мариной.

"Неплохо, с глубоким снегом", - сказал Бен, разрезал свой кусок пирога ещё пополам и запихнул его в рот, как бревно, подцепленное багром. Вилма поменяла позу; что-то её тревожило. Она была не из плохих людей - просто высокой, тощей и непривлекательной; в ней не было и следа женственности. Жалко, подумал я.

Вилма вдруг резко повернулась налево. "Ах, ты ж гавнюк малый!" - сказала она швейной машине, опрокинув груду одежды на конец стола. Я последовал за её пристальным взглядом. Из раскрытого кармана шерстяных штанов выглянула мышка - и внезапно пронеслась по столу, царапая коготками линолеум, схватила крошку, лежавшую около солонки, и побежала стремглав назад.

Эту сцену наблюдали. Вокруг стола были слышны громкие комментарии и хихиканье. Дороти, эта старая карга, наверное, даже крошки держит под замком, подумал я.

"Ещё кофе, Рикки?" - Марина взъерошила мои волосы. Она даже не заметила, что за столом ещё один едок. "Алек?" Он ещё даже не коснулся своего кофе; и она слегка надула губы. "Тебе не нравится?"

"Нет, что ты, - засуетился Алек, - лучшего я и не пил..." - и он осушил полчашки и протянул её, как нищий. Она мягко улыбнулась ему, и он ожил, как выжженная трава под летним дождём. Марина повернулась, чтобы налить ещё Карлу; тот пялился опустевшим взглядом, подбирал крошки пальцем и слизывал их.

Нос с усиками вновь зашевелились из расстёгнутой ширинки. Вилма что-то пробормотала, взяла кулёк из обёрточной бумаги, накрошила в него кусочек Марининого пирога и положила его на стол, открытой стороной к одежде. Лязгнула крышка печи - это Дороти подбросила дубовый чурбан в топку. Штаны зашевелились, как будто кто-то пытался высунуть оттуда свой крошечный член - без помощи рук. Марина встала позади Вилмы, которая пристально наблюдала за застёжкой. Мышь выскочила на стол - и исчезла внутри кулька, цепляясь за него когтями. Вилма скомкала кулёк и начала его трясти; пойманная мышь шарахалась во все стороны, царапаясь и пища. Все вокруг стола сидели с раскрытыми ртами, с чашками, застывшими у губ. Все мужские взоры не покидали Вилму. Она же прошла длинными шагами к печи, открыла крышку топки и швырнула кулёк в пламя. Лязгнула крышка. Мужики уставились на печь и, после мгновения тишины, загоготали. Я увидел, как Вилма, с бровями, приподнятыми, как свод собора, смотрела сверху вниз на Марину - этот взгляд на любом языке говорил: «Зацепи моего мужика - и увидишь...”

Неожиданно мне показалось, что лицо Вилмы, искажённое от зависти и ревности, напомнило мне симпатичное лицо Адели, когда она смотрела на М-Ж в новогоднюю ночь. И тогда же, когда я подумал об этом, я увидел, что Марина опустила глаза, как покорённая женщина - но я заметил и ещё кое-что. Я достаточно видывал драк - многие сам начинал, и многие заканчивал - чтобы понять, что Марина ещё не была побеждённой. Скорее, она как бы подставила левое плечо, чтобы заманить соперницу на уверенный – хотя и глупый -- удар. И дрались-то они не из-за меня.

Глава десятая

В один мартовский день холод прошёл. Воздух потерял остроту лезвия, стал мягким, как бы округлым. Дни стали теплее, хоть на один градус; ночи же оставались холодными. Сок в деревьях потёк, сначала медленно - утром только дюйм собирался на дне ведра; но вскоре мы по два раза в день вёдра меняли. Облокотившись на книжный шкаф, я глядел из окна на школьный двор, превратившийся в ущелье со стенами из грязного снега. Толстяк Матабон недооценил наш зимний снегопад, не сдвинул ноябрьский снег достаточно далеко в поле - поэтому теперь сугробы сжимали школу, как будто возвратились ледники. Я увидел голову Роджера Олбрайта, как бы отделённую от туловища, двигающуюся вдоль канавы по направлению к сортиру, также погребённому в снегу. Он комично подпрыгивал, как цапля, учуявшая охотящуюся рысь. Большое Поддельное болото простиралось за пределами двора; его отдалённая кайма терялась в низких грядах облаков.

Мисс Айзекс оторвала взгляд от проверки заданий по арифметике.

- Скучаешь, Ричард?

Я покачал головой - нет. Но я - таки скучал. Я перечитал все книги в школе, некоторые даже по несколько раз. Ей-богу - даже выучил наизусть всю энциклопедию. Она смотрела на меня в позе учительницы, приставив резинку карандаша к верхней губе, глядя поверх очков, прикидывая.

Несмотря на долгую зиму, кожа её оставалась загорелой, а волосы вьющимися в разные стороны. Она носила форму сельской школьной учительницы - очки в проволочной оправе, белую плиссированную блузку, длинную юбку. Мисс Айзекс наклонилась вперёд - так, что край стола врезался ей в грудь - и перебирала стопку книг на столе; наконец, извлекла одну из них. Она просмотрела оглавление, подозвала кивком головы и вручила мне открытую книгу.

"Что такое?" - спросил я. Она приподняла бровь, как будто готова была поддразнить, но передумала, и её кокетливая улыбка стала улыбкой старшей сестры.

- Я вообще-то поэзию не особенно читаю, мэм.

- Значит, ты просто ещё не читал стоящей поэзии.

- Это - Ваш любимый поэт?

- Он нынче очень моден... на факультетах английской литературы. Но не ставь это ему в вину.

Из окна я видел, как Рут и М-Ж стояли вместе в школьном дворе, а какой-то малец угрожал М-Ж снежкой. Она показала ему кулак. Он бросил и промазал, а она столкнула его в снег, и он аж скорчился от удовольствия, как молодой пёс, с которым хозяйка играет. Я, должно быть, выглядел безучастным. "Ну, прочти-ка первую строчку", - увещевала мисс Айзекс.

- Вот М-Ж - она хорошо читает.

- Читай, вслух.

Пасхальные лилии, птицы и крашенки на окнах - дело рук Рут - преломляли оконный свет позади мисс Айзекс. "Апрель - самый жестокий месяц, выводит сирень на мёртвой земле..." Я остановился.

- Я не верю этому.

- Продолжай читать.

- Но поэма ведь такая длинная...

- Первые три, четыре четверостишия... абзаца.

Я начал читать снова. Мисс Айзекс смотрела на мрачный горизонт, держа теперь резинку карандаша между полными губами. Отрывок был длинным, и я дочитал до раздела, пропуская фразы, написанные на немецком. Стихотворение имело мало смысла, но в строчках чувствовался какой-то настрой, ощущение разочарования и крушения надежд - как если бы кто-то искал определённый черепок среди остатков разбитого витража; как мистер Шарбонно, когда он останавливался в раздумье и на дочь смотрел с любовью, а на жену - с грустью; как Грот Ван Эрт, когда тот увидел, что М-Ж пытается расколоть его на рассказ, как белка орех; как прерывистые эпизоды капризной лагерной жестокости, проходящие по симпатичному лицу Марины. Я прервал остановил чтение.

- У тебя прекрасный голос, Ричард.

Мисс Айзекс выдержала паузу, вынула из губ карандаш и, не поворачиваясь, задала мне вопрос.

- Ну, а что ты собираешься делать после окончания школы?

- В бейсбол играть, наверное... я надеюсь.

Мисс Айзекс слегка кивнула, как бы взвешивая такой ответ.

- Ты знаешь, тебя ведь люди уважают.

- Ну да, если пригрожу свернуть им шею.

- Это верно. Ты немного неотёсанный - но тебя не только детвора уважает.

- Это Вы лучше Фланаганам расскажите о том, как меня уважать.

- Зависть, я полагаю, несправедлива.

Она, казалось, уже не со мной вела разговор. "Красивый, белый, христианин - но в этом ты не виноват". Она рассмеялась вслух над каким-то внутренним монологом и повернулась на стуле. "Значит, хочешь играть в бейсбол?"

- Если играть хорошо, платить будут. Стипендию... поступлю в институт.

- У Джима Торпа отобрали олимпийскую золотую медаль за то, что он взял плату в пять долларов, играя в бейсбол подростком.

- Это несправедливо.

Я подумал о таком отклонении от моих планов.

- А ещё план есть - если с бейсболом не выйдет?

- Пойду в солдаты.

Я пожал плечами. Я об этом прежде и не задумывался, но эти слова как-то сами вырвались изо рта. Я задумался над этой беглой мыслью.

- Ты слишком для этого умён.

- Президент был солдатом.

"Ах да, солдатом-офицером", - сказала она. От внимания, проявленного ко мне мисс Айзекс, мне было одновременно и неловко, и приятно...

- Я просто не уверен ещё, как этого достичь. А вы собираетесь преподавать здесь и в будущем?

Я задал этот вопрос главным образом, чтобы повернуть разговор на другую тему. Она скривила губы и вновь отвернулась к окну; и мне было любопытно знать, глядела ли она на художества Рут, на вязы за снежным ущельем или на туман.

- Не думаю, Рикки. Возможно, я поеду в Израиль, работать в кибуце; точно ещё не знаю.

- А разве это можно, не будучи еврейкой?

Она улыбнулась, как будто глядя на первоклассника, который сказал что-то смешное и неожиданное. "Я и есть еврейка". Я почувствовал, как лицо слегка зарделось. "Разве ты не знал?"

- Так вот что значит 'жидовка'.

- А что, кто-то так меня назвал?

- Мама с ней разобралась.

- Я бы меньшего от неё и не ожидала.

Мисс Айзекс забарабанила пальцами по губам.

- Умирать, так с музыкой. Думаю, быть учительницей молодого Ричарда Белайла - дело серьёзное. Ты уже образование получил. Ну, а как насчёт того, чтобы выучить немного поэзии?

Я, должно быть, снова невольно пожал плечами.

- Ты когда-нибудь мне за это спасибо скажешь. Выучи наизусть это стихотворение – и тогда...

Она надолго задумалась.

- Ну вот, как насчёт двух поэм Йейтса о Византии? Если ты это сделаешь, я позволю тебе закончить школу. Согласен?

И прежде, чем я смог ответить, она махнула рукой.

- Ну, а теперь иди, позвони в звонок.

Глава одиннадцатая

За следующие две недели погода изменилась крайне. Тёплые ветры навеяли дымку по перелескам и развесили по кедрам. Глыбы снега падали с деревьев на мёртвых оленей, и их туши осели, превратившись в коричневую почву. На выходящих на юг склонах появились коричневые травы. Там, где Поддельное болото глубоко промёрзло, ондатры, которые не попались в мои капканы, примёрзли к илу и стали сами превращаться в ил. Болото стало коварным, и я избегал его. Бобры - те выживут - только чтобы позже быть пойманными в капканы.

Капли стали струйками, потом ручейками, потом потоками, текущими с моренных холмов в Поддельное болото. Вода поднималась, поднимая с собой лёд - но медленно, так как Поддельное болото было большим. Через лощины речки Спирит вода протекала нерешительно. Утром вода булькала; а днём лёд ломался и рушился, расширяя чёрные проломы, пока не стало видно дно. Старая сосна, свалённая в одну из прошлых бурь в речку, прочно втиснулась в гранитную стену. Вокруг школы мы построили снежные плотины через канавы, а потом развалили первую, чтобы наблюдать, как каскад воды сметает плотины вниз по течению.

Мы опорожняли вёдра сока в конце каждого дня -

чтобы сок, ведро и затычка не оказались примёрзшими к дереву и к земле; потом лишь по одному в день, потом - одно за несколько дней - а потом и вовсе перестали. Когда сок перестал течь, перестала течь и речка Спирит. У плотины часть клюквенного болота вырвалась на свободу в растущем потоке и втиснулась в скалы возле узкого места лощины. Воды перевернули плавучие льдины и застопорили ими прорывы. Дрейфующий лёд, спрессованный за плотиной, перетёк через верх и нанёс ещё больше льда - который тоже застрял. Вода медленно отступала в Большое Поддельное болото. Болото было не очень обеспокоено. Оно имело дело с ещё большими наводнениями и всегда с ними справлялось. Казалось, говорило по-старчески: "Если думаешь, что это сейчас трудно - вот как ещё бывало в былые времена, когда ледники таяли..."

В первую неделю мая, в то время, как мужчины обрабатывали поля, женщины вели подготовку к празднованиям ухода зимы и прихода весны - школьному выпуску, пикникам, бейсбольным матчам, и - для католиков среди нас - первому причастию. А из Поддельного болота воды отступили в смежные низинные луга.

Забрезживший рассвет кроваво-красно расстилался по небесам к зениту, как внутренности распотрошённого оленя. Пролетела над головой стая канадских гусей, снижаясь в дымку над озером; их крик и биение крыльев были едва слышны из-за шума трактора. Я выключил мотор. Самка полевого луня - тёмная, тяжёлая, грозная - в отличие от серебристого самца - медленно кружила над деревьями, выискивая полёвок. Те же неуверенно сбивались в груды; их снежное прикрытие уже растаяло, а весенние травы ещё не выросли. Где-то на краю поля было место, усыпанное мышиными шкурками - там, где она разорвала их на части. Держа в руке чашку от термоса с холодным чёрным кофе, я наблюдал рассвет. Если повезёт, то чуть позже жаркое солнце и ветер высушат поле настолько, что сможем засеять. Если я буду осторожен, то не застряну в грязи - и тогда Алек и я к полудню полевую работу завершим - и будет достаточно времени, чтобы добраться до бейсбольного поля, а потом и до церемонии конфирмации. Предстоял большой день. Алек вёл свой трактор "Moline" по просеке; его фары мерцали сквозь ёлочные ветви, как светящиеся глаза какого-то древнего ящера. Спустя несколько минут он доехал до поля, подъехал ко мне и вырубил двигатель.

"На рассвете красно - моряку опасно, - сказал он, указывая пальцем на небо. - Непогода идёт".

"Всего лишь сильный ветер", - ответил я.

"Возможно, ты и прав", - сказал он задумчиво, а потом вернулся к решению предстоящей задачи. "Ты пропаши мокрые места, а я буду как можно ближе подбираться". Это было нашим утренним разделением труда; большой трактор Алека сможет покрыть большее расстояние - но зато и по оси колёс завязнуть, если на просачивающиеся кочки наедет. Мой более лёгкий трактор мог прямо-таки плясать по мягкой земле; если бы я попал в переплёт, то трактор был оборудован дисковыми тормозами и гидравликой и, стало быть, имел бы лучший шанс выкарабкаться. В противном случае Алек смог бы меня вытянуть - но не наоборот... Бен Станкевич должен был приехать пополудни, чтобы решить, зароет ли каток камни в землю ещё года на три, или же нам придётся завтра камни вынимать.

"Ты сегодня подачу делать должен?" - спросил Алек.

Я кивнул, чувствуя лёгкую тошноту.

Алек вновь глянул на небо. "Ничего хорошего".

Джейкоб Скаллен прямо сидел за столом для завтрака, уставившись на стену; его зубной протез лежал между забрызганной яйцом тарелкой и раскрытой Библией; указательным пальцем он постукивал по столу. Его выражение лица было упрёком утру; его жизнь была упрёком Рут. Его цвета были серый и размытый коричневый. Она же тосковала по ярко-красному и жёлтому, по свету солнца, заливающему комнату сквозь темперу. За окном, загаженным мухами, чернело вспаханное поле; видно было грязный снег, коричневую траву, серые деревья. Лёд и грязный снег стояли в бороздах. Стая гусей, от которой ускорялось сердцебиение у Рикки, вызывала у Рут отчаяние. Они не сели в поле позади сарая - таком чёрном, унылом и бесплодном - но продолжали полёт, потому что её отец и брат их тоже бы убили. Она посмотрела в зеркало над кухонной раковиной и не увидела в своём лице никаких черт. Она была неназванной дочерью Лота, которая вошла к нему ночью. Почему её мать не защищала её? Она спрашивала, но мать только смотрела на неё без выражения, как будто её лицо было столовой солью. "Школьный пикник сегодня", - сказала она.

Отец продолжал глядеть вдаль, но она заметила, что он возвращался, как будто из Ниневии. Наконец он заговорил.

- Посмотрим, будем ли с Дуэйном сегодня сеять.

И тут Рут сделала что-то, чего прежде никогда не делала. "Мари-Жанна Шарбонно пригласила меня сегодня на свою церемонию конфирмации". Это было своенравием. Он медленно повернулся к ней и посмотрел на неё как бы с большого расстояния, а потом отвернулся опять. Ей не позволят, она знала.

"Блудница", - промолвил он.

"Солдаты..." - прошептала Марина, и её пробила дрожь.

"Что? - спросила М-Ж. - Ты что-то сказала?"

"Ты так хороша собой", - сказала Марина, вынимая изо рта булавки. - Как актриса - та, французская, в кино".

"Ты думаешь?" - спросила М-Ж. Её босые ноги пританцовывали на стуле; платье для конфирмации шелестело в утренней тишине кухни. "Одри Хепберн... в 'Римских каникулах'. Она выиграет премию 'Оскар', наверняка".

"Да, та самая". Марина поместила руку на подъём М-Ж, чтобы остановить её тряску.

- Я уверена, что твой парень тебе так всё время говорит.

- Да нет у меня парня.

- А Рикки? Он разве не твой…?

- Да нет, только приятель.

Марина подняла взгляд от кромки платья, чтобы помочь М-Ж перешагнуть эту словесную пропасть - между другом и приятелем - но М-Ж глядела в окно, наблюдая за тем, как стайка малиновок садилась на лужайке, где коричневая трава всё ещё лежала плоско от веса зимних снегов. "Рикки любит тебя", - выговорила М-Ж наконец.

- Ах, мальчик, только мальчик.

Марина махнула иглой и нитью в воздухе, как будто она могла бы, не глядя, заставить лопнуть шарик.

- Ну, а тебе... ну... может быть, двадцать один?

- Не знаю.

Марина на мгновение задумалась. "Мне было девять лет тогда", - промолвила она, ссылаясь на некую годовщину, неизвестную М-Ж; потом стала считать на пальцах. "Значит, мне теперь девятнадцать, почти двадцать".

- Видишь, ты не так уж намного и старше Рикки.

- Лет на миллион, скорее.

Марина прошлась рукой по голени М-Ж - против шерсти. "Ты тоже ведь старше становишься. Пора уже и побрить, нет?" - сказала она и улыбнулась, возможно, подтрунивая над ней.

- Иногда я сожалею, что не родилась мальчиком.

Меньше сложностей.

Марина подняла лицо и, увидев его, М-Ж почувствовала внезапный толчок; позже она осознала, что ей казалось в тот момент, будто лицо Марины отделилось и ускользнуло далеко от неё; будто она вернула силой воли свою душу. Пришёл на ум образ заброшенной шахты-колодца, забитой досками, где они с Рикки давным-давно лежали, слушая, как стрекочут кузнечики в жарком, неподвижном воздухе; и пытались заглянуть сквозь неплотно прибитые дощечки туда, где царили темнота, прохлада и тишина, рассказывающие о провалившихся, чьи призраки только и ждали, как бы схватить тебя за руку, если просунешь через доски палец. "Марина, - сказала она и присела вровень с ней, изучая её лицо. - Ты в порядке?"

Марина рассеянно улыбалась, держа М-Ж за лодыжку, но взор её видел нечто иное - створку палатки в австрийском лагере для перемещённых лиц. "Он приносил хлеб". М-Ж почувствовала, как дыхание Марины коснулось её губ. "Он был такой гордый... профессор". Она снова выдержала паузу. "Тогда моя мачеха взяла хлеб, разломала на куски и - отдала все моей сводной сестре. А мне ничего не досталось".

- Ой, Марина, больно!

- Я желала ей смерти.

На лице Марины проскользнула не то улыбка, не то ужимка - М-Ж не успела уловить. "И они умерли-таки". Марина отпустила лодыжку М-Ж, подняв руку, чтобы указать на дуршлаг с овощами в раковине.

- Это важно.

Они посмотрели друг на друга, и Марина приподняла бровь.

- Если у тебя есть земля, то любить научишься. А теперь вставай.

Она начала снова шить кромку платья М-Ж.

- А всё-таки мне кажется, что ты Рикки любишь.

- Да не люблю я его. Он - всего лишь приятель. Но - кретин, придурок. Когда я думаю о том, что, возможно, никогда его больше не увижу - то клянусь, что сердце вот-вот вырвется из груди и упадёт на землю, как забитый телёнок. Он такой идиот... ведь не слушает никогда...

Её глаза наполнились слезами.

- У тебя родители богатые. Тебе можно его любить.

- Марина, это не настолько просто.

- Но и не настолько трудно. Это...

Казалось, что в её устах "это" обозначало некую обширную и невнятную вещь.

- ...может измениться так быстро.

Дуэйн присел на корточки. Единственный чёткий след на этом участке снега указывал на запад сквозь шалфей и осоку в болотные травы. Шалфей - значит твёрдая почва... Ну, а осока? Как же эта чертовка знала, куда идти, не провалившись сквозь лёд? Дьявол ведь точно знал... Следы медведя шли по коровьим тропинкам, расходившимся в травах. Ну, и по какой же пойдёт этот чёрный ублюдок? Рикки был в этих вещах сведущ. Он знал язык Марины. Она взъерошивала ему волосы, делилась секретами - а когда он хмурился, вместо того, чтобы удрать, ворковала ему, как будто он какой-то там принц... Все, кроме него, о чём-то знали. Дуэйн глянул на ту сторону болота - коварство, скрытое под стоячей водой и колеблющимся льдом. Ну, кто же сделал Рикки Белайла принцем? Кто выбрал именно его? Дуэйн смотрел в глаза самому дьяволу и чувствовал его смрадное дыхание; но вырвал своего пса из адских челюстей. А принц отдал пса чёрту... Он чёрта убьёт, и тогда Марина ляжет рядом с ним, под синим небом, в тёплой, сухой траве и будет смотреть, как пролетают облака; а потом они встанут и пойдут туда, где тепло... Неужто это слишком уж большое требование?

Ветер перешёл на северо-западный. Гряды облаков шли прямыми рядами над дальними пригорками; лучики солнца высвечивали коричневато-серые, покрытые деревьями склоны, где проблески зелени - то ли от разбухавших почек, то ли от зеленеющей коры; а может быть, лишь от нашего пылкого желания отдалиться от суровой зимы - скрашивали серый пейзаж. Облако скрыло солнце, охладив меня - а потом прошло, и я снова согрелся. Я оглянулся на тёмную землю, где камень мог в любую минуту вырвать руль из рук, или просочившаяся трясина могла запросто засосать трактор. Я двигался по кромке борозды, вдоль сырой топи, где талые воды шли сквозь прослойку гранитной коренной породы, чтобы вынести к поверхности преходящий родник; держа одно колесо на более прочной почве; взламывая поверхность так, чтобы ветер смог высушить. Я должен буду бросать одну подачу, возможно две. Надо будет суметь приковать внимание зрителей девятью - двенадцатью передачами... Вязкая почва поймала переднее правое колесо, пытаясь вырвать руль из рук, и мне пришлось проявить немало сноровки, чтобы вывести трактор с мокрого участка, лавируя, как канатоходец. Земля сохла быстро. Я выехал на вершину невысокого холма - и увидел Алека, остановившегося метров за пятьдесят от шоссе, с зажжённой сигаретой в руке, твёрдо глядящим на север. Я подтянулся с южной стороны. На шоссе колонна из пяти-шести чикагских автомобилей следовала на север - на курорты и дачи - но медленно, поскольку они застряли позади Ирвина Саттера, ведущего грузовик с комбикормового завода. Я понадеялся хоть мельком углядеть городскую девочку, с длинными русыми волосами, со свитером в обтяжку на большой груди... Девочкам нравились бейсболисты.

   "Чего ж ты стал?" - крикнул я. Я выключил трактор. В тишине налитый влагой ветер шикнул на травы, прошелестел ветвями ольхи и взъерошил мне волосы. Послышалось, как била крыльями куропатка.

- Давай, Алек, двигайся - мы должны закончить, самое позднее, к полудню.

Алек на что-то кивнул. Я повернулся, сидя на сиденье трактора. Корова Скалленов, с засохшим навозом на боках, плескалась в болоте у ольхи. Вереница машин огибала поворот; чёрный "Паккард" метнулся на полосу обгона, но движущийся на юг пульповый грузовик прогнал его обратно. Ирвинг, более чем вероятно, полупьяный, вёз не то корм для скота, не то сахар Ван дер Гисту. В 30-ые годы они вместе гнали самогон для Чикагского рынка. Ирвинг стал тормозить для левого поворота на полмили раньше, чем следовало. "Посмотри", - сказал Алек; он не глядел на шоссе, а пристально рассматривал чащу ольхи.

Водитель "Паккарда" был недоволен. Он хлопнул по рулю, поднял руки вверх, а жена уж ему давала прикурить. И что бы вы думали? Девочка-подросток, симпатичная блондинка, сидела на заднем сиденье, и когда машина проезжала, наши глаза встретились. Я подмигнул ей. Она, предполагаю, взвизгнула и бросилась через заднее сиденье, чтобы сообщить о своём приключении подруге или сестре.

"Чёрт!" - сказал Алек. Подруга, или сестра, была отвлечена, озабочена; смотрела вперёд и направо. Мой взор последовал за чёрным "Паккардом", в то время как Алек вперился взглядом в лес. Наши углы обзора пересеклись на повороте. Ирвинг готовился поворачивать, но не включил сигнал. "Паккард" снова пошёл на обгон. Двигатель грузовика дважды выстрелил. Чёрный медведь прыгнул через дорогу позади грузовика с кормом, ударился об капот "Паккарда", перекатился через ветровое стекло, потом через крышу, упал в дальний кювет; встал на лапы, потом упал, затрепыхался и замер. "Паккард" вильнул; его правое переднее колесо, попав в мягкую грязь, подпрыгнуло над мелкой канавкой и поднялось по склону на полпути к полю. Три двухлетних медвежонка высунулись из кустарника и каким-то образом пересекли дорогу среди визжащих тормозов и громких гудков. Ирвинг сделал свой левый поворот и исчез. Чёрный седан осел; из радиатора шёл пар. Следующие за ним автомобили ускорили движение - теперь дорога к курортам была чистой. И вновь воцарилась тишина.

"Ну, такое не каждый день увидишь", - сказал я.

"Вот уж придурок", - сказал Алек, и глаза его вернулись к болоту.

"Это - точно, - сказал я. - Я предполагаю, что нам придётся его вытаскивать; это ж нас замедлит".

Из "Паккарда" вышли. Жена была справа и позади сердитого мужа, плюясь словами, как пулями, ему в задницу. Симпатичная сестра истерически ревела. Другая смотрела в нашу сторону. Тогда, одна за другой, их головы повернулись к заросшему ольхой болоту. Медведь-самец, подумал я, тащился за самкой... Женские руки потянулись ко рту. Дуэйн Скаллен появился, как будто из ила, покрытый грязью, с ружьём, торчащим в небо, с потусторонним взглядом.

"Обратно в машину", - инструктировал я издали. Муж шагнул вперёд.

"Не очень-то хорошая идея", - посоветовал я.

Он отступил на шаг. "Так лучше", - сказал я.

Девчонки кричали; приглушённый звук достигал нас спустя несколько секунд. Дуэйн водил по воздуху ружьём, как будто пытался прогнать комаров из поля зрения. Мать теперь пришла в действие, накричала на них - и старшая сестра вскочила в автомобиль, но младшая была как бы примороженной к месту, в истерике - и мать шлёпнула её по лицу. Муж был между Дуэйном и автомобилем; было очевидно, что он никак не мог решить, стоять ли ему на своём или же ретироваться.

"Так, теперь, кажется, это уже не хорошая идея", - пробормотал я.

Дуэйн ещё раз глянул туда, куда исчезли звери, повернулся и пропал в зарослях ольхи. Муж свалился на крыло автомобиля, обессиленный героической защитой семьи.

"Вытащим их теперь?" - спросил я Алека.

- Они, наверное, подумают, что все мы такие, как Дуэйн. Ты всё ещё собираешься подачу давать пополудни?

Я смотрел на симпатичных девочек, но вопрос Алека был о том, что в самом деле важно; флиртовать с симпатичными девочками или быть судимым суровыми мужчинами? Время проходило, а у меня было ещё много дел. Алек заговорил ещё раз.

-Давай, вскрой те две течи трактором, а потом можешь сваливать. Сможешь по пути заехать на ферму, чтобы впустить быка к той тёлке?

Я вычислил время.

- Мне надо будет ждать, пока он не закончит?

Алек покачал головой. Нет, значит, не надо будет. Я слез с трактора, чтобы перецепить цепь для дров на его "Молин". Сердитый водитель с женой-шершнем глядел на то место, где исчез призрак. Алек вновь завёл трактор.

"Мне так страшно". Глаза Рут дико бегали. "Не оставляй меня, пожалуйста..." Она стояла на школьном мостике пониже Лотарингского Креста, как будто пред вратами преисподней.

-Ладно, Рут, ладно. Мы тебя спрячем возле школы.

Она совершила какую-то глупость - это было ясно. Ей было жаль, что Ричарда не было рядом. Он ведь так помогал ей продумывать разговор. "Ты сможешь видеть всех, а сама всё же остаться скрытой. Я - единственная, кто знает, где ты. Сегодня она приезжает. Она звонила", - заверяюще, успокаивающе тарабанила М-Ж. "Рикки будет скоро тут мимо проходить - вот тогда с ним и поговоришь. Мы тебя защитим, пока она не приедет".

Кусок льда отломился от тающего ледяного шельфа с грохотом, отдающим эхом по ущелью реки. "Нет", - выдавила Рут и бросилась на М-Ж как утопающая, в ужасе готовая потянуть их обеих под воду. М-Ж прижала Рут к своему телу, чтобы успокоить её. "Никто. Я должна пойти домой. Пожалуйста, не оставляй меня. Пожалуйста".

Рут рассказала ей обо всём. Значит, вот она - лошадка, бегущая обратно в горящий хлев, подумалось М-Ж. История была ужасной.

Ветер утих. Воздух был набрякшим от влаги. Знойная рябь пошла над вспаханными полями. Бык фыркнул, выдавил глухой рёв и боднул стальные прутья загона. Когда-то эту тёлку пытались осеменить искусственным способом, но она не понесла. Вместо того чтобы тратить впустую ещё один месяц беременности - плюс пять долларов - Бен и Дороти держали быка. Если тёлка останется бесплодной, то будет забита. Я погнал животное в загон.

Хрипло прокричал полевой лунь. Я обшарил взглядом поля прежде, чем нашёл его высоко наверху, где он редко летал. Он внезапно перевернулся и стремглав кинулся к земле, как будто намеревался совершить самоубийство. За долю секунды до того, как врезаться в поле, он вышел из пике и, сделав мёртвую петлю, снова взмыл высоко в небо; а затем, слегка приостановившись, вновь кинулся вниз, издавая крики. Снова и снова повторял он убийственный манёвр - степенный, деловой ястреб, сошедший с ума. И так же внезапно, как начал, он закончил, выровнялся и бросился в траву. Потом взлетел, зажав в когтях что-то мягкое, как маленький мешочек - он нёс его, как будто внутри был драгоценный камень.

Молодой бык проревел, прервав мой поиск на краю поля самки луня - большой, тяжёлой и тёмной; злой королевы. Я повторно вошёл в хлев и посыпал бетонный пол известью, чтобы бык не поскользнулся, когда будет бежать по проходу. Он мотнул головой, гремя цепью стойла.

- Спокойно, дурень. Ты что, ногу хочешь сломать? Тогда точно ничего не получишь.

Я открыл стойло.

Он стремглав попятился из стойла, но остался на ногах, и помчался к солнечному свету. Тёлка понеслась к закрытым воротам, но спасения там не было. Бык, придвинулся к её задней части, глубоко вдохнул и, оттопырив губу, забросил железное кольцо себе на нос. Он взревел и выгнулся; каждая мышца в его боку и ногах была чётко вырисованной. Я облокотился на двойную дверь, пытаясь увидеть, сошлись ли они. Если он не смог бы достать, мне пришлось бы закрыть её в стойле и подложить позади неё ворох сена. Тёлка пошатнулась под его весом; её копыта скользили по грязи. Я поправил неприятно обтянувшие джинсы. Её выживание теперь было её делом.

"Рикки?" Я вздрогнул от неожиданности, и зарделся. Марина стояла у дверей молочной с металлической миской в руке. Я встал вполоборота, чтобы преградить ей обзор, дабы она не засвидетельствовала столь вульгарную сцену - и чтобы сдержать её, дабы не заметила мой вульгарный интерес. Её ресницы трепетали, как ласточки на проводе; локон тёмных волос падал на лицо. Она подняла руку, чтобы убрать его в сторону, и я отвёл взгляд. "Сможешь помочь мне?" - спросила она. Она походила на подснежник, цветок, который внезапно прорастает сквозь тающий снег - нежданный, неуместный, нежный, красивый.

- Чего?

- Ну, с бидоном молока...

Она глянула в сторону, мимо возни в хлеву; на лице проскользнула тень улыбки. Она отступила в молочную - с улыбкой, теперь заговорщической – из бидонов сливки снимать было запрещено. А вдруг маслобойня именно в этот день решит проверять содержание молочного жира? Фермер потеряет тогда добавку на жир на целый месяц.

- Я делаю взбитые сливки для пирога.

Я последовал за ней в прохладный полумрак молочной, вымыл руки в стальной раковине, с трудом смывая грязь от машин и животных, впитавшуюся в потрескавшуюся кожу. Поверх зловония дезинфицирующего средства я учуял пучок белой сирени. Я вынул бидон с молоком из бетонного бассейна, чувствуя холод ключевой воды на моих джинсах; поставил его на пол и молотком сбил металлическую крышку. Марина наклонилась, чтобы снять мягкие и сочные сливки, и они складывались на её деревянной ложке, как складки влагалища.

"Тяжёлый?" - спросила она и опытной рукой выудила сливки в миску. "Ну ладно, - молвила она, касаясь моего запястья. - Не расскажешь?"

Крышка выскользнула у меня из рук и загремела по бетонному полу, напугав её. Я поймал её запястье, и она подняла непонимающий взгляд, с вопрошающей улыбкой, уже готовой, но ещё не появившейся на лице. Она посмотрела мне в глаза - и в её взгляде появился ужас. И в зеркале её глаз я увидел образ небритого и пьяного славянского солдата со зловонным дыханием. Я резко отвернулся, ударился лбом о каменную стенку и остался там, чувствуя, как комок подступил к горлу, слишком большой для него, душащий меня. Я остался там, прижав лицо к холодному камню, слишком пристыженный, чтобы повернуться, ожидая скрипа дверной пружины; ожидая, что вот-вот Марина убежит и расскажет нашим людям о моём грехе.

Если минуты и прошли, я потерял им счёт. Я не

услышал скрипа двери. Медленно становилось слышным гудение мухи. Её рука коснулась моей спины, ласково, как будто успокаивая шального быка. Она должна уйти, подумал я - ведь я не был прикован цепью.

"Постиден", - сказал я. "Стыжусь".

"Я думаю, что схожу с ума", - сказала она.

"Я люблю тебя, Марина".

Она ничего не сказала; а затем, спустя краткое время: "Нет, не любишь".

Её слова подействовали как свежевальный нож - но изнутри. Я хотел упасть на колени, цепляться за её ноги, но её рука удерживала меня у стены. "Как же ты можешь знать...", но я не мог найти слов, чтобы составить предложение, которое описало бы эти чувства, бурлящие, как весенние потоки - ни на моём собственном языке, ни на нашем общем.

Минуты прошли прежде, чем она сказала: "Ну, неси миску". Мы вышли наружу, на солнечный свет и пошли к дому - как будто идя к стенке, где мне предстояла казнь. В доме она повернулась ко мне и глянула мне в лицо, прикрывая рукой глаза от солнца. По-глупому, я подвинулся, чтобы бросить на неё тень. Она коснулась моего предплечья. "Ты иди теперь", - сказала она, ни резко, ни нежно - только очень печально. Чёрная тень самки луня промелькнула над проездом, как какая-то предвестница страшного суда.

Дуэйн появился из Поддельного болота на пастбище Станкевичей, с ногами мокрыми и холодными, до пояса измазанный грязью, со лбом, пропитанным потом. Он прошёл через стадо коров породы "Гернси", и они убрались с его пути, обращая на него мало внимания, пощипывая короткие зелёные побеги, пробившиеся сквозь коричневую траву. Ох, и суматоха же была. Ну, всё-таки одну ему в неё удалось всадить... Но все те люди, каркающие как вороны, смутили его. Он её не прикончил

- оттого и чувствовал себя неважно.

Придётся помыться в доильной, подумал он, а потом взять сухую одежду из спальни Алека. Вот уж, ей-богу, старик поднимет вой, когда узнает, что взял дробовик... Ну, и хрен с ним, подумал он - пускай только попробует руку на него поднять - по челюсти дулом получит. Эта мысль ему понравилась. И он мысленно навёл мушку туда, где очки старика опирались на его волосатый нос... Добро... Он спустил курок - и мозги старика разбрызгались по побеленной стенке, и чёрная дыра зияла там, где вошла пуля, пройдя сквозь его череп и залетев глубоко в стенку.

От этих мыслей почувствовал себя здорово. Он стал шарить по карманам в поисках оставшейся пули. Чёрт возьми - где-то, небось, выпала. Ну, ничего, у Алека в доме ещё есть. Он повернул за угол сарая и остановился как вкопанный - как если бы та самая 20-калиберная пуля, которой стрелял по медведице, развернулась и, преодолев долгий путь обратно от шоссе, ударила ему в грудь. По дороге в дом шли Марина и Рикки. Она смотрела на ублюдка, держа руку на его плече. Он шёл так, как будто она ему принадлежала; как Давид, ведущий Вирсавию к постели. Гнев нарастал в медленных контурах его мозга, как жар перегрева в замкнутой цепи, жгущий изоляцию, поджигающий сухие остатки сена, испепеляющий пламенем весь сеновал.

"Он её точно ядрить собрался", - пробормотал он, прикрывая себе рукой яйца. "Башку ему прострелю".

Я вёл трактор вдоль школьного пути - в высокой передаче, если мог; в низкой - если надо было. Я не замечал неподвижности травяного покрова, прорастающих побегов триллиума, первоцвета и ивы, трелей пищух. У Лотарингского Креста я слез, захватил свою бейсбольную сумку и остановился. Воды были тихими, спокойными; едва плескались о берег. Пласты льда дрейфовали на юго-запад, увлекаемые потоками и неощутимым движением воздуха сквозь ущелье. Островки из гравия остались в одиночестве. Ольха и грядки дикого риса исчезли. Весенние талые воды водораздела Большого Поддельного болота наполнили Большое Поддельное озеро, которое теперь мне было аж по щиколотки. Всё было так, как было десять тысяч лет назад. Моё сердце стало спокойным, как воды. Были острова - я поплыву на лодке по верхам клюквенных топей, плавно продвинусь по рисовым грядкам, которые больше не в состоянии схватить и утопить меня.

"На Остров в Воде с нею я ушёл бы..." Запомнившееся школьное стихотворение пронеслось в голове. Но я был опасным человеком. Передо мной была тишина, гладь. Уйти никому не причинило бы боль. Передо мной воды были синими и мерцающими; небо было ясным. Проплывающая ондатра гнала перед собой волну. Позади меня была вина, сложность, ошибки и пульс весны в чреслах - такой силы, что все мозги одурманило. Позади меня - "Всё то, что есть человек, всё сущие сложности, ярость и трясина вен человеческих..."

Нет.

Грот Ван Эрт жил на болоте под предлогом своей неспособности жить среди людей. У меня же не было ни одной отговорки. Я должен искупить свои грехи, и я не знал иного способа, кроме как сильно бросать мяч в квадратный фут кожи. Мужчина не убегает. Я возвратился.

В то время как я спускался по лощине, температура падала. Сегодня больше воды протекло, чем вчера. С середины моста я попытался разглядеть то место в дамбе, где вода просочилась и перелилась. Вверх по течению слой льда взгромоздился, проломился и упал на камни; эхо крушения прошло по выдолбленным булыжниками стенам ущелья. За ним последовала струя холодного воздуха и протекла надо мною. Откуда же у меня взялось представление, что Марина была моей - что её вот так, запросто взять можно было? Она кокетничала, заигрывала - но ведь и искала у меня защиты. Расскажет ли моей матери?

Рут стояла посредине моста, уставившись на меня. Я привёл лицо в порядок.

"Эй", - сказал я. Рут начала было улыбаться, подняв руку, чтобы махнуть; но когда увидела моё лицо, отпрянула. Я ей бросил сурово: "Перестань так смотреть!" Её голова повернулась, как будто я ударил её кулаком; на лице у неё было выражение не побитой собаки, а телёнка, которого я побил; как будто лишилась дара речи. По лощине пронёсся неземной крик хохлатого дятла; а потом раздался глухой стук его клюва - как будто сам Бог подсчитывал каждый из моих грехов тяжёлым стуком указательного пальца. "Рут, извини. Я не имел в виду …", но теперь она не уклонялась, а наоборот - прижалась ко мне ближе - как будто, если бы она проникла внутрь радиуса действия моего кулака, я больше не мог бы причинить ей боль. Мои руки сомкнулись вокруг её плеча, и она вдавилась в меня грудью и бёдрами.

"Да простит мне Господь Бог осквернение моё", - сказала Рут.

"Возьми меня с собой", - сказала она.

-Рут, ты ерунду несёшь.

Но меня бросило в жар, и я почувствовал, что у меня стало набухать, и не мог усилием воли это остановить.

-Я здесь умираю. Я так одинока.

-У тебя же есть друзья, семья…

Как только я произнёс эти слова, я осознал, как по-дурацки они звучали. У неё никого не было. Её семья была хуже любой, мне известной. Рут подняла мою руку к своему свитеру, прижала к грудям. Они были полными; у меня закружилась голова, и я схватился за поручень. Часом ранее я взялся бы за них и поволок бы её под сосну, не беспокоясь о том, что сделал бы её беременной. Мне хотелось бы сказать, что меня удержало чувство собственного достоинства - но на самом деле, глядя на стройное тело Рут, я мысленно представил себе, как осела её грудь; увидел в Рут её мать - толстую, глупую и уродливую; увидел, как Джейкоб Скаллен злобно из-за неё выглядывает; и за мгновение она постарела лет на тридцать, и меня захлестнула волна отвращения.

"Я не прошу тебя на мне жениться, - сказала она. - Просто помочь". Я понял, что если я должен был пойти на жертву, чтобы спасти беспомощную девицу, то девица эта должна была быть по крайней мере симпатичной. "Просто помочь..." - её голос стал затихать.

"Я должен идти", - сказал я, отталкивая от себя её руку. "Рикки", - прошептала она, как будто она свисала с обрыва; как будто от малейшего движения вот-вот её пальцы соскользнут и она разобьётся о валуны. В то же мгновение ещё один слой льда разбился о камни, и она вздрогнула, съёжившись - как напуганная выстрелом собака. А потом Рут сделала вещь крайне странную. Она сунула руку в карман и извлекла оттуда карандаш плотника. И на поручне рядом с моей рукой она нарисовала две фигурки - одну большую, с рогами, хватавшую другую, поменьше. Она выжидающе смотрела на меня. "Рут, я не понимаю. Мне надо поспешить... игра".

"Я - дочь Лота", - сказала она, и её лицо скривилось, как будто она попробовала жёлчь. "Я - блудница Лота". Она поднесла мою руку к животу, и моя рука мальчика с фермы знала - хотя прежде и не касалась раздутого живота ни одной женщины - что она беременна.

"Ты сошла с ума; совсем сумасшедшая, мать твою..." - сказал я. Она была совершенно безумной; её слова не имели никакого смысла. Ну, может быть, немножко смысла имели - и мой позор удвоился, принял ещё более глубокий оттенок. Моему отцу нравились женщины, он был обаятелен. Он был похож на Кларка Гейбла и причёсывал усы сожжённой спичкой. Во мне поднялся от этой мысли протест. Она не имела никакого отношения к моему отцу. Я мог это доказать. Он редко приходил домой; а когда и бывал дома, то или я, или мама, или кто-нибудь был вокруг. Я мог это засвидетельствовать. "Ну, найди кого-то другого, кому голову морочить", - бросил я. Я уже по горло был сыт этими чокнутыми Скалленами.

Глава двенадцатая

За изгородью стояли мужчины, большинство из них ветераны, некоторые - вояки, включая моего отца. Мистер Шарбонно стоял у командной скамьи; в его крутом облике не было никаких эмоций, кроме сурового суда над игроками. Дядя Зоран стоял около школьной стены с банкой колы в руке. В "старой стране" он был звездой футбола. Моя мать работала в киоске, судачила с бабами, время от времени глядела на игру. М-Ж сидела верхом на скамье, облокотившись на мою бейсбольную перчатку, и рассматривала мою голову сбоку.

"Сядь как следует, - сказал я. - А то не очень элегантно выглядишь".

Она поменяла позу, пробормотав "придурок", и села спиной к полю, лицом к лесам, рассматривая их. Питчер по имени Ранкер был с похмелья. Команда из Апсона прибыла с нехваткой игроков, и некоторые игроки из Спирит-Фоллс были переодеты в форму Апсона. Братья Фланаганы были в поле; Майк - ловец, Патрик на второй базе, и Джимми - с которым я прошлым летом дрался - в центре. Я ждал и краем глаза следил за мистером Шарбонно. Игра-разминка на пять подач была уже на четвёртой. Я сидел на скамье. Это был мой момент - и он обходил меня стороной. "Рикки, ты меня слышал?" -

спросила М-Ж.

"Рут - в положении", - сказал я, усилием воли сдерживая нутро; я был уже готов блевать. Я должен был метнуть мяч - хоть бы только на одну подачу. Послышалось резкое, высокое чириканье - как будто какая-то озабоченная баба предупреждала нас, что дела плохо кончатся. "Мы поплатимся за это", - сказали бы они - торт упадёт, корова умрёт, вихрь пройдётся по земле, оставив за собой сломанные леса и разрушенные города. Я обшарил взглядом небо. Приземистая, короткая птичка выписывала лихие восьмёрки - сперва под ярким солнцем, а потом под плоским основанием одинокого грозового облака. Что это за чертовщина, подумал я.

- Ей придётся выйти замуж за Лайла.

"Вальдшнеп", - ответила М-Ж на мой незаданный вопрос. "Это был не Лайл".

- Ну, и папа точно не был!

М-Ж сделала паузу, всем видом давая понять, что я, похоже, тоже свихнулся. "Нет, - сказала она. - Ну, откуда ты это взял?" Из невидимой верхушки дерева рубиновоголовый королёк выдавал трель, предупреждающую о грядущей грозе; и громкость была вне всякой пропорции к птичке размером с серебряный доллар. М-Ж надела мою перчатку, ударила кулаком о карман и заглянула внутрь, как будто наклейка могла расшириться и дать ей ответ. "Это как если бы все мерзкие призраки тёти Лидии переехали сюда из старой страны, а королева фей не приехала - и нет здесь никого, кто бы заставил их вести себя как следует".

-Она сказала, что была 'Блудницей Лотта' - но она сумасшедшая. Это не был мой папа.

Подошла очередь бить Свендровскому; он стоял, усмехаясь Ранкеру и размахивая битой, которая в его руках была похожа разве что на китайскую палочку для еды. Майк Фланаган посмотрел в мою сторону, прищурился и сел на корточки. Ранкер, весь в поту и позеленевший, метнул мяч - и Свендровский отбил с треском, звучащим, как первый выстрел охотничьего сезона. Мяч полетел аж в Миннесоту, поднявшись к грозовым облакам, как будто собирался составить компанию сумасбродному вальдшнепу; завис и медленно стал возвращаться на землю. Когда поляк-гигант обегал вторую базу, сорвался в ущелье очередной пласт льда с грохотом, усиленным каменными стенами лощины. Смех прошёл по рядам зрителей, и кто-то крикнул: "Гаубица, Свендровский!" Свендровский выхватил бутылку пива у тренера третьей базы и залпом осушил её, пересекая "домашнюю", где мистер Шарбонно вёл беседу с тренером "Апсонских Шахтёров".

"Ребёнок - её отца", - сказала М-Ж.

Я посмотрел в лицо М-Ж. Эта фраза была столь расхожей... "Он - ребёнок своего отца - это уж точно", - говорили иногда бабы. "Яблоко от яблони недалеко падает... " Но фраза была столь же неверной, как если бы навинчивать метрическую гайку на американский болт... Что за мужчина был я? Мысли пролетали сквозь сознание, как летучие мыши. Я уже был готов Марину чуть ли не силой брать... Рут умоляла о помощи, а я от неё сбежал. Братья Фланаганы были в поле, и они постараются мне отомстить. Мне от моих грехов не скрыться. Я пытался переместить мысли туда, где был покой - туда, за Лотарингский Крест в Большое Поддельное болото, ставшее Большим Поддельным озером. Воды, тихие, неподвижные и тёмно-синие, как этикетка пива "Hamm's", были уже пару футов глубиной там, где когда-то была земля. Тогда странная мысль пришла мне в голову - что десять тысяч акров, плюс-минус тысяча, воды на один фут глубиной - это, наверное, много воды; и как хлынет через шлюз, который был, ну, от силы семьдесят футов шириной. Пришло на ум выражение "Эффект Вентури" из какого-то урока математики, с которым когда-то не смог справиться... Потом глаза знакомых мне людей замелькали, как чёрно-белые снимки - молящие глаза Рут; загнанные, бегающие глаза Дуэйна и глаза старика Скаллена, полные ветхозаветного гнева... Взгляд мистера Шарбонно, полный печали - и Адели, как у пойманной в капкан ласки - и Марины... полон страха... как будто я был теми самыми головорезами, спускавшимися ночью с гор... Ох, каким же я был скверным подлецом!

М-Ж всплыла из глубокого омута мыслей. "В чём дело?" Её глаза - карие, напряжённые, буравили меня, ища сюжетную линию. Вдруг её осенило - похоже было, что вот-вот себя по лбу хлопнет. "Рут всё говорила, что у Дуэйна есть ружьё", - вымолвила она.

На этот вопрос у меня был ответ. "Он застрелил медведицу, которая убила Джеба", - сказал я, наблюдая за мистером Шарбонно. "Сегодня утром". Майк Фланаган глянул на меня, заслонив солнце своим коренастым туловищем. Мои мысли вернулись к той зимней ночи, и я вновь представил себе кабину грузовика Фланагана, и тогда я понял, что это был не Фланаган за рулём. Я посмотрел на вторую базу, потом в центр поля. Каждый Фланаган, казалось, был вылит из той же формы - коренастые, приземистые, как пеньки, мужики. С трибун донёсся мужской смех. Ранкер блевал на питчерском холмике.

Губы М-Ж двигались, но я не слышал ни слова. Всё нутро заплясало. Я был испытан и признан негодным. Сложности отношений женщин и мужчин, и то, как они жили друг с другом, были мне недоступны. На себя ещё можно найти управу. То есть, даже необходимо. А если над этим достаточно поработать, то можно и бейсбольным мячом научиться управлять. Мистер Шарбонно и Апсонский тренер посмотрели на меня. Тот или другой кивнул мне - мол, мой черёд метать. Ну, уж это я сделаю как следует. Это должно получиться.

Дуэйн сидел на унитазе в подвале и смотрел на дом

сквозь заросли орешника. Рикки не последовал за Мариной в дом. Он поимел её в сарае. Дуэйн следил за движением Марины, глядя на отражение в окне красной косынки, завязанной на затылке, как у молодой женщины, а не под подбородком, как у старухи. Отражение прошло от плиты к столу и обратно. Обрывки её песни доносились до ушей Дуэйна. Она была счастлива. Ярость вскипела у него в глотке. Ну, потаскуха... Белайл, должно быть, влезал на неё, как кот... Но потом ярость утихла. Может быть, и нет. Может быть, она была добродетельна. Он пощупал пальцами пустой карман. У него больше не было пуль.

Он в неё уже всадил одну. Ему нужно было больше пуль. У Алека были обоймы в стойке для ружей. Он мог бы пойти и сказать Марине, что ему нужны пули. Он глянул вниз на свою одежду. Грязь на комбинезоне засохла, но сапоги оставались промокшими, пальцы ног хлюпали в воде, носки сбились на подъёмах ног. Он прикинул, не снять ли их - но Марину тогда ещё от болотной вони, глядишь, стошнит. Ему нужна была одежда, носки. Она, может быть, предложит ему кофе и, возможно, угостит яблочным пирогом – сладким, сахарным... "Приготовила ли кофе?" Дуэйн представил, как Рикки смотрел в глаза девушкам, глядя на своё отражение в воде, налитой в обожжённую банку из-под кофе; гладкая поверхность рябилась от извивающихся личинок комаров. Белайл девушек не пугает. Почему же? Дуэйн встал ещё раз - у него все внутренности заклокотали - и снова сел.

Грузовик спускался по грунтовой дороге медленно, как если бы водитель охотился с дороги на куропаток. Дуэйн поднял ружьё, навёл мушку на грязное ветровое стекло, нацелив её повыше баранки, в грудь своего старика. Дуэйн почувствовал, как будто чья-то рука протянулась сквозь сиденье унитаза, чтобы схватить его за интимные части тела, которые начали вырастать и неприятно тереться о комбинезон. Он нажал на спусковой крючок и почувствовал щелчок пустого затвора. В этот момент всё стало ясным, как один плюс один. Эрзац-пуля проделала свой полёт к проезжающему грузовику, и Дуэйн увидел, как вдребезги разбивается стекло, как грузовик сваливается в кювет и взрывается. Это было хорошо. Разнести голову старику, и тогда он сможет иметь ди-пи. Она добродетельна и будет печь ему сладкие яблочные пироги. Он хотел бы иметь жену, милую в глазах Господа. Он больше тогда не будет трогать Рут.

Желудок Дуэйна провалился, как будто он спускался на чёртовом колесе на ярмарке. Грузовик прошёл дорогу, затем остановился. Алек сидел на тракторе "Молин" и разговаривал с его стариком. Ну, и в переплёт он влип, подумал Дуэйн. Ему аж плакать захотелось. Старик его до чёртиков отдубасит... Ну, нет, он не позволит ему, чёрт побери. Дуэйн сжал ружьё и глянул на курятник - и увидел, как промелькнула красная косынка. Всё, что ему было нужно, было внутри этой постройки. Он встал. Он решил, что своё возьмёт.

Дуэйн посмотрел на дорогу, глядя украдкой поверх фундамента, опасаясь, что старик учует его местоположение. Он видел, как Алек пожал плечами, затем покачал головой. Нет, он не знал, где был Дуэйн. Как же это было возможно? Алек ведь прекрасно знал, что на самом деле произошло. Неужели Алек за него врал? Алек не умел врать. Он мог не рассказывать, но лгать никак не мог. Разве Алек не был его другом?

Грузовик двинулся дальше. Алек подъезжал по проезду, окутанный облаком пыли и выхлопных газов - как Архангел Гавриил на своей небесной колеснице. Из дверей выбежала Марина - прямиком в объятья Алека. Дуэйн присел пониже.

Немая земля была картиной, в которой я стоял в центре,

на холмике питчера, в центре бейсбольной площадки, к югу от озера Верхнее, к северу от города, в середине мира. Мои броски были быстрыми - мужики, сидевшие на трибунах, стали обращать внимание - даже от пива отвлекались. Это не было к лучшему. Джонни Фланаган, с телосложением, как бетонная сточная канава, и вдвое крепче, подошёл ко мне. Я сошёл с холмика. Я сделал пять бросков. Джим Бессер стоял на первой базе. Я его "прокатил". Свендровский сидел в грязи, глядя на меня, постукивая битой по земле. Мои мячи летели, куда им заблагорассудится. Я возвышался над Фланаганом, как белая сосна над лесорубом, держащим топор. "Ты украл мой грузовик грёбаный, гад малый?" Его вопрос имел меньше смысла, чем щебетание обезумевшего вальдшнепа, пролетавшего над нами.

"Да нет же, Джонни, чёрт побери. Я на тракторе приехал". Я махнул перчаткой в сторону реки. "На том берегу реки - там твой грузовик, по ту сторону сортира".

"Да не сегодня, придурок, а прошлой зимой, у Будро." Он пристально глазел на меня, ударяя меня в грудь рукавицей, кажущейся слишком тесной для его лапищи; как бы ища на моём лице знак, который выдал бы моё воровство.

- А, это. . . Клянусь богом, Джонни, я этого не делал. Я был в лесу, когда ты и твои братья, или кто-то там ещё, пришли искать меня.

"Эй, давайте, пошевеливайтесь, - крикнул судья, поднося к губам пиво. - Гроза идёт".

Фланаган отмахнулся от него тыльной стороной перчатки ловца. "Ну, хамло, я если узнаю, что это был ты - надеру тебе жопу так, что аж..." Он сплюнул в грязь. "Ну, а теперь, дерьмо безмозглое, целься мне в рукавицу, чёрт тебя возьми. И швыряй, что есть силы". Он развернулся на каблуках и пошёл прочь.

"Эй", - крикнул я ему вслед. Он повернулся. "Я не знаю, кто его забирал".

Его лицо по форме и содержанию напоминало разъярённого бульдога. "Швыряй, мудак, а то я тя так... "

Пока Фланаган шагал к настилу, я в мыслях воротился в ту тёмную ночь, заглянул в кабину грузовика Фланагана и в мерцающем свете фермерской спички увидел... Дуэйна? В голове пронеслись образы - медведь и пёс, сумасшедший бык, окровавленный котёнок - на фоне бейсбольного поля, трибун и вязов... Всё это было полной бессмыслицей.

Лицо отца появилось среди мужиков; он наблюдал за действием, его лицо с орлиным носом было сурово, непроницаемо. Мистер Шарбонно приподнял бровь, как бы говоря: "Тебе решать". Папа вынул банкноту в двадцать долларов – деньги, которые нам следовало бы сберечь. Купюры пошли по рукам ветеранов. Я посмотрел на мяч в моей руке, подбросил его, чтоб проверить вес - но вес не чувствовался. И не чувствовал я ни моих сухожилий, ни костей. Свендровский встал. Фланаган присел на корточки. Судья наклонился. М-Ж стояла позади проволочной сетки. Грозовое облако прошло по солнцу, затемняя землю, сокращая мир до размеров бейсбольного поля, затем до части поля, а затем лишь до девяностофутовой линии между моей подружкой и Фланаганом и мной. Моя рука была как резиновая. М-Ж постукивала по столбикам, между которыми была натянута сетка. Мой отец исчез, равно как и мистер Шарбонно; так же, как Джим Бессер и Свендровский. Я не заметил потемнения воздуха. Я не увидел, как Рут Скаллен появилась на опушке леса, неуверенная, пугливая, как лань; и не заметил женщину, которая выглядела точно как Рут - только измождённой и суровой, пересекавшую школьный двор, ведя за руку ребёнка. Я видел только квадратик цели, висевший над рукавицей Фланагана, и мир затих и замер.

Кажущаяся знакомой женщина, ведущая ребёнка за руку,

подошла к столу, где женщины подавали еду. "Твой мальчик хочет мороженого?" - спросила мать.

- Думаю, что да, мэм.

Женщина терпела внимание, сосредоточенное на ней, как будто его ожидала.

- А мне - чашку кофе.

Мать налила ей кофе и, протягивая чашку, сказала:

- Голову даю на отсечение, что ты, девочка, из Скалленов.

Шлепок бейсбольного мяча о рукавицу как бы поставил точку на этом предложении. Гул мужских голосов сливался с отдалёнными раскатами грома.

- Когда-то была.

Мать разглядела левую руку молодой женщины, не увидев ни кольца, ни следа от кольца; заметила её Индианский выговор и увидела, что она была чистой и ухоженной - коричневая юбка по голень, каштановые волосы, аккуратно зачёсанные, завивались на плечах. Мать посмотрела на мальчика, который пристально разглядывал ванильное мороженое в её руке. "Они никогда не говорили о тебе. Ты что, из дома сбежала?"

Женщина, выглядевшая, как более стойкая версия Рут, глубоко вздохнула. Мать выбивала из пачки сигарету.

"Ну, какое же вам до этого дело?" А потом, когда мать предложила ей сигарету, ответила с полуулыбкой: "Я полагаю. . . это они, скорее, сбежали".

—Как тебя, говоришь, звать?

—Вы думаете, Рут будет здесь?

«Думаю, что да, - мать покачала головой. - Я надеюсь". Женщина поднесла кофе к губам, отпила и отвела взгляд. Мать коснулась её запястья. "Ну, милая, значит как, говоришь, зовут?"

"Моаб". Улыбка женщины была горькой. "Моаб имя мальчика".

—Он внук Джейкоба?

—Можно так сказать.

—Я так и думала. Ведь ребёнок, бесспорно, выглядит вполне, как Скаллен.

—Я-то, собственно, поэтому и здесь. Тут девушка по имени Мари-Жанна есть поблизости?

Моя мать была женщиной, не терпящей тайн и отговорок, и была уже готова быстро разобраться с этой ерундой - как тут вперевалку подвалила миссис Гроссхаген. "Берта, фасоль кончается. Думаешь, ещё есть будут, когда твой мальчик закончит? Мужики о нём толкуют. Он так за зиму вырос, правда?" А когда мать повернулась обратно, девушка из Скалленов уже вела своего сына к качелям.

"Хорошая рука, парень", - сказал Свендровский. Вспышка молнии ясно выделилась, как безлистый вяз, на фоне кипящей чёрной стены облаков, и оставила отпечаток на моей сетчатке. "В следующий раз у меня внутри не будет шести банок пива, и я тебе аж в соседнее графство забью".

Гром прогрохотал над нами. "Брехня", - сказал Джонни Фланаган, теперь беря на себя заслугу за разработку игроков. Мужчины стояли вокруг крана пива, снова наполняя и осушая кружки. "Двадцать лет назад он тебя всё равно за четыре попытки обвалял бы. Видел, как я его заставил Бессера обделать? А потом я ему сказал, чтоб тебя к чертям отправить с первой же подачи".

"Ну, позади него ж гроза шла... Я тот мяч из-за молнии едва разглядеть сумел", - сказал Свендровский, посмеиваясь и опрокидывая остаток кружки пива. Они говорили обо мне.

"Сосредоточение, парень". Фланаган ткнул мне в грудь указательным пальцем.

"Так точно, сэр", - сказал я. Отец засунул двадцатку в палец моей перчатки. "Я не могу брать деньги за игру, папа".

"Это тебе за то, что камни добывал", - усмехнулся он. Это у нас так делалось. Деревенские мужики знали, как справиться с медленным и трудным переходом из любителей в профессионалы.

М-Ж протолкнулась сквозь толпу; мужчины двигались в сторону без внимания к её прикосновению, как будто ребёнок толкал их - и моя подруга предстала передо мной. "Мама твоя приказала тебе переодеваться для конфирмации". Она бросила нервный взгляд в сторону лощины.

"Эй, - сказал я. - Спасибо". Я посмотрел на неё ещё раз; и ещё. Её платье было белым, свисало до пят, как и положено; поднималось выше спереди и было как бы полупрозрачным - но не на самом деле. Вырез был глубоким, но прикрытым платком. "Ты славно выглядишь", - сказал я.

Джимми и Пат Фланаганы смерили её взглядом с ног до головы и обратно, задержав взор на груди; и я увидел М-Ж глазами Фланаганов. Чувство защиты вспыхнуло у меня в голове, и я увидел её заново, глазами молодых парней. Она выглядела хорошо. Мистер Шарбонно коснулся её головы мягко, нежно, как священник, дарующий благословение, с властью короля приказывая молодым парням ступать прочь.

"Тебе нравится?" - спросила М-Ж подозрительно - ведь я мог бы и дразнить.

"Туфли тоже хорошие", - сказал я.

Она покраснела, шаркнула своими чёрными кедами, которые носила, чтоб не затереть свои туфли из лакированной кожи. Она подняла кулак, чтобы ударить меня в грудь - как вдруг донёсся крик - долгий, затяжной, как пойманного в ловушку кролика - и прошёлся по лесу эхом.

Ребята затихли и подняли головы. "Это ещё что такое, мать твою...?" - вымолвил Джимми Фланаган.

"Следи-ка за языком, - сказал я. - Это - лёд, позади

плотины". Как раз в этот момент мистер Скаллен завёл свой пикап в школьный двор и остановился. М-Ж придвинулась к моему боку, положив руку мне на локоть – то ли повиснув, то ли прячась. Я увидел, как мать махнула Джейкобу. "Рут здесь", - сказал я М-Ж, хотя и не узнавал ребёнка, находящегося рядом с ней - но когда та вызывающе выпрямилась, увидев грузовик, то понял, что это была не Рут. Старик Скаллен подал назад, буксуя и выбрасывая из-под колёс гравий, и умотал. "Довольно высокая вода", - сказал я.

Джимми возразил бы против моего упрёка, но мистер Шарбонно посмотрел на меня и сказал: "Что ты имеешь в виду, 'довольно высокая'?"

-Утром выглядело на все три фута...

Я пошевелил рукой в перчатке у бедра, показывая приблизительную глубину. "Из-за ледяной пробки за ущельем, наверное".

"Три фута?" - повторил отец. Парни перестали говорить о бейсболе.

"Уже приближается к задней лужайке, папа", - сказала М-Ж. Мистер Шарбонно задумчиво посмотрел на неё.

"Просто лёд, - сказал я. - Выше плотины бобров".

Мистер Шарбонно положил руку на плече отца, говоря с ним - но другие прислушивались.

- Три фута пройдёт - будет, как из водомёта. Я видел такое однажды в Колорадо, на шахте в Теллуриде.

Наши отцы повернулись, чтобы посмотреть вниз по течению.

-Постройки близ реки смести может.

"Если попадёт на то место, где выходит порода, - сказал отец, - воду, может быть, отведёт на восток". Отец обычно размышлял вслух. "Не очень много потерь будет. Кто-то должен проверить голландца. Его может затопить на острове".

"Эй, вы! Фланаганы!" Голос отца командовал, как

бы поверх шума битвы. "Идите, людей предупредите, чтоб из домов уходили - по крайней мере, до комбикормового завода".

Джонни Фланаган кивнул, ударил Патрика, который всё ещё засматривался на М-Ж, по плечу - и вся троица направилась к своей машине.

"Оно пойдёт по пойме. До школы не должно дойти... А вот бар Будро, однако, может снести", - сказал мистер Шарбонно. Очередной длинный раскат грома докатился до нас. Всклокоченные чёрные тучи скрыли солнце. Во мне росло осознание чего-то, как покалывание в воздухе перед ударом молнии. Я повернулся к М-Ж. Наша пушнинная хижинка пропадёт! Но её уже и след простыл.

Отец и мистер Шарбонно продолжали давать поручения, и парни один за другим отходили. "Где же Рик, чёрт возьми?" - спросил отец.

Один из стариков махнул в сторону болота.

- Пошёл Грота предупреждать... наверное.

Я бежал, спотыкаясь и скользя, вниз по почти отвесной тропинке на школьной стороне ложбины, ловя камни, вдавливая каблуки в грязь, отталкиваясь от деревьев. Молния освещала лес и небо, как будто целая армада вела по мне обстрел. Гром, осязаемый, как побои, эхом катился по ущелью. Верхушки сосен тряслись, как головы безумных женщин. На мосту я остановился, как вкопанный. Вода поднялась за фут до брёвен, которые когда-то были закреплены на восемнадцать футов над руслом реки. Подплыла льдина, зацепила бревно снизу; приподняла, а потом сбросила обратно на место, и поплыла дальше. У меня внутри стало муторно. Плотину пробило! Я почувствовал себя так, как, должно быть, чувствуют себя созерцающие побитое бурей поле, или горящий амбар, или полстада скота, убитое молнией.

Я всмотрелся в пропасть, скрытую во мраке вихрящейся дымки и бурлящей воды. Льдина прошла поверх плотины, зависла, и со стоном сорвалась и рухнула на скалы, прорвав брешь; осколки льда гремели об мост, как шрапнель. Но вторая льдина закрыла собой брешь. Отчаяние сменилось на восторг. Я, может, ещё смогу спасти наши меха и получить почести... Я глянул вниз в недоумении. Объём воды, казалось, был гораздо больше, чем от воды, текущей сверху. Вода бурлила, как будто змеи - живые, чёрные и массивные - корчились под ней, пытаясь бежать из простора Поддельного болота. Воды били ключом снизу; плотина была съедаемой сверху и снизу, как снежные плотинки, которые мы строили в канавах за школой. Ударил порыв ветра; волна достигла вершины дамбы. Упавшие деревья, сдерживающие лёд, стонали от напряжения. Было мало времени. Я ступил на мост, как канатоходец на шатаемый ветром канат. Чёрная вода, казалось, водоворотом кружилась у меня в желудке. Я бросился бежать, несясь по противоположной стене, где ветер выл сквозь деревья, угрожая их выкорчевать - и достиг железной тверди трактора. Мои кишки улеглись. Никто не видел моей храбрости.

Я оглянулся и увидел, как вторая волна прорвалась сверху. Я был мужчиной. Я расправил грудь к северному ветру, как бы пытаясь заставить его расступиться. Я хотел проклинать ветер, но вместо этого крикнул себе "хватит!". Времени попросту не оставалось...

Я взобрался на трактор, но решил ещё раз оглянуться в ту сторону, откуда пришёл; часть меня хотела увидеть наводнение, какого не видели десять тысяч лет; чтобы увидеть, через что я прошёл, чтобы знать, что я в одиночку смотрел в лицо стихии - как другие мужчины смотрели в лицо врагу в бою. Я услышал - или вообразил - голос, увидел вспышку белого, и - М-Ж стояла посредине моста, как будто шла по воде, как Иисус во время бури на Галилейском море.

"Рикки, погоди!" - крикнула она, и повернулась, как

бы пытаясь вернуться туда, откуда пришла - но лишь продолжала стоять на том же месте. "Вернись!" - крикнул я и выпустил вереницу проклятий, ранее сдерживаемых, но ветер оборвал их. Толчок паводковых вод поднял бревно, М-Ж согнула колени, чтобы удержать равновесие, и бревно опустилось обратно. "Чёрт бы тебя побрал; чёрт, чёрт, чёрт тебя побери, ух, упрямая...!" Я вернулся к мосту и запрыгнул на него, подпрыгивающего и шатающегося туда-сюда. Чертыхаясь с каждым стуком сапог, я поймал её рукой под талию; поднял, как мешок молотого овса, чтобы нести её обратно на мой берег. Она извивалась, как норка, ругалась, брызгая слюной - а как только я поставил её на ноги, понеслась обратно к мосту. Я поймал её за воротник платья, сбив её с ног и оборвав платье. Она вскочила на ноги, пытаясь меня пнуть, в то время как старалась прикрыться... и мы замерли. Протяжный, низкий крик - как будто руку сильного человека раздавило в медленных шестернях лесопильного станка - поднялся по стенам лощины. Мы увидели, словно в замедленной съёмке, как обрушилась плотина, и вода захлестнула мост. Теперь было понятно, почему М-Ж была в истерике - на мосту стояла Рут. Вспышка молнии озарила её, и было видно, что вода была ей по щиколотку. А при следующей вспышке её уже не было.

"Ох, придурок!" - сказал я себе, М-Ж, Рут - не знаю, кому. Шум воды, ветра и грома был непрерывным. Молния нападала на землю, создавая на мгновение существ из облаков, деревьев и болотной травы, прежде чем мир возвращался в темноту.

- Рут сбегала из дома!

- Ну, что ты за дура! Её старик бы её прибил.

Дождь трепал нас. Кристаллики льда кололи кожу. Температура резко падала. К утру земля будет покрыта льдом.

"Он убил..." Гром прервал её слова. "Тебя, Рикки,

тебя". Слова пробивались сквозь слёзы. "Меня... Я..."

- Прекрати! Говори толково хоть минуту!

"Я думаю... - М-Ж начала снова, выговаривая слова, как будто давая им определение, - она покончила с собой".

Кто кого убил? Шум ревел в ушах, в мозгу. Мир потерял всякий смысл.

"Она..." - начала М-Ж и остановилась, пытаясь перекрыть шум. "Её отец с ней..." И её пробил озноб; она затряслась, как терьер, трясущий скунса, и я поймал её в свои объятия. "Мне холодно, Рикки, так холодно".

Я открыл куртку, прижал её мокрое тело к своему, окутав её объятиями. В мерцающем свете молнии, болотные травы, сдутые ветром, шагали на нас, как войско. Деревья низко кланялись. Земля дрожала в адском свете, рожая духов, которые поднимались к небесам. Я держал её крепче. "Мы должны выбраться отсюда. Берег реки может обвалиться, - сказал я, как если бы во мне не рос страх. - Тогда замёрзнем до смерти".

М-Ж продолжала лепетать. "Дочь Лота. Лот познал дочерей его. Я должна была осознать. Она же практически кричала мне об этом. Я оплошала сильно, правда, Рикки?"

- М-Ж, ты хорошая девочка.

Я должен был заставить нас двигаться.

- Ты думаешь, Рикки? Ты взаправду так думаешь?

- Я твёрдо знаю. Если мы не станем двигаться, мы мертвецы.

«Я должна им рассказать». От холода она несла бессмыслицу. "Я обязана рассказать".

- Пойдём-ка. Если мы не дойдём до тепла, о нас будут истории рассказывать.

М-Ж вздрогнула, забилась поглубже в мои объятья - как если бы я был тёплой постелью, в которую проник сквозняк.

- Согрей меня, Рикки, согрей меня. Когда мы

вернёмся домой, я расскажу нашу историю. Ты знаешь, Рикки, я не уверена в том, что такое любовь, но я люблю тебя. Если мы умрём, я буду сожалеть, что с тобой не спала.

"Ну, как же, мы ведь спали вместе, - сказал я, - много раз". Холод заставлял её молоть глупости.

-А это разве считается? Мы же тогда были детьми.

-А сейчас - нет? Давай мы разберёмся с этим, когда до дома доберёмся. По крайней мере, мы на правильном берегу реки.

Я наклонился, чтобы нажать на кнопку стартёра трактора.

-Я разожгу в печке огонь. Люди вернутся после потопа.

"Любишь ли ты меня, Рикки?" Как же она быстро сходила с ума, господи помилуй... Молния ударила в Лотарингский Крест, расщепив его, и это выглядело, как роды ужасного упыря, который отошёл от дерева, подняв посох к небу, как пророк. Я сжал челюсти, чтобы сдержать крик, чтобы окончательно проснуться от кошмара. Вурдалак сделал поклон, задрожал, как будто был наполнен праведным гневом; потом дико завыл и направил посох на меня, как будто собирался бросать молнии мне прямо в сердце. Мне надо было объяснить ему, оправдать мои грехи, сказать, что раскаиваюсь, что стану лучше; но слова не шли к губам, а рассказ застрял в горле. Треск, стук, вой... Второй удар молнии прошипел в воздухе, взрывая древнее дерево, рассыпая доски и щепки - и дерево рухнуло, как в замедленном движении.

Мы лежали, запутанные, на земле, опершись о колесо трактора. Она ударяла меня по лицу правой рукой, а левая рука болталась. "Пожалуйста, не будь мёртвым!" Моя голова, казалось, раскололась на две. Пламя мерцало в останках древней сосны. У её основания лежал упырь, корчась в спазмах.

"Я в порядке", - сказал я. В голове билась кровь.

"Перестань меня бить". Порывистый ветер разжигал пламя в пне нашей древней сосны, извергая искры; то освещая, то затемняя поляну.

Мы распутались. Я снял рубашку, попытался напялить её на М-Ж, но она застонала "нет", и я обернул рубаху вокруг неё, застегнув, как мог. Ветер усиливался и слабел, с воем, стоном, извергая искры порывами. Поляна то становилась ярче, то темнее; деревья качали ветвями, как будто были в ярости, как если бы сам бог стремился изгнать нас из райского сада.

Я смотрел на привидение, как росли его конечности, тянулись к нам; как оно падало на землю, меняло облик, становясь то знакомым, то призрачным. Призрак манил меня. Всего час назад я был допущен в круг мужчин. А теперь бог осознал свою ошибку.

Шум, молнии, гром, ветер, холод обступали нас, пока не остались только я и Мари-Жанна, и меня не хватало, чтобы покрыть её, чтобы согреть её. Я терял её. Вой духов стирал тонкий кокон тепла, в который я её завернул.

Мы будем как те, что замерзают в нашей пустоши - с открытыми глазами, стоя на коленях на мёрзлой земле, лишь в ста метрах от спасения. Какой позор! Я увидел, как Адель смотрит на мистера Шарбонно. "Ты доверял ему... и наш ребёнок мёртв!" Я увидел, как бабушка, со сжатыми губами, смотрит на мать. "Он даже чистой рубашки не носил!"

Я сунул руку в ящичек для инструментов трактора, схватил гаечный ключ и, ползя на коленях, как кающийся грешник - боясь, так боясь! - подполз к тому, что манило из-под земли. Казалось, пума когтями рвёт мне кишки, хищник вонзает стальные когти в спину...

Оно протянуло руки ко мне. Вспыхнул свет. Бог мне свидетель - руки тянулись, как бы пытаясь проскользнуть вокруг меня, ища М-Ж - и я набросился на чудовище, нанося удары снова и снова...

"Надень вот это", - сказал я.

- Рикки, боже мой, это же куртка Алека.

Я обернул куртку вокруг неё, кутая её шерстью и запахом горелой плоти. "Это был Дуэйн, - сказал я. - Он мёртв".

"Почему же она на нём была надета? Он сделал... Алеку больно? " Я не мог себе представить, почему куртка была на Дуэйне. "Почему Скаллены такие ненормальные?" - спросила М-Ж. Я не знал ответа на этот вопрос. Может, они вышли из преисподней? "Ой, Мария-богоматерь, как больно!" - простонала она.

Я бросил немигающий взгляд в нечистую темень. Мы должны были дойти до тепла - быстро. "Давай, повисни у меня на шее", - сказал я. Моей приятельнице, моей подружке было холодно, так холодно... Я взялся за обод колеса трактора и поднял нас обоих с земли.

Я нажал на стартёр. Двигатель проворачивался снова и снова. Неужели я отключил бензин на баке? Я сунул руку вниз. Отстойник был полон битого стекла и искорёженного металла, отбитый, сбитый, разбитый... Бензин лился сквозь пальцы на землю.

Что дальше? В какую сторону? Оставаться означало умереть. Наша пушнинная лачужка была либо смыта, либо нет. До дома было далеко, мимо фермы Скалленов, одержимой бесами, тёмной, как первобытная грязь, населённой тем, у кого были неморгающие глаза... Я чувствовал, как будто осколки льда пронзили сердце; как из кишок поднимался раскалывающий ночь вой - как рёв льва, внезапно ставшего одиноким.

"Голландец вон там", - сказала М-Ж далёким голосом. Она повернула мою голову здоровой рукой на север, в сторону полной черноты Поддельного болота. Пересохшими губами она поцеловала меня под глазом. "Мы друзья, правда, Рикки?" И её голос приблизился.

"Да, великий друг. Чуть тебя не убил дважды за

пятнадцать минут", - сказал я. Если я её скоро не доведу до тепла, то на третий раз уж точно получится. Я снова посмотрел туда, куда она повернула мою голову. Я увидел, как мигает огонёк, как искра на влажном труте - то яркий, тёплый, как дровяная печь с варящимся кофе; то скрытый, холодный, как одинокая смерть.

Дождь и снег начали тушить пожар в дереве. "Если мы будем следовать... оставаться на старой береговой линии мы, может быть, не провалимся, - сказала М-Ж, - уровень воды сейчас, наверное, низкий". Нашим маяком был мерцающий керосиновый фонарь Грота Ван Эрта, висевший на стене его сарая. Моим компасом была эта лёгкая провидица, околевавшая у меня на руках. Я вытолкнул стыд и призраков из сознания. Я разберусь с моими грехами, когда доведу М-Ж до тепла. Тогда будет время на искупление - когда перейду долину смертной тени.

Снег кружился у дверей сарая, закрытых на крючок. Мои пальцы были несгибающимися, как металлические стержни. Крючок сопротивлялся – но, наконец, открылся. Чёрная кровь стекала по моим пальцам. Дверь распахнулась, и ветер втолкнул нас внутрь. Я положил М-Ж на солому, и освобождённое от ноши тело пронзила судорога. Нам нужно было тепло. Я понятия не имел, где оно могло находиться в вихрящейся мгле. Я просто не мог вспомнить. "М-Ж", - прохрипел я.

Сквозь завывание ветра, я не мог ни услышать, ни почувствовать её дыхание. Её ноги были покрыты слежавшимся снегом, но то место, где я её за бёдра нёс, было тёплым. Я наклонился к ней, приложил губы к её горлу; но они были настолько замёрзшими, что я ничего не чувствовал. Наконец, я языком нащупал пульс. Я снял со стены фонарь и на мгновение прикинул, не бросить ли его на солому - чтобы жар горящего сарая смог нас спасти. По доске стукнуло тяжёлое копыто. Я поднял голову. Фонарь бросал тёмные тени на громадные груди двух бельгийских тяжеловозов Грота. М-Ж пошевелила головой. "Проснись, проснись", - уговаривал я. Я шлёпал её по лицу руками такими холодными, что как будто бил ломом. Её веки затрепетали, открылись, но глаза оставались невидящими.

"Шок, шок, что делать, когда шок?" - подумал я бестолково, спрашивая лошадей, которые смотрели на меня мудрыми, но бесстрастными глазами; на чьи широкие спины мы, когда были детьми, прыгали с веток, чтобы на них спать. Я стащил попону с одного из животных, а затем наклонился, чтобы расшнуровать кроссовки М-Ж, облепленные льдом. Мои пальцы оставались негнущимися, и я открыл ножик зубами и разрезал шнурки снизу лезвием. Обувь раскрылась, как капустные листья, и я стянул её, а потом и носки. Я прижал её обледеневшие ноги к своему животу - и отпрянул, закашлявшись, вдохнув сопли, сплёвывая слизь в сточную канаву. Я стащил с неё куртку, срезал оставшуюся часть платья. Из последних сил, которых у меня почти не оставалось, я поднял её обнажённое тело на широкую и безропотную лошадиную спину и набросил попону на них обоих.

Теперь мне придётся ответить за моё преступление. В моём сознании, отупевшем от холода и усталости, оно казалось большим, нежели можно было исправить исповедью. Простительные грехи священник ещё мог отпустить; мои же были смертными. Ветер сотрясал сарай, скрипя старыми досками. Там, на дожде и ветру, я буду прощён. Я нашарил на попоне ремешок, чтобы убедиться, что он оставался пристёгнутым. Покрывало было брезентовым. Это не будет держать тепло. С отпущением грехов придётся повременить. Я снял свою одежду, забрался на забор стойла, чтобы оседлать лошадь и лёг поверх М-Ж. Я натянул покрывало на нас обоих, и впал в прерывистый сон, перемежаемый странными сновидениями.

Я проснулся от звука воды, быстро капающей с карниза; голосов за дверями. "Давайте проверим сарай", - сказал один из голосов.

-Эй, проснись! Они нашли нас!

Дыхание М-Ж было резким, лоб горел, щёки были ярко-красными.

-Ну, Мари-Жанна, проснись же!

Я прикоснулся к её горлу и почувствовал быстрый пульс. Дверь распахнулась, и солнечный свет, яркий от снега, залил сарай; тёплый, влажный воздух зашёл вместе с людьми. Чья-то рука потянулась за одеялом, и лошадь отступила в сторону. "Отвали", - сказал я и замахнулся, чтобы отразить эту руку, придерживая при этом М-Ж, чтоб не скатилась. Но промахнулся - и одеяло стянули. Я руками прикрыл её наготу.

Послышался непристойный хохот парней. "Вот чёрт, Белайл залез на ту тёлку!" Засохшая кровь забрызгала тело М-Ж, кровавые отпечатки рук были на плечах, бёдрах, талии. Её тело, казалось, было одним сплошным синяком.

Снаружи послышался звук двигателя машины, с трудом тащившейся ко двору голландца - а потом пронзительный женский голос: "Она жива?" Я услышал приглушённый голос мистера Шарбонно, успокаивающего истеричную Адель.

-Что он с ней сделал?!

Глава тринадцатая

Железнодорожная станция была построена в более зажиточную эпоху. В центре потолка была мраморная мозаика, изображающая большегрудую, плодовитую женщину со снопом пшеницы в одной руке и ребёнком, прижатым к полной груди, в другой; обрамлённая картинами из жизни лесорубов, шахтёров и фермеров. Стены были покрыты фресками французских первопроходцев, глядящих вдаль; скандинавских иммигрантов, с надеждой стоящих на берегах озёр; индейцев, подписывающих договоры с американскими солдатами. Кленовые пассажирские скамейки были теперь почерневшими и стёртыми; местами виднелись чьи-то вырезанные инициалы. Пол был мокрым и грязным. Я сидел на скамье, облокотившись на колени, с коричневой сумкой между ногами. На мне были синие джинсы и джинсовая рубашка, а поверх них - куртка в красно-чёрную клеточку - мундир южного берега Верхнего Озера.

Солнце пробилось сквозь пасмурное небо и осветило грязный снег и клочки коричневой травы. Стая малиновок - особей где-то в двадцать - пролетела над переездом и приземлилась между рельсами, клюя песок и зимний щебень. Я глубоко вздохнул и переставил местами бейсбольную перчатку и новые "утки". Стая взлетела. Шлагбаум зазвенел и опустился. Я бросил огрызок яблока в сторону высокого, стального мусорного бака, футах в двадцати от меня - и попал. Стук яблока о сталь затерялся в грохоте прибывающего поезда; станция потемнела - легковые автомобили заградили тусклый цвет солнца. Я несколько раз рубанул себя по бедру, как каратист. Потом порылся в коричневой сумке и извлёк бейсбольный мяч; обхватил его пальцами по швам, разглядывая Лотарингские кресты в резных половицах.

-Эй ты, молодой человек. Не знаю ли тебя?

Ноги были маленькими и обтянутыми нейлоном, туфли на высоких каблуках – стильными - и никак не подходящие этому северному миру. Я поднял голову. Она была одета в твидовый дорожный костюм и белую блузку с оборками. "Вы постриглись", - сказал я. Она рассмеялась и коснулась рукой по-мальчишески короткой стрижки.

-Ты заметил. Меня зовут Хейли. . . Хейли Барбер. Разве я не беседовала с твоей подругой, в Хёрли, на станции - как её звали - Д-Ж, Е-Ж...?

Я посмотрел на журнальную стойку, где лежал старый выпуск журнала "Life" с двойным портретом президента Эйзенхауэра и губернатора Стивенсона. "Мари-Жанна... М-Ж".

-Да, да, канадка... Француженка... ну, просто милашка! А как у тебя с ней теперь дела? Она ведь тебя считала - ну, самым-самым... Она здесь?

Хейли оглядела опустевшее здание станции.

-Хотела бы я ещё раз сесть и хорошенько побеседовать с ней.

Она отодвинула в сторону мою бейсбольную оснастку и села рядом. Её акцент становится всё более южным - из Кентукки, может быть?

-Ну, что у тебя за грустный такой взгляд? Ты выглядишь, как будто твоего любимого пса задавили.

Роберт Таунсенд

Неужели ты такой глупец, чтобы порвать с этой милой девочкой?

Хейли хихикнула, прикрыла рот рукой; её накрашенное лицо приняло выражение девушки, удивляющейся глупости младших братьев и мужчин постарше.

"Ну, значит, Рикки - тебя ведь зовут Рикки, если правильно припомнила?" Она похлопала меня по плечу. "Куда едешь с таким модным багажом, и всё такое прочее?"

"На юг, - я глубоко вздохнул, - я думаю".

- На юг, говоришь? Ну, милый, так отсюда же весь мир - на юг... Куда на юг? В Эшленд? В Чикаго? На Кубу? Есть ли шанс, что ты умеешь говорить предложениями длиной больше, чем в одно слово? А улыбаться умеешь? Чем же ты собираешься там, на юге, заниматься?

-Бейсболом.

-Ну, вот и видна на твоём лице улыбочка... или, по крайней мере, попытка... А ты хороший бейсболист?

Я пожал плечами. "Бросать умею быстро. Закручивать тоже".

-Ну, а нынче разве не всякий это умеет? У меня есть дядя, который тренирует бейсбольную команду в Мейконе, штат Джорджия.

-Оттуда семья моего отца родом. Из района границы Джорджии и Флориды.

-Да, вот Мейкон как раз там.

Хейли вынула пачку ментоловых сигарет из сумочки, сняла целлофан со спичечного коробка, вынула сигарету и протянула мне спички. Я чиркнул; спичка загорелась, и я поднёс её к сигарете. Я вернул коробок, но она оттолкнула его обратно.

-Видишь, на спичках адрес бара? Когда приедешь, заходи туда и попроси позвать Дошу Криппса. Он тренирует мейконскую команду - не помню, как она называется.

Хейли замолкла, размышляя. "Когда будешь там, скажи дяде Доше, что я работаю секретаршей в "Consolidated Mining". Понял?" Она замолчала, глядя мне прямо в глаза. "Я заработаю, а потом вернусь. Это работа хорошая".

"Я об этом ему скажу, - сказал я. - Отец М-Ж там горным инженером работает".

"Да, она говорила". Она снова запнулась, остановилась. "Я работаю на другой шахте. Ну, как она там? Счастлива?"

- Она в монастырской школе возле Су-Сент-Мари. Она в порядке... Я так слыхал.

-То есть как это, "слыхал"? Когда же ты вновь с этой славной девочкой увидишься? Ты разве к ней не собираешься приезжать? Ну, осенью, когда чемпионат второй лиги закончится?

Она коснулась моей руки, чтобы показать, что поддразнивает. "А ты хоть с ней попрощался? Вы, ребята с севера, всё-таки ещё умеете это делать?"

Я начал утвердительно кивать, но потом остановился, покачав головой. Нет, я этого не сделал.

"Поезд отправляется с первого пути через пять минут, - разнёсся по станции голос из громкоговорителя. - Всем заходить".

- Синди - скажи дяде Доше, что Синди Ли попросила тебя зайти. Сезон заканчивается в октябре, по-моему, и тогда ты сюда вернёшься? Приведи М-Ж со мной увидеться. Она мне очень нравится.

-Я не вернусь.

-Не вернёшься? Разве вы плохо расстались? Глаза у Синди - или Хейли - заблестели.

-Как жалко. - Она бросила взгляд в сторону. "Ты, наверное, знаешь, что я не работаю ни в какой горнодобывающей компании, правда?"

-Это Ваше дело. Я не так могуч, чтобы кем-нибудь повелевать.

-Ну, разве? Шестнадцать лет, и уже так много плохого совершил? У Вас, молодой человек, ещё не было времени на то, чтобы согрешить по-серьёзному. Хейли засмеялась; её глаза блестели. "Вот что я тебе скажу. Если пообещаешь попрощаться с ней, я прекращу суетиться. Ты ведь мне обещаешь, правда?" Она посмотрела мне в глаза; глубина её взгляда смутила меня. "Ты обязан попрощаться с ней".

-Она не желает меня видеть.

-Позволь ей самой принять решение об этом, хорошо? Ты должен мне пообещать... Обещаешь?

-Она к северу отсюда, в противоположном направлении.

-В таком случае, её будет легко найти, потому что к северу отсюда почти ничего нету.

Она взяла мою перчатку и похлопала ей меня по груди - как бы подчёркивая, что я не имел права на дальнейшие возражения. "Пусть этот поезд уезжает".

Рудовозы стояли в гавани в ожидании прохождения через шлюзы Су-Сент-Мари. Грузовик, нагруженный брёвнами для фанеры, проезжал сквозь жаркое марево, идущее рябью над асфальтом; от него дрожала вода в стаканах, стоящих на мраморном столике опалово-зелёного цвета. Две молодые женщины сидели за столиком аптеки в городе Су-Сент-Мари в Канаде, наблюдая за протокой, по которой в течение вот уже трёхсот лет проплывали их отцы и братья - следопыты, вояжёры, моряки и водители-дальнобойщики. Сестра Мадлен в монашеском облачении, выгнутом сводом над гладким лицом, держала ладонь на гипсовой повязке, заключавшей руку Мари-Жанны от плеча до запястья. М-Ж глядела сквозь вырезанные надписи наоборот на окне, рекламирующие "Фосфаты всех сортов!" и "Гамбургеры, 25 центов." Она повернула голову, чтобы увидеть себя и послушницу-доминиканку в длинном зеркале, висевшем за прилавком.

Ей казалось, что она выглядела, как журнальные снимки француженок после освобождения Парижа - тех, кто имели сношения с немцами - с бритыми наголо головами и лицами в синяках. Она принялась рассматривать шрамшов, идущий вдоль причёски, пожелтевшие синяки под глазами; почувствовала следы синяков вдоль рёбер и бедра.

-Очень уж любезно со стороны материнастоятельницы позволить нам выйти за территорию монастыря - тебе не кажется?

Сестра Мадлен говорила по-французски. Мари-Жанна ничего ей не сказала в ответ. Мадлен попыталась ещё раз. "Нам достаточно быть непорочными в глазах Господа".

Мари Жанна обратилась к серьёзной послушнице: "Я бы убила любого ублюдка, который тронул бы меня... без моего разрешения".

-Мари-Жанна, ты самого Иисуса заставила бы ставить под сомнение его призвание. Чего же ты хочешь?

-Вернуться домой, Мадлен, просто уехать домой.

-Из фонтанчика.

Мадлен обращалась к сода-клерку - прыщавому подростку, наблюдавшему за ними краем глаза. Её заказ был сделан на английском с сильным акцентом. Паренёк окунул стаканы в мыльную воду. М-Ж заявила бескомпромиссным голосом в сторону прилавка: "А мне - вишнёвый фосфат." Парень прикинул – небось, эти не просто канучки? - затем сам себе удовлетворённо кивнул и принялся вытирать два стакана.

"Если ты подверглась осквернению, - сказала Мадлен, указывая на американскую сторону, - тебе стоит лишь попросить прощения у Господа, и Он дарует его".

"Да не трогал он меня..." - сказала М-Ж, барабаня пальцами по гипсу. В её голос вкрались нотки неопределённости, а её глаза сосредоточились на картинках воспоминаний. "...и не пытался сделать ничего... такого. Он - добрый. И Дуэйна он не убивал".

Паренёк-клерк поднёс к столу напитки, поглядывая на М-Ж с любопытством. Послушница подняла правую руку с назидательным пальцем, как ветхозаветная святая, излагающая важный урок богословия. "Мари-Жанна, ведь голова у парня была полностью расквашена... я уверена, что не ты это сделала".

Очередной грузовик прогрохотал по набережной, закрыв собой вид на противоположный берег, заглушив звон колокольчика над дверью кафе и скрип дверной пружины. Таким образом, М-Ж упустила августинскую логику сестры Мадлен потому, что она посмотрела на дверь - и гримаса недовольства тотчас сошла с её лица, сменившись сперва отсветом тоски, затем мимолётным воспоминанием о боли; но потом молодая энергия разогнала эти обременительные воспоминания, и она вскочила, стукнув стулом - и побежала к молодому человеку, обняла его за шею - да так, что гипс ударил его по голове.

"Это ты, это ты", - приговаривала она, покрывая моё лицо поцелуями. Я держал руки по швам, не то ради приличия - или помня о её травме; а может, из-за неуверенности в том, как меня встретит - но сдержанность тотчас же растаяла, и я поднял её на руки, закрыв глаза, вдыхая запах её волос, впитывая в себя поцелуи. "Почему же ты уехал, почему же уехал?" Наконец я поставил её на землю, положив одну руку ей на плечи, чтобы её утихомирить, а другой потирал голову в том месте, где меня трахнула гипсом. Она хихикнула, увидев причинённый вред; её глаза блестели от слёз, и она снова заклинила мою голову между гипсом и пальцами, мнущими мне лицо. "Почему?" - повторила она.

-Худшее уже было для тебя позади, когда меня выпустили. Они - то есть, твоя мама; отец твой был порядочным - не позволяли мне с тобой увидеться.

-Тюрьма?

Её глаза сделались бесчувственными, а слёзы стекали теперь по щекам.

-Были сплошные неприятности. Адель вовсе не подразумевала всего того, о чём вела рассказы... это были всего лишь россказни. Тело Рут нашли - ты знала об этом?

Я остановился, перевёл дыхание и, как выдохнул:

-...и Дуэйна тоже. Старик Скаллен сперва поднял большой шум, а потом исчез. Шериф Пру просто не смог во всём этом разобраться - ну, и посадил меня. Папа был в разъездах. Мама подняла шум, но он не очень-то торопился меня выпускать. Та женщина, которая была дочерью Скалленов... Она говорила, что ты ей звонила в Индиану?

Сестра смотрела на меня с подозрением. "Что он говорит, Мари Жанна?"

М-Ж, вытирая глаза, не слышала вопроса. "Никогда - слышишь, никогда! - не уезжай от меня больше, не попрощавшись. Ты мне хоть это пообещаешь?"

-Ну что, будешь реветь, как...

-Рикки, я и есть девочка.

М-Ж подняла руку к моему лицу, взяв в неё мой подбородок.

-Мари-Жанна, игуменья меня накажет за то, что вот так позволила тебе с мальчиками встречаться.

-Ну, ты не можешь просто закрыть рот хоть на минуту?

М-Ж не отрывала от меня глаз, дабы я вновь не исчез.

"Рик, хочешь колы?" - спросил юный продавец газированной воды. Вопрос отвлёк М-Ж, и она посмотрела сначала на меня, потом на парня. "Рик сюда уже неделю заходит", - сказал он и слегка толкнул меня в плечо.

"Ну, перестань же маячить!" - огрызнулась она на послушницу. Она замахала здоровой рукой, подняв другую в воздух, но удержала её, чтобы случайно не

Роберт Таунсенд

раздавить мне череп жёсткой гипсовой лаской. "Можно нам пойти куда-нибудь на улицу, где тихо? Laisser tranquille*, все вы!"

*Оставьте меня в покое (фр.)

Хлопнула дверь. М-Ж переплела здоровую руку с моей, держа меня за предплечье, молча разглядывая меня. Я удержал её, чтобы дать проехать целлюлозному грузовику, и нас обволок вихрь выхлопных газов и ветра. Мы перешли улицу к шлюзовой набережной. Прозвенел звонок. Нижние ворота шлюза закрылись, а верхние отворились. На мгновение мы вместе засмотрелись на кипящую, мутную, сдерживаемую воду; оба молчали, лишь предаваясь воспоминаниям. Порожний танкер медленно всплывал у нас над головами. Мы единодушно повернулись и направились к молу.

-Что же произошло, Рикки?

-Многое. Слишком многое.

Я протянул руку, как бы желая перелистать страницы, повествующие историю.

-Я не знаю.

-Рикки, ты...? Она посмотрела на меня.

Я повернулся и положил руку ей на лицо, держа за подбородок.

-М-Ж, у меня есть многое, за что держать ответ, но мне нужно, чтобы ты знала. Я не прикасался к тебе... так... неважно, о чём твердят - я бы ни за что с тобой этого не сделал.

Она медленно покачала головой из стороны в сторону; слова медленно образовались на губах, но сказала лишь: "Рикки... я не об этом спрашиваю". Она схватила меня за ухо и притянула к лицу, чтобы заставить меня слушать внимательнее, сосредоточить на ней взгляд, почувствовать её дыхание на лице. "Я бы тебе дала". Она поразмыслила, не отпустить ли меня - но сжала мою голову ещё крепче. "Рикки, мне было так

232

ЛЕДОХОД

больно, что ты любил Марину. Я просто не хочу тебя потерять". Она положила руку на мою, лежащую на её щеке.

Я говорил медленно, не владея словами, в которых бывает столько страданий. "Прости меня. Мне казалось, что она во мне... нуждалась".

-А я разве не нуждалась?

-Но ты - мой друг, М-Ж, ты... малая. Ты умеешь о себе сама позаботиться.

-Малая - малая, Рикки? Ты ж едва на год меня старше! Что, хочешь, чтоб я тебя снова стукнула?

Она замахнулась на меня загипсованной рукой. У меня не было ответа. До бури существовала истина, и я сделал то, что знал, как делать - и весь мир перевернулся с ног на голову. Существовала истина и сейчас, в этот июньский день на восточном берегу Верхнего озера - и я не знал, что мне делать. Мы прошли молча до конца мола, и тогда она спросила: "Но ты хотел?"

- М-Ж, может быть, я таким образом и был в состоянии держать от тебя руки подальше. Я сделал тебя ребёнком мысленно.

- Но ты бы хотел? Скажи мне, Рикки. Я тебе нравлюсь? Ты бы захотел?

- М-Ж, я не могу о тебе заботиться.

- Не можешь обо мне заботиться? Да когда же ты обо мне заботился? ну, кроме той ночи...

- Ты знаешь, что я имею в виду.

- Я не знаю, что ты имеешь в виду.

- Я не могу тебя с собой взять.

- А с чего бы я хотела этого?

-Я имею в виду, бродить вокруг бейсбольных полей, есть плохую пищу...

- Ну, ты выслушаешь меня, наконец? Не хочу я этого. И ты не сможешь... не захочешь оставаться здесь. Я много думала о нас, все те недели, лёжа в постели, умирая от скуки, волнуясь о тебе. Мне хотелось, чтобы ты был со мной, чтобы мы были в той дурацкой лодке из капота; хотелось, чтобы всё было как прошлой зимой, прошлым летом; чтобы всё было... как до потопа. Я не несчастна в этой школе-интернате. Это ничего, что вокруг меня только женщины. Сестра Мадлен - ничего; иногда она слишком уж строго нравственность блюдёт - но сердце у неё доброе. Хоть мама и помешанная, в игуменье она не ошиблась. Она - хорошая учительница музыки. Она заставляет меня пальцы упражнять, даже с гипсом. Она учит меня музыке Шумана. Никто из нас не совершенен - даже Вы, лорд Ричард.

Поток её слов замедлился, потом остановился. "Я ведь чуть не умерла", - сказала она.

- Раза два-три. Как минимум. Ты - просто живучая, как кошка... или ведьма.

- Рикки, я знаю только одно. Я люблю тебя. Я просто люблю тебя. Давай на этом и оставим... Но мы - дети. А ты - скиталец. Тебе бы Шуберт очень подошёл. А также я думаю, друг мой любезный, что ты - солдат, как наши отцы.

- М-Ж, ты же мой друг.

-Но, Рикки, и у меня есть мечты. Я мечтаю, чтобы ты в меня влюбился. Я хочу давать концерты в Париже. Я хочу быть Кларой Шуман и иметь с тобой дюжину детей. Я люблю музыку. Я люблю фортепиано. Музыка Листа завораживает мне сердце. Я люблю тебя. У тебя тоже есть мечты. Наши мечты не совпадают... Но ты ведь не исчезнешь, ты будешь писать, правда?

Я покачал головой. Нет, я не исчезну. Я глянул, жмурясь, на северо-запад, пытаясь найти точку, где воды Верхнего озера соединялись с канадским небом. Да, я буду ей писать.

- Ну что, мне купить тебе открытки с марками - чтобы убедить тебя мне писать?

- Ну что же, я вроде люблю тебя, а?

- Видишь, не такое уж полезное это слово - а, Рикки?

Оно содержит множество грехов?

Я нагнулся к её губам, тёплым и мягким. Я попробовал на её губах вкус колы. А она приложила губы мне ко лбу, как бы пытаясь ощутить вкус мальчика, с которым выросла. Я принял мужское решение - как когда-то сделали наши отцы - и нам обоим придётся с этим жить.

- Ты, похоже, ушла туда, куда уходят ведьмы.

- Ты будешь осторожен, правда, Рикки?

- Я осенью вернусь.

- Мне почти что в это верится.

Девушка-канук смотрела в даль, в будущее и увидела, что он не вернётся осенью. Вчера она почувствовала острую боль в области таза, выход яйцеклетки. Эти вещи французская мать ещё умела объяснить. Он будет делать то, что она ему прикажет. У неё была власть. Он любил её. Это было её решением. Они пойдут жить на ферме в Квебеке. Канукские девушки рано начинали семейную жизнь. Она чуяла его запах - здоровый, сильный, мускулистый. Он будет любить их детей. Порыв ветра закрутил водоворот на глади озера. И она знала, что то, к чему он стремится, разбило бы ей сердце. Она улыбнулась, глядя на американскую сторону; зрение стало расплывчатым. Это ведь было тем, что умели делать ведьмы, правда? Видеть вещи, какими они есть? То, что он был солдатом, а не бейсболистом? То, что она его не потеряет? И что музыка будет тем, что как-то приведёт её к нему, а его - к ней.

КОНЕЦ

#######

Об авторе:

Роберт Таунсенд, бывший офицер военно-воздушных сил США, родился и вырос на ферме в северной части штата Висконсин и пишет о жизни, свидетелем которой являлся.

После окончания Висконсинского университета в 1969 году - в самый разгар протестов против войны во Вьетнаме, Таунсенд совершил 135 боевых вылетов во Вьетнаме, Камбодже и Лаосе. В начале 1972 года он был переведен в Берлин в качестве офицера разведки; затем работал в Агентстве Национальной Безопасности прежде, чем вернуться в Германию в качестве военного планировщика в штаб-квартире разведки ВВС США в Рамштейне. В 1982-1989 годах он был заместителем начальника разведки ВВС в управлении по борьбе с дезинформацией ЦРУ. Он является одним из нескольких десятков человек в Америке, имеющим досконально знания о войне хитростей и уловок между США и СССР.

Славянин со стороны матери и глубокий южанин по отцовской линии. Родители плохо управлялись с деньгами, зато истории рассказывали хорошо. Сжатые и содержательные, длиной с сигарету Pall Mall, рассказы должны были развлекать, и в то же время поучать. Никто не является совершенно бесполезным - всегда можно хотя бы послужить дурным примером. Его повести и романы возникают из семейных историй, сказок и россказней, услышанных вокруг кухонного стола, а также из его собственного опыта жизни в Америке в конце 20-го века, с её сомнительными войнами, обманом и борьбой с обманом.

Таунсенд происходит из длинного рода - отец и дед, прадед - американских солдат. От отца познал то, что в его народе мужчины - прирождённые вояки, а женщины - существа загадочные.

От матери он узнал, что рассказчиков нужно ценить на вес золота, а вот от обманщиков одна досада; они только изнуряют, и их лучше избегать. Из собственного опыта он обнаружил, что когда те же лжецы вооружены, безумны и планируют Армагеддон, то неопределённость в вопросах войны и мира, жизни и смерти становится главной причиной беспокойства нашего времени.

Автор свободно владеет русским и немецким, а также имеет словарный запас "военного" французского. Является выпускником Университета Висконсина (BA), учился в Freie Universität Berlin (Zertifikat) и получил степень магистра в Джорджтаунском университете. После выхода на пенсию он вновь занялся писательским трудом - страстью, прерванной в своё время работой и жизнью. С тех пор он постоянно трудится над романами и эссе.

"Ледоход" является прологом к трилогии об обмане, войне и мире в двадцатом веке, в мире как надуманной, так и фактической моральной двусмысленности.

Таунсенд в настоящее время проживает в Мэдисоне, штат Висконсин, с женой Patrice и продолжает владеть своей семейной фермой в северной части штата Висконсин.

О переводчике:

Сергей Котляр, уроженец Украины, свободно владеет русским, английским и украинским языками; а также знаком с немецким и испанским. Гражданин США около тридцати лет. Выпускник Северо-Западного Университета близ Чикаго. В настоящее время проживает в небольшом городке на севере штата Висконсин с женой и двумя детьми.

www.ingramcontent.com/pod-product-compliance
Lightning Source LLC
Chambersburg PA
CBHW071304250626
47159CB00004B/1309